U0668806

脚步
是文化的刻度

费孝通文化随笔

费孝通 著

北京联合出版公司
Beijing United Publishing Co.,Ltd.

图书在版编目（CIP）数据

脚步，是文化的刻度：费孝通文化随笔 / 费孝通著
. -- 北京：北京联合出版公司，2018.10
ISBN 978-7-5596-2506-9

Ⅰ. ①脚… Ⅱ. ①费… Ⅲ. ①随笔－作品集－中国－
当代 Ⅳ. ①I267.1

中国版本图书馆CIP数据核字(2018)第211644号

脚步，是文化的刻度：费孝通文化随笔

作　　者：费孝通
出版统筹：新华先锋
责任编辑：徐　樟
特约监制：木易雨田
特约编辑：王亚松
装帧设计：易珂琳
版式设计：徐　倩

北京联合出版公司出版
（北京市西城区德外大街83号楼9层　100088）
大厂回族自治县德诚印务有限公司印刷　新华书店经销
字数172千字　620毫米×889毫米　1/16　17印张
2018年11月第1版　2018年11月第1次印刷
ISBN 978-7-5596-2506-9
定价：59.00元

目 录

第一辑　寻根絮语

第二辑　闻香已醉

第三辑 天涯咫尺

第四辑　文化之思

第一辑

寻根絮语

漫谈桑梓情谊

　　我在小学里读书时，有一门我最感到兴趣的课程，名目叫"乡土志"。我喜欢这门功课是因为老师所讲的话，亲切易懂，都是些日常看得到的东西。譬如我们县里有个"鲈乡亭"，在放学之后，我们常去玩，老师就讲给我们听这是谁造的，他还写了一首诗，其中有一句"吴江鲈鱼肥"，到现在还记得。当我们吃鲈鱼时，我就想起了这位老师，这个亭子，和这句诗。我别的功课都考不好，但是"乡土志"却总是考得很好。一直到现在，虽然已经有几十年离开了故乡，但一闭眼，那鱼米之乡的情调，还是常引起我的遐想。也许因为这位老师，我们称他沈先生的，很早就灌输了我对于乡土的兴趣，所以后来，我会想到再去故乡细细考察，写成我的第一本著作：《江村经济》。饮水思源，还是在这一门"乡土志"，和这位大约现在已作古了的沈先生。

　　现在想起来，那时的小学校似乎比现在的自由得多，不然也不会有这门从来没有在国定课程中见过的"乡土志"。而就是这门课程，会这样深入于小学生的脑子里，竟会这样强烈影响了我后来的学术兴趣。

　　近来我又时常想起这一门早已不存在的小学课程来，因为上一个暑假里，我回家乡去了一次，傍晚纳凉的时候，常和多年没有见过的老父闲谈。我发现了我们这两代对于乡土的关系上有很重要的区别。我的父亲在他和我差不多年龄时，从日本留学回来，第一件事业是在本乡办一个中学，这中学就在鲈乡亭。接着是组织县议会，而且曾为争取县议会的权力，到北京来请愿，企图组织全国县议会联合会。后来又因为见到我们本乡人多地少，主张一方面向太湖淤塞地带开拓耕地，一方面用这新得土地的价值，疏通水利。他一贯的事业中心是在本乡，在地方上，教育、政治、经济。我的母亲也在我出生前后，开办了一个当时称为"蒙养院"的幼稚院——到现在除了那个中学外，一切都没有了影子，这30多年，一个想为地方基层的乡土服务的人，失望而老了。他期望于他的下一代。而他的下一代呢？除了我的姊姊还继续着为本乡丝业的改良，得到相当收获外，我们兄弟四个全飞出了家乡，不再回去了。

吴景超先生曾以我并不回乡的事实做例子说都市化是一个自然的趋势，我是完全承认的。过去30年中长成的一代是在向都市集中。我们这个小县城里，在一个小学校里出来的学生中，在抗战前考取公费留学欧美的，依我所知道的，至少有七个。在全国各县的比例上说，即使不算是首屈一指，也够算是难得的了。但是这七个人没有一个回到本乡去，为本乡教育、政治、经济服务，是一件事实。都不回去了，而且也没有人想回去的了。

吴景超先生认为这是无可避免的现象，过去的事实确是可以做他的论据。但是这趋势对于中国是好不好的呢？这里牵涉到各人的看法了。我并不反对都市化，但是如果都市化会引起乡土的贫乏，不论是物质或人才的，我总觉得并不是一个健全的趋势。而目前的中国确正在表现出这种城乡隔离的恶劣现象。在这里我并不将分析中国都市发达怎样引起乡村的凋疲和衰落，也不打算讨论政治上中央集权所引起的地方自治的僵化，而想提到一般知识分子桑梓情谊的淡薄。

桑梓情谊是一个人对于培育他的乡土社区的感情。一个人做事必须是"有所为"的。我们常可以问人家，问自己："为什么做这事呢？"这是人的行为的动机，也是授予一项行为的"意义"的张本。我们说人是社会的动物，在一种意思上，就是说推动个人行为的是团体，人们都是为了别人而做事的。一个勤劳不息的母亲忙忙碌碌是为了儿女。说起来好像人都是为了别人而活的，其实只有在主观上觉得是为了别人而工作，结果，大家加起来，大家才能得到生活，构成一个社会。个人和他服务对象之间必须有一种感情的联系——和乡土的联系，就是桑梓情谊。

中国是一个乡土性的社会，以往是如此，现在还是如此，在最近的将来，两三代里，也将是如此。90%的人口是住在乡镇里的，75%以上是靠农业过活的，所以中国是乡土性的。乡土社会里的人民有着两套基本的生活团体，一套是家族亲属团体，一套是村镇地方团体。和这两套团体有着两套情谊相联。桑梓情谊就是其中的一种。

在过去30年中，中国确在发生十分深刻的变化。因为变化深刻，在和团体配合的情谊上已经改观。一方面自可以说是因为原有的团体在解体，所以影响了心理上的联系；另一方面也可以说因为心理上的改变，使原有团体加速解体。国家这团体的逐渐重要，在事实上是很清楚的，但是和国家这团体相配的情谊却还待长成。我说还待长成包含还没有长成的意思。这在传统体系里是不存的，忠君并不是爱国。可是因为桑梓情谊和亲属情谊的发达，维持着中国传统社会的秩序。在过去这一代里，对国家这团体的情谊还没有确立之时，原来维持社会的心理联系却在退化，在消失。于是发生了一种现在已经有人注意到的道德基础的动摇，甚至崩溃了。很多人会觉得自己所做的事并不是为了任何人。一样是在办学校，而不觉得自己是在为社会培植人才；一样是在做官，而不觉得是在为人民服务。意识里所缺的一点东西却正是所做的事的意义。为了自己，于是做出损人利己的事来；为了当前的自己，连"来日"都无所图，于是今日有酒，今日醉，恣意地求一时的痛快和享受，精神和物质的片刻性的满足。在这种荒地上，道德的苗是长不出来的，因为道德本是社会性的，在推己及人时，在社会意识上才能发生。

社会意识并不是凭空产生的，必须有着团体来支持，在"国家"这团体没有在人民生活上发生积极的作用时，保障安全、自由和生活时，国家意识并不能坚固。这不是口头上的空话，更不是标语上的宣传，必须是着实的感情。我相信目前官吏的腐化和社会上一般人民的自私打算足以证实我所谓国家团体尚待长成的说法。而同时，在另一方面，却是一般知识分子脱离了乡土团体，桑梓情谊的淡薄是一种表现。

　　或者有人可以认为从乡土结构进入国家结构的过程中，目前这种方生未死的过渡现象是必然的。那也就是说，除非乡土结构里把人解放出来了才能发生国家结构。二者是互相对立的。

　　在我看来，国家团体和地方团体有些方面固然是相对立的，而同时我们也得承认，尤其是在当前的局面里，二者基本上是衔接的，国家是地方的综合。这在联邦制的美国和苏联，以及自治领的大英帝国，表现得都十分清楚。世界上绝没有一个能建立在衰落和腐败的地方基础上的健全国家。而我们过去的半个世纪却一贯地在破坏地方团体，破坏的力量来自经济、政治、社会、文化的多方面。虽则口头上说是在建造现代国家，事实上，积极方面，国家团体的形成，因为阻力多成就也少；消极方面，地方团体的解体，却一放难收。在这一个局面里，产生了社会生活质的变化，也就是Durkheim（迪尔凯姆）所谓团结力或社会凝固性的损蚀，使人和人间只有利害，而没有了道义。利害关系是出于相似目的的结合，道义关系是出于共同目的的结合。利害关系所结合出来的是"社区"，一堆在一个地方上经济相关的人群；道义关系所结合出来的是"社会"，一个痛痒相通的团体。时下所谓道德堕落，依我看来，就是这共同目的相结合，以道义相期待，痛痒相通的团体生活的消失所致。这结果影响到每个人做人做事的态度，一种无所为，无计划，得过且过，有酒且醉，追求刺激，沉湎声色以应付日子的态度。在这态度上任何团体都组织不起来的。团体徒有其名，实际只是达到自私目的的手段；所结合的，还是在"相似目的"，大家各为其利的基础上，所以就这"团体"说，没有了纪律，没有了士气，有的是贪污和无能。

国家这团体是广泛而复杂的，聚集了这么一批深中了社会解体过程之毒的人，想组织成一个现代国家是不可能的。

我曾问过英国牛津大学某女学院前任院长 M.Fry 女士："英国人为什么能这样团结一致应付危局，士气这样高？"她为我解释了一个黄昏。她告诉我：英国人最懂得团体生活的，从小就参加各色各样的团体。因之他养成了一种团体精神，群己界限的观念在英国最发达，人权保障这一类事最早是在英国发生，也就说明了团体生活的深入于个人。一面他们讲究团体不应侵犯个人权利，而另一方面，不常说出来的，但是更基本的，就是个人对于团体的感情联系。很多人觉得奇怪，为什么在英国，社会变迁可以不必有严重的流血革命。依拉斯基教授说，那是因为英国特权阶级在最后常常知道怎样让步，而达到同意的变革。为什么能让步，能同意呢？那是因为相争的双方还有"共同目的"存在，他们是在同一个团体里。了解团体生活的人民，容易去寻找和感觉到相争对方的"共同目的"，所以可以用让步、协商、和解等办法来解决冲突。Fry 女士和我说：民主国家必须有无数各色各样的健全团体作基础。没有这个基础，国家只能由统治者以力加以维持，那是有国家之形，而无国家之实。

我常常记得她这番话。愈想愈觉得中国在这 50 年来所遭遇社会解组的恶劣影响。我在本文开始时，就提到我自己一生中，早年和现在，对于乡土关系的日渐疏淡，差不多已成了无处值得留恋，无处不能驻足的游移分子。再看看别人，这显然是一个相当大的趋势。区位上游移就表示了团体联系的薄弱。把中国弄成这个局面，岂不就是这种无所不可谓的人物！

我充分知道造成这种解体过程的原因极多。态度上的转变多少是结果，不是造因。我们只在这方面入手是改变不了客观现实的，正如吴景超先生批评我，说我自己不也是躲在都市说乡村？一点不错。但是，这种现象，连我自己也在内，在我看来是一种症候，像是患伤寒的人发热一般。当我在盛暑的黄昏里，和老父闲谈后，更觉得我们这一代实在有深切忏悔的必要。

抗战时期在后方的人，口口声声说，桑梓蒙难，寝食不安。可是，这些是真话么？在沦陷区里的父老们当时引颈西望，眼巴巴地盼望久别的孩子们的回乡，回来干么？土地荒了要重垦，故茔败了要重修，这一切，一个破碎的江山要重建。可是，他们得到的是什么？回来的何尝是他们的子弟，血管里流着他们的血液的子弟？不是了，变了，是一批无情的外乡人！带来了更深的痛苦，更看不到出头日子的漫漫长夜！

又快要是新年了。我眼前浮起了早年过新年时温暖的场面。但是这已好像是深沉大海的破船。

"维桑与梓，必恭敬止。靡瞻匪父，靡依匪母。不属于毛，不罹于里。天之生我，我辰安在。"——桑梓情谊是一种基本的团体精神，我们毫不吝啬的捐弃了，得到的是什么呢？现在应该是我们反省的时候了。

1947 年 12 月 15 日于清华胜因院

看了民族歌舞

最近中央民族学院文工团在首都表演民族歌舞，得到观众的欢迎。观众们欢迎这次表演，主要是因为从这些节目中亲切地看到了各兄弟民族解放后欢欣鼓舞的新生活，从而更进一步体会到毛主席的民族政策的正确和伟大。

看了这些节目，谁也不会再相信，我们这许多兄弟民族是没有文化的了。能有这样绚丽的歌舞的民族，必然是有丰富的文化的。

当然我们不应当忘记，兄弟民族的人民过去所受的苦难比我们还要深，他们的经济受到破坏，他们的文化受到摧残，这一切都是反动统治的罪恶。但是这一切并没有消灭他们对生活的爱好，对幸福的信心。他们反抗压迫，他们辛勤劳动，在不懈的劳动中，顽强的生命力一直是充沛地支持着他们民族的生存。

在西康山地里，豪放的藏族青年在唱着这样的山歌：

> 我的家乡一年收两季，
> 我为什么不喝酒呢？
> 我自己是一个打猎的，
> 我为什么不吃肉呢？

这是一首劳动者自信自骄的歌曲，爽快流利地说出了劳动者天赋的权利，也有力地嘲笑了不耕地，不打猎，不劳动而想喝酒吃肉的剥削者。

兄弟民族的人民一直是热爱劳动的，但是过去，他们劳动的成果不属于他们自己。这使他们穷困，使他们痛苦。现在，压在身上的石头搬开了。他们开始了自由幸福的生活。他们永远不忘记谁给他们带来了幸福，他们唱：

> 毛主席带来了好主张，
> 比雪山上的泉水还明亮。
> 毛主席带来了丰收的雨水，
> 草原上是一片禾苗茁壮。

是的，兄弟民族的幸福是和毛主席的名字分不开的，他们歌子里没有了毛主席也就会感觉到不成曲调。他们不是这样唱么？"毛主席呀，没有你，我们的新歌没处唱，没有你，我们的锅庄跳起来也悲伤。"

就是这种朴实淳厚的劳动人民的感情，产生了这丰富多彩的歌舞艺术。这样的艺术有力地戳穿了民族歧视的蒙蔽。

看了民族歌舞节目的观众，还有人带着一些怀疑地问："当地兄弟民族的歌舞，真的有这样美么？"到过兄弟民族地区去的朋友们会回答说：这次中央民族学院文工团演出的民族歌舞，固然比过去在舞台看到的有了一些进步，多少带来了一点兄弟民族的生活气息，但是比起当地人民中间的歌舞，究竟还差得多。这个答复是很符合事实的。

以《阿细跳月》这个节日来说罢。阿细人民对反动压迫是具有顽强抵抗精神的，在解放前树起过反对国民党反动派的旗子，在云南的西山和圭山地方建立了根据地。就是他们以跳月的舞蹈闻名四方。看过他们这种舞蹈的人，没有不被他们所表现的青春的活力所感动。过去这种舞蹈也曾经在各处舞台上介绍过，但是大多被另一种不够健康的情调所支配，所表演出来的形象离开现实太远，而且甚至歪曲了现实。使很多在西山圭山看过阿细跳月的人看不下去。这次表演虽然还不够劲，还偏重在队形的变化，还没有像阿细男女在自己广场上那样豪放活跃，但是总算还有一点原来的气息，没有太走样。

说到这里，我们碰上了一个很基本的问题，就是怎样正确对待少数民族的文艺的问题。比如有人说，苗家舞蹈时两个臂膀一摆一摆不好看；又有人说，藏族舞蹈为什么常常弯着腰；甚至有人说，这些都是被压迫出来的形象，现在解放了臂膀可以张得开些了，腰可以挺起来了。初听来，这种话似乎有一点道理，因为我们不愿意看"五斗米折腰"那一套形象。但是如果反问一下，就不然了。为什么弯腰一定是屈辱的表现呢？我们看一看藏族人民跳这样的舞蹈时是愁眉苦脸还是笑逐颜开的呢？他们在表现哪一种心情呢？为什么我们不去问问藏族人民自己呢？而硬要用我们的形式来表达他们的感情呢？我们仔细想一想，这些批评是很不确当的了。

我们也听见过一种论调，说《阿细跳月》男女在台前台后高声呼喊，不太文明，又有说藏族妇女舞蹈时两腿扳动的方式是落后的。我们是很难同意这些看法的。最好还是进一步了解一下：阿细男女高声呼喊表示着哪一种男女关系？那种男女关系是不是健康的？在我们看来，他们这种公开的社交形式正表示了他们没有受到封建主义的束缚，男女在平等自由的关系中一起欢乐，实在没有什么不文明的地方。再说藏族的步伐，这是和他们善于骑马的生活有密切关系的，是在劳动中形成的一种动作习惯，我们有什么理由说这是落后呢！

为什么我们在这里要提到这些不正确的看法呢？那是因为确是还有一些人在企图从这些方面来"改良""提高"兄弟民族的文艺。有一些人为了要"提高"兄弟民族的音乐舞蹈，按他们主观的好恶，任意改编和糅杂，编出了一些脱离民族风格很远的节目。这是由于没有正确地对待兄弟民族的艺术所引起的。

这次中央民族学院文工团所表演的节目是否还受着那种不正确的态度的影响呢？我想还不能说没有，但是在若干节目中，这种影响似乎少了一些，而正是这些节目最受到观众的欢迎。撒尼歌曲《远方的客人请你留下来》是一个例子。这个歌曲不但撒尼人自己喜欢，不同民族的听众都觉得它味道很好。为什么这个歌曲比较成功呢？我想并不是由于作者有什么特别的天才，而是他对待兄弟民族的艺术的态度比较端正。他很虚心地学习了各种撒尼民歌，把它们原有的曲子，提炼了一下，比较简洁了些。在这个创作过程中，他一直是和撒尼人民在一起，倾听他们的意见，得到他们的批准。他没有自作聪明的加入很多所谓"进步"的东西进去，而是老老实实的学习和整理。这样创作才不至于脱离民族特点和民族风格。

同样的方法编排了苗族的《春天来到了》。到过黔东清水江一带苗家地区的人，只要一听这些曲子，立刻会很喜悦地想到了那在碧绿的水边、长满着各种作物的山坡上勤快劳动的苗家。有人觉得这些舞曲反复多，变化少。其实不然，苗家艺术的风格有它的特点。以他们的绣花来说，你远远望去似乎没有什么吸引人的地方，但是如果你细细地看，一遍一遍地看，一针一线都有独到之处，而且每个人都在所绣的花中表现她独特的创造性。他们的音乐舞蹈也是如此。他们着重在轻微的动作中，深入细致地表现他们的感情，而且比较含蓄沉着，和维吾尔的风格可以作为明显的对比。《春天来到了》的曲子初步抓住了这个特点，使人一听就知道是苗家的艺术，而且不可能是其他民族的。

在这里让我们谈一谈兄弟民族艺术的加工问题。我们尽管承认兄弟民族原来的歌舞是优美的，但是如果直接搬到舞台上来大多是不合适的。不合适的原因我们以为主要的不是在它的艺术性，而是在表演的场合。兄弟民族歌舞的特点是极密切和生活相结合的，大多简直就是生活的一部分。真如藏族民歌所说：

做不出一件勇敢的事，

就找不到一个理想的爱人。

唱不出一首美丽的山歌，

也找不到一个理想的爱人。

艺术和生活这样融合在一起，不但经常在自然的环境中进行，而且在真实的感情中进行，而舞台上却不是这样。舞台上的表演是演员表演给观众看的，演员要通过艺术的表演来激发观众的感情，所以表演的方式也必须是精练和紧凑。因此，兄弟民族的艺术要在舞台上表演必须经过一番加工。这种加工首先是要掌握原料，体会风格，才能有所取舍，有所安排；而且必须避免在取舍和安排过程中，主观地插入一些会破坏他们民族风格的东西。最好的加工方法是要密切地和本民族的人合作，有了剪裁就表演给本民族的群众听和看，诚诚恳恳地依靠群众。如果不相信群众，觉得兄弟民族人民大众欣赏不了"提高"了的艺术，这种思想支配下的作家也就永远不可能有好的创作了。阻碍我们虚心向兄弟民族学习，诚恳地依靠他们的思想基本上还是属于大民族主义的残余。不坚决地扫除这种思想残余，要去学习和表演兄弟民族的艺术是不可能的。

有人也许会觉得这样的加工，只是整理而不是提高，要发展兄弟民族的艺术必须要把先进的成分加入进去。我们如果否认兄弟民族的艺术今后必然会吸收其他民族的先进成分，或进而拒绝先进艺术对他们的影响，那是一种保守主义的思想。但是这是要兄弟民族人民大众自己来吸收的，而且必然在他们原有的民族风格中逐步地吸收，成为他们自己的东西。绝不是少数人所能包办代替的。在目前，我们的工作应当首先在整理各民族已有的音乐舞蹈和其他艺术，同时有系统地把其他民族的优秀艺术介绍给他们，发动各民族群众的创造性，来发展他们的艺术。

介绍兄弟民族的艺术，促进各民族间的文化交流，反映我们祖国民族大家庭的亲密团结，反映各兄弟民族在毛主席的民族政策下欣欣向荣的新气象，都是值得倡导和鼓励的。正因为这是一项新事业的开端，发展的方向必须明确，必须用正确的态度来对待这项新事业。中央民族学院文工团在首都所表演的民族歌舞，虽则在各方面还具有很多的缺点，但是经过了一年半在兄弟民族地区向群众学习，在尊重民族特点和民族风格的条件下，各民族的文艺工作者共同努力所得到的一些收获是可以供给广大文艺工作者作为参考的。

　　　　　　　　　　　　　　　　　　　　1954 年 6 月 16 日

我看人看我

　　日前接到香港中文大学一位朋友寄来的一张贺年卡片，片后附着一段话：

　　"最近在日本发行的《辅仁学志》请我就 Arkush 所作先生的传记作一书评，但不知如何着手。先生有何高见否？"

　　这是他要看我如何看人看我。踌躇良久，想到我今年春末曾给那本传记的作者去过一封信，后来接到他邮寄来的这本书后，就抄在该书的扉页后面。我把它复制了一份寄给香港的朋友。现在我把这信抄在下面：

　　阿古什教授：

　　　　谢谢你 3 月 30 日来信。

　　　　最近我去日本访问，住在国际文化会馆。有朋友从该会馆的图书馆里借到你所写的那本关于我的传记给我看。我就在旅途中把这本书读了一遍，得益匪浅。一个人很少有机会对自己的一生做一次全面的回顾，你给了我这样的机会，不能不向你表示感谢。长得不那么好看的人，不大愿意常常照镜子；但照照镜子究竟是必要的，不然怎样能知道旁人为什么对我有这样那样的看法呢？

　　　　你当然不会忘记，两年前，你特地从 Iowa 开了半天车到 Chicago 来看我。我当时怎么会不明白你的心情，但是你却可能还不一定能理解我为什么不愿意答复你提出的有关这本书里的许多问题。我记得很清楚，我曾对你说："我将以一个历史学者来对待你和尊重你，不把你看成一个新闻记者。"我对一个历史学者的要求是要他靠自己的本领去找材料，并断定材料的真伪和取舍。一个历史学者要对一个还活着的人作传必须避开那个研究对象的本人，否则就成了报纸或杂志上的"访问记"了。那是新闻记者所做的事。我也考虑到，如果我替你校核书中的记事是否确定，那就会渗入我对我自己的看法，而且会使你处于相当窘的地位，那就是，如果我说了一些和别人所说的不同的话，你相信我说的呢，还是相信别人说的？再进一步，你写的传又怎样和我可能写的自传相区别呢？所以最好还是采取我当时所采取的态度，我曾把我和你在 Chicago 见面的事告诉了 Wilma，她认为我这样做是对的。

我也告诉她我对你这项研究工作的评价，我祝贺 John 培养出像你这样的一个学者。他们可能已经把我的话告诉过你。今天你这本书已经出版，我可以直接告诉你了。你这几年刻苦用功，认真为学，收到了很好的成果，你达到了我认为一个历史学者应具的水平，而且我明白这是得来匪易的。你能读懂我所写的书和文章，一个外国学者能做到这一点，不下多年的功夫不成。你尽力收集到了在国外能收集到的有关我的资料，当然我明白你在书中所写下的许多事是从哪处和从哪人得来的，因之我能够说，你对这项工作是十分认真的，具备一个学者应有的精神。我虽则没有把现在出版的这本书和前几年得到的你的初稿核对过，但只凭我的记忆说，你对原稿又进行了一番琢磨，许多地方是见功夫的。

我不应当对你所写下的对我这个人的评价再作评论。我必须尊重每一个认真研究过我的学者对我评论的权利，而且应当从中取得教益。如果容许我说一句表达我内心感受的话，我想说，不少地方你对我是过誉了。"过誉"是说，你对我的评价比我对自己的评价偏高了一些。这也好，我还活着，把过誉的部分作为对我的鼓励，在今后的日子里补足就是了。你对我的批评，所指出的缺点，我认为是恰当的。

我这一生所处的时代是个伟大的时代，对每个人提出了很高的要求，而又给人很苛刻的条件，像一个严格的老师在考验一个学生。我到目前为止，取得的分数是不高的，当然我还有不太多的时间，可以争取再增加几分。看来这也是你对我的希望，希望我不辜负你的好意。

费孝通

1982 年 4 月 26 日

这封信有些地方要加一点说明。

"阿古什"是英文 R.David Arkush 的译名，他是美国人，哈佛大学博士，现在 Iowa 大学任副教授。上述传记的初稿是他的博士论文。他的导师是费正清，即信中提到的 John，费的夫人是 Wilma，和我相熟。

1972 年我结束了干校生活，返京后不久，费正清夫妇来华访问，约我见面。当时中央民族学院领导叮嘱我不得用英语交谈，来客也就领会了我当时的处境，交谈中没有提到阿古什写我的传记的事。不久我听到传说，哈佛有人为我"树碑立传"。杯弓蛇影，令人心悸，随后，民院领导叫人交来了一个从美国寄来的邮包，面上并没有我的名字。打开一看就是这本传记初稿打字本。当时我的心情凡是受过和我相同经历的人是可以想象得到的。"树碑立传"，罪恶滔天，何况又是出于洋人之笔，其祸大矣。我提心吊胆地过了一阵，没有人来追究，总算混了过去，直到粉碎"四人帮"后才敢示人。

这本传记稿本我曾偷偷地读过几遍，它主要是写我的学术思想，正是被搞臭了十多年的"毒草"。所以出版时这书的全名是《费孝通和在革命的中国的社会学》，书面右角印上中文《费孝通传》。我从30年代初进入了社会学的领域，由于性喜写作，发表的文章实在不少，在人生道上一路留下了收不回的脚印。我自己闷头闷脑地向前赶路，从来没有回头看看这些脚印画出了一条怎样的轨迹，想不到，这些脚印却引起了异国历史学者的兴趣，阿古什是其中的一个。不用去捉摸他写我这个人的传记的动机。在他做出这个决定的时候，我是否尚在人间在美国还是个疑案。我也根本没有想过会有人为我写传这种事情发生。这个稿本引起我的兴趣的倒是在别人笔下看到的"自己"，看到了人家怎样在看我，经历了多年的"批判"，读到此稿，真是另有一番滋味。什么滋味呢？我明白了为什么儿童们喜欢花了钱去"大世界"照哈哈镜。我后来曾把这种滋味写信告诉一位蛰居多年比我年长的老朋友。他在复信里引了李白的一首诗："众鸟高飞尽，孤云独去闲。相看两不厌，只有敬亭山。"鸟会飞，云会去，一生的事迹，却和敬亭山一样是客观存在的，丑恶的抹不了，秀丽的也搞不臭。童叟相加，境界始全。

1979年我重访美国，没有见到阿古什。1980年又去美国，他预先听到了我的行踪，特地约我在芝加哥相见。Iowa 在芝加哥之北，高速公路上驾车赶来也要半天。他准时赶到我的寓所，手里提着一大包资料，除了他那本有1英寸厚的原稿外，还有我外祖父早年出版的著作。我们初次见面，各怀不同的心情。他方坐定，就说他有一系列问题要请我解答。我这个人对他来说应当是他最熟悉的人物了，多少年就在研究我，为了要知道我是怎样的一个人走遍了世界各地，访问了多少认识我的亲戚朋友。但是他显然没有料想到我对他所提的要求会做出出于他意外的反应。有关他所写那本传记内容的真伪问题我一概没有置答。我很诚恳地向他说了我在上引信中的话：我将以一个历史学者而不是以一个新闻记者接待他。

也许我应当对这句话说明一下。我并不是重视历史学者而轻视新闻记者。在我看来，这两种人任务不同，方法有别。历史学者的任务是在反映客观存在的历史事物，他用种种方法去搜集资料，如书本上的记载，地下发掘出来的文物，被访问者的谈话等，他的第一步工作就是审核这些资料在什么程度上真正反映了实际。史学的训练首先是在培养辨别真伪的能力。顾颉刚先生之所以为史学家所推崇，就由于他在《古史辨》里所表现的才能。阿古什在考证真伪上是有所表现的。比如说，他认认真真考证了一个日本学者（Muramatst）提出的我是否出生于吴江的大地主家庭的问题，他并不是经过实地调查而用其材料证明了那个大地主虽则也姓费，但并不是我家里的人。说到这里不妨顺便提到一事，不久前我在《读书》发表的《英伦杂感》一文里说在伦敦有位画家是我的表弟，有位读者也认识这位画家，知道他姓费。所以说我应改表弟为堂弟，而事实上他恰好不是我同族的人，而是我姨母的儿子。我在十年内乱期间，由于我这个姓而受到外调的通供更不胜枚举了。从这样一个小问题上也可以说明史学中考据的艰难和重要了。

阿古什在这方面也还是有尚未到家之处。比如说，他一再说我姊姊是基督教的虔诚信徒，这是和事实不合的。现在我姊姊还健在，她的许多熟人也能为她作证，她并不是个基督徒。阿古什这样说，并不是他无中生有，而是轻信了我一位当时还活着又在国外居住的姨母。我那位虔信基督教的姨母可能确是相信我的姊姊是个基督徒的。阿古什究竟是外国人，要明白中国人亲属之间那样的复杂关系，还得下更深的功夫。

上面两个例子可以说明，我不替阿古什校核稿本中的史实，正是要保存他作为历史学者的真正面貌。他的造诣，如我对费正清所表示的，是够格的，够格的意思就是达到了取得美国博士学位的资格。如果我动笔替他修改，他的一部分弱点固然可以得到掩盖，而他真正的水平也就显不出来了。

如果阿古什在决定写这本传记时估计到我还可能活着而断然动笔，不能不承认他是有勇气的。为一个活着的人作传，而且能把活人当作死人来写，写了出来还能给活人自己看，不是自信在历史学基本训练上过了关的人是不敢尝试的。

新闻记者的任务是在社会中沟通信息。他有他的职业道德：要如实报道，要从社会公众的利益出发等。他可以访问各种对社会有影响的人物，如实地报道他采访的结果。如果被访问者不说实话，这不是记者的责任。所以我们不能用对历史学家的要求去要求新闻记者，新闻记者有自己的要求和标准，我在这里不多说了。

阿古什和我在芝加哥见面的当天不免有点扫兴而返，所以我在上引信中说他当时可能还不一定能理解我的意思。但是在收到我这封信后，复信中很诚恳地说，他完全能理解我的用心。我见过阿古什之后，在 Cambridge 见到费正清夫妇时，把这件事告诉了他们，他们认为我这样做是对的。

今年 3 月，我去日本讲学，国际文化会馆的加藤先生在向听众介绍我时，兴冲冲地举起他刚刚收到的这本书。阿古什多年劳动的成果出版了，他这样认真地进行学术工作是值得我学习的。对这本书的内容我不应当多作评论，这是别人的事，而我则将从人我相看中吸收教益。现在我正在等待看《辅仁学志》上中文大学这位朋友的评论。

1982 年 12 月 31 日

旧燕归来

北京大学将庆祝建校 90 周年，要我写一篇《我和北大》的回忆录作为纪念。我下笔时，首先遇到了一个问题：什么时候算起可以说我是个北大的人。

我当学生时，在国内进过 3 个大学：东吴、燕京、清华，没有进过北大。我教书时进过 5 个大学：云南、西南联大、清华、中央民族学院，最后是北大。我接到北大的聘书最早是在 1981 年，我被任为北大社会学系兼任教授。1985 年兼任二字才取消。这样算来，我和北大的关系还只有最近的 7 年。

但是还有个算法。由于北大曾在抗战时期和清华、南开合组成西南联大，和联大有关的人也可算和北大有关。我 1938 年到昆明，在云大任教，在联大兼课，1945 年转到联大，在云大兼课。1946 年离开昆明，1947 年回到北平，在清华教课。我和联大有 8 年的关系，也可算到北大的账上。

解放后，1952 年院系调整时，燕京大学并入北大，同时北大迁入燕京未名湖畔的旧校址。因此和燕京有过关系的人，把这个关系也转到北大，于是我成了北大的校友，因为我在燕京上过三年大学。

算笔统账，首、身、尾三段都可以说我是北大的人。如果我还能在北大工作两年，到 80 岁，首尾之间正好 60 年，一个花甲，正是我从事社会学研究和教学工作的 60 年，是我一生事业的主流。要写北大和我，也就离不开这个主流。

　　从头说起，我是 1930 年从东吴转学燕京的，到了燕京才开始学社会学。这时燕京社会学系的师生，主要是我的老师吴文藻先生。提出了社会学要中国化。用现在的语言来说，意思就是主张中国的社会学应当联系中国的社会实际。社会科学理论的来源是当时当地的社会实际，而且应当为当时当地社会发展服务。同时提出了要用人类学的方法来进行实地调查，强调到实际的社会生活中去做系统的观察，取得第一手资料，进行分析、总结，这样才能提高到理性认识，形成社会学理论。这个思路鼓舞了当时燕京社会学系里的一部分青年学生，自动地上山下乡去做社会调查，为中国的社会学开创了一个新的风气。

　　抗战时期，这个风气带到了联大和云大。联大社会学系成立了一个国情普查所，云大得到燕京的支持，成立了一个社会学研究室。为了避免日机轰炸，都疏散在昆明附近的呈贡，一在文庙，一在魁阁，遥遥相望，在艰苦的条件下，坚持了社会学的研究工作。

　　全国解放后，1952 年进行院系调整，各大学都取消了社会学系。1957 年，有一部分社会学者要求恢复社会学，大多被错划右派，受到折磨。社会学成了禁区。1976 年拨乱反正，重新检讨了取消社会学这件事。1979 年领导上决定予以恢复，社会学实际上中断了 27 年。决定重建社会学时，我的老师一辈活着的已寥若晨星，我自己也快 70 岁了。早年在大学里学过社会学的，那时已改业多年，分散各处，年龄大多也已接近六十。社会上对社会学这个学科的误解和偏见未消，学者们余悸犹存。重建社会学的工作是艰难的。

　　一门学科可以挥之即去，却不能唤之即来。科学知识需要积累，积累在人们的头脑里，要代代相传，推陈出新。一旦中断，想恢复或重建时，就得从培养人做起，这就得在大学里设立学系，才能招学生来学习。设立学系得有教师，一个中断了的学科，教师得从头培养，重建社会学就得走这个程序。我们先在中国社会科学院建立了一个据点，然后通过教育部调集几十个志愿学习社会学的中青年教师，开办了几届学习班。在学习班中又留下一部分教师，互帮互学，共同备课。从 1981 年起有五个大学先后办起了社会学系，培养本科生和研究生，到目前社会学已有了一个小支的队伍。

北大在重建社会学的工作上贡献了力量，不仅首先响应号召选派教师参加学习班，又提供条件使各校教师能共同备课，而且是最先成立社会学系的大学之一。就在北大社会学系成立之后，我应聘为该系兼任教授。1985 年我离开社科院，又脱去了兼任的帽子，并主持了北大的社会学研究所。由于我并不在北大编制之内，所以有时加上名誉二字，但这非挂名，还是实职，因为我有任务，讲课、带研究生和指导研究工作。

我把主要精力放到北大，还是为了要在重建社会学中贯彻早年我在燕京学得的社会学中国化的路子。我一向遵循理论联系实际，学术为社会服务的主张。我自从 80 年代初恢复学术工作以来，争取一切机会下乡做实地观察，这几年每年至少有 1/3 的时间用在社会调查上。我反对唯书、唯上、脱离实际、贩运洋货的风气。我也认为学术领域里必然有不同的观点，但必须有互相尊重，互相容忍的精神，这样才能通过百家争鸣，繁荣学术。我在社科院工作后期感到有种种烦恼，我想到自己年事已高，能工作的时间不可能太长了，仅有的余年不应消耗在无谓的内耗之中。人各有志，还是让路为上。这样我脱掉在北大的兼任帽子，全心全意做一点自己乐意做的工作，为社会学的重建多出一点力量。想不到这原来是旧燕归来，我从未名湖畔开始走入社会学这门学科，现又回到未名湖畔来继续谱写生命之曲的尾声。

北大既包括了早年的燕京，当年抚育我的就是它，我没离开它给我的教导，晚年还是回到了它的怀抱。人生最大的安慰还不是早年想做的事能亲身见到它的实现么？北大，我感激你。

1988 年 1 月 12 日于香山饭店

寻根絮语

絮语，脱了牙的老人啰唆之言，取其发音絮絮之状，既欠文饰，更不成章。厌烦者掩耳可也，闲着无事，姑妄听之。

那还是我 10 岁前上小学时的事。那时我老是病，常缺课，小朋友里给我提了个绰号"小废物"。在我们吴语的口音里废费同音。一天病在床上，妈妈在床头打毛线陪我。我拉住她的手，很认真地问她："为什么要我姓费？"妈妈大概认为我热度高了在说胡话，拍着我说："姓费有什么不好呢？"我说："那么为什么人家叫我小废物？"妈妈笑了，"姓费的都是废物，我也不会嫁给你爸爸了。你爸爸姓费，你也得姓费，这是规矩。"

我至今还记得这段话，可以说是我上社会人类学的第一课。我这一代早期的社会人类学里亲属制度是个热门。妈妈所说是"规矩"，用课本上的话说，就是社会制度。她用中国传统的父系制度说明了我姓费的原因。但是当时我还是不满意这个答复。我想父亲的父亲，一代代推上去总有一个老祖宗挑定这个倒霉的姓，为什么他愿意他的子孙当废物呢？我没有把这个疑问说出口，怕妈妈又要说我老是"打碎罐头问到底"——意思是问题里出问题没有个完。可是这个问题却一直留在脑子里，而且还常常会冒出来，成了伏在我心里的"寻根"的根源。

我又还记得在中学里上学时，有个死啃书本的同学为了显示他知识多，高人一等，硬是当众说我连自己的姓也念错了，不应念"未"而应念"比"。吴语中费未同音，现在保存在苏州大学图书馆 1929 年《大学年鉴》里我的英文名字还拼成 Vee。我那位同学从当时通用的字典《辞源》里查到了费姓音秘。他揭发我读错了自己的姓，不仅要挖苦我不学无术，而且在吴语里这个音是通俗粗话的构成部分。他既然有字典为证，我也只好认输了。后来我到北京上学，燕京大学的注册科把我填写的 Vee 改成了 Fei，我当时想 Vee 改成 Fei 是方言之别，所以推想 fei 和 bi 也可能是方言之别。

后来，我在朱熹注的《论语·雍也》章里见到在"季氏使闵子骞为费宰"句下注中有"费音秘，为去声……费，季氏邑"。因而想到读为 bi 的费在孔子时代也许是个地名，姓从封地是有例可据的。查了分省地图，现在以费为地名的还有一个费县，在山东临沂地区。现在的费县可能就是当时孔子自己也想去当官而没有去成的鲁国季氏封邑的故地。

去年 5 月我去访问沂蒙山区，便想顺便去费县看看。费县离临沂很近，又有公路相通。由于这次访问的日程安排得比较紧，费县之行只有一天，而主要参观对象是山区的扶贫成绩。我只在和当地主人闲谈时说起了寻根的意向。他们表示愿意替我查查地方志，找一找费县和费姓的来历，写份书面材料给我。在我离开临沂之前，果然收到了这份材料，给了我寻根的线索。

费县给我的关于费氏考证的材料引用了《续山东考古录》的话："《通鉴》注：费字有两姓，一字蜚，嬴姓，出于伯益之后；其一音秘，姬姓，出于鲁季友。按春秋之初，已有费伯，不必皆出于季友也。今山东称费县读作蜚音，非是。"这份材料的作者认为这是说费姓和郮（即季友封邑）浑然一体，由于后人把郮误读为费所以有了费（Fei）和郮（Bi）两姓。或者作这种推断"郮是祖先，他的后代一支姓了费，对此我们尚待认真探究"。所引《通鉴》的注说明当时费县已称 fei。

有位朋友听说我在寻根，摘录了胡尧著《中国姓氏寻根》有关费姓的部分寄给我。这个抄件中也说"费有两家，读音不同，来源也不同。一家读作 fei，源出于嬴姓。伯益辅佐大禹治水有功，被封在费（在山东鱼台县西南），所以又称大费，赐姓嬴……另一家费读作 bi，源出于姬姓……鲁僖公为了奖励季友的功劳，把费（音 bi）邑赏给他做封邑。季友的子孙有以邑名作为姓氏的，就是费氏"。

从以上摘引的两份材料看来，费姓 Fei 和 Bi 的不同读音由来已久。来自两源，一是嬴姓，一是姬姓。要搞清这两个源头，就牵涉到了黄河流域的整部上古史。对我来说正如投入了个迷人的天门阵里。自从在大学里对顾颉刚先生的《古史辨》着过迷以后，我对这段上古史一向有点望而生畏。怎样走出这个天门阵呢？我想这根降龙木只能在考古学的宝库里去寻找了。于是去请教了一位考古所的朋友。他送来了一篇邵望平同志写的有关《禹贡》"九州"的考古学研究的论文。从这篇文章里我对黄河下游上古时代民族和文化背景有了一个概括的认识。从这个背景里也就比较容易找到费姓这两处源头的所在了。

我不妨把这篇文章中有关部分摘录一段在下面："公元前第 2000 年中叶，商王朝势力已东进到海岱区的湖东平原一带……到商代晚期商文化向东又挺进到胶莱平原西侧，最重要的发现有山东益都苏埠屯，滕县 [1] 前掌大两处……商文化的影响尚未深入胶东半岛……商朝东土的主要方国有奄和蒲姑……奄的中心或许就在曲阜以南滕县一带……[益都] 苏埠屯大墓……可能就是蒲姑君主的陵寝……正是蒲姑和奄这两个由海岱土著文化与商文化结合所产生的方国文化实体，成为周初齐鲁立国的基础。"

---

[1] 1988 年，设为滕州市。

这里所说的海岱历史文化区是指"以泰山周围、渤海、黄海、淮河故道为自然界际"的地区。"该文化区的形成可早至大汶口文化中晚期之交,即公元前 3000 年前后,整个公元前第 3000 年间则是它的鼎盛时代",这时代是在夏王朝建成前约 800 年,当时"海岱地区社会发展及经济水平在黄河长江流域诸文化区系中是相当突出的……其社会发展程度绝不比中原地区落后。……然而夏、商王朝以中央王国的优势凌驾于海岱及其他文化区系之上……当公元前 2000 年以后……昔日海岱文化的光彩在崛起的夏商文明前黯然失色了"。

这段话给了我对付古史天门阵的降龙木,找到了一个黄河下游古史的框架。在夏、商两代住在黄河下游泰山周围一直到海滨的居民,还保持了他们有别于中原的海岱文化。这些居民在古代文献中被称为东夷。在夏、商以前他们处于东亚大陆文化的制高点。在其后的 1000 年中对中原的夏、商文化做出了很大的贡献,但是自身却相对地失去了优势,特别是政治上逐步受到中原王朝的控制。到了公元前 1122 年姬姓和姜姓联盟的周王朝灭商之后,接着就向东扩张,控制了海岱地区,在原有东夷方国奄和蒲姑的基础上建立了鲁和齐两个侯国。此后到公元前 256 年周才亡于秦。从西周、东周、春秋、战国到秦一共大约又有 1000 年,在政治上是胶东半岛进入了统一的秦汉王朝,在文化上是海岱文化融合入中原文化,成了华夏文化核心的构成部分。我所想寻找的费姓的根源正处在这个历史的激流之中。

如果依费县给我的材料做线索,首先要弄清楚的是姬、嬴两姓的源头。姬姓来自周,我是早知道的,对我来说难点是在嬴姓。我查了《辞源》嬴字有"伯益为舜主畜,畜多息,赐姓嬴"。而这个伯益又就是帮禹治水有功,禹要让位给他,而他不愿接受,逃入箕山之阳的这个孔子推崇的人物。我再查《辞源》箕山,有一条说是在山东费县东南,上文中引《中国姓氏寻根》一文的括弧中有伯益封地在山东鱼台县西南,和此说相同。但接着又有一条说伯益避禹的箕山是在河南登封县^[1]东南。这两说的出处都没有注明。我也无法追究了。可是在《辞源》伯益条下却引了《竹书纪年》"夏启二年费侯伯益出就国"。这一条大概就是上述材料里所提到的费伯的文献根据。如果属实，费姓的根源可以上溯到夏代了。

上引考古资料中指出鲁侯的封地是以夏、商时代的奄为基础的。因此我又找《辞源》查奄字，果然有一条"商之盟国，嬴姓，今山东曲阜旧城东"。夏、商两代，东夷和中原王朝关系是和好的，而且往来也不会少。且不说传说中夏初禹和伯益的关系，很可能表示是部落联盟，夏末在朝廷里还有费仲和费昌握有大权。如果这些记载是可靠的话，表明中原的王朝和东夷方国不仅有较密切的文化交流而且存在着政治上的联盟。

从商代留下的甲骨文来看，商朝对东方的居民是平等相处的，把东方的方国称人方。人、仁和夷在甲骨文里是一个字形。这表明并没有歧视的意味。中原王朝和东夷也发生过战争，史书里有的说商纣王之所以招致亡国是因为他在与东方诸方国的战争中把国力消耗了。这些战争的具体对象和地域我不清楚。到周初存在的东方大国只有奄和蒲姑了。周初的东征在历史上是有记载的，而且战争一直延长到鲁、齐两个侯国的建成之后。《尚书》最后第二篇《费誓》是封在鲁国的周公旦的儿子伯禽发动的对鲁以南的淮夷徐戎的誓师宣言。这篇宣言称作《费誓》，因为是在"费地"发布的。这篇大约在公元前840年留下的文件对我的寻根很有启发。

如果把费姓的一个源流放在和禹结盟的伯益，又认为伯益的老家是在鲁南，这应当就是《费誓》里的"费地"。它处于鲁南和淮夷徐戎接界的地方。可以设想原来称费的地方住的东夷和夏、商接触已有1000年，他们正处在海岱文化和中原的夏、商文化交流的桥梁地带。

---

[1]　1994 年，设为登封市。

伯禽占领了奄国故地（汶、泗、沂、沭四河流域），费地正是它的南疆。周王朝对这地方的居民已不称夷和戎了。这样看来费地当在微山湖两岸。这和费伯封于今鱼台县一带的说法是符合的。但是据所引考古资料来看，奄的中心似在今滕县。鱼台、滕县、费县是在一条纬度上，这里就发生了奄和费的关系问题。我在此只能存疑不论了。

接着的问题是这个以东夷为主体的费，究竟读 fei 还是 bi，我的看法和费县给我的材料不同。他们认为 bi 是古名，后人误读为 fei。我则相反，认为在东夷读 fei，乃是古音。bi 是从西方来的鲁国姬姓人的读音。被封到费地建立鄪国的季友是伯禽之后，是姬姓，鄪音 bi，不同于当地原有的 fei。

我的根据有几条：（一）bi 音起于季友的封邑，最初费字加上"阝"旁，写成鄪，用以分别于费。那是在公元前 659 年。范围只限于汶上和今费县地区。后来季氏强大了，在公元前 427 年，独立称费国，就不再用鄪了。这可能是从 bi 变成 fei 的表示。（二）朱熹注的《中庸》第十一章里"君子之道费而隐"一句的注是"费，符未反"即 fei。可见朱熹也知道费音 bi 只限于季友的封邑，否则他不必在这句下加上这个注了。（三）《辞海》在费字下还有"春秋鲁邑，旧址在今山东鱼台县西南费亭"。我查《春秋》的《左传》有："费，鲁大夫费庤父之食邑，读如字，与季氏费邑读曰秘者有别。"这是说在鱼台附近还有个音 fei 的封邑，不读 bi。如果和伯益的费伯封地相联系，可以说原来东夷所据的费地是音 fei 的。（四）上引《资治通鉴》胡三省注，说当时人已把费县读为 fei，胡系宋、元之际的学者，可见在宋末元初 bi 音已失传。

bi 是季氏封邑的专用音，什么时候这个地名改称为 fei，还是个疑点。现在费县上冶镇南部还有个古城，近年出土文物证明是个古代的政治中心，可能就是鄪国的都城。现在附近有个称西毕城的地名，城北乡有个称东毕城的地名。这个毕字引起了我的猜测：造出这个新字，是不是表明当地已把费字读作 fei 之后，读作 bi 的鄪邑不得不另造个音 bi 的毕字了？

从以上这些论据来说，bi 是一定时期一定地域费字的专用音。fei 是费字的经久通用的音。fei 念成 vee，那是吴语的土音。

总的看来，我的寻根寻入了黄河下游在先秦时代民族和文化交流的总格局，小小的费姓也只有在这个总格局里找得到它的起源。如果我以上的叙述有些符合历史事实之处，也可以用来充实我在前年所作《中华民族的多元一体格局》讲话的内容。现在自认为是汉族的费姓，很可能起源于山东早年的东夷。汉族原本是由多民族凝聚而形成的，费姓只是这个民族海洋中的一滴水罢了。这滴水也正反映出从多元到一体的过程。

写到这里我想应当收住了，不料我孙子辈的年轻人读到了我的底稿，说我并没有交代清楚，为什么我生在吴江。这一问提出了一个更复杂的民族融合中的人口流动问题。姓费的人现已散布全国，虽是个小姓，总人数也不会太少。我这一家怎么会定居在江苏吴江，也就是说姓费的人怎会从山东搬到各地去的呢？时间这样长，地域这样广，这笔账我是无从清算的。迁移和扩散经过，可能比根源更难寻找了。

孙子辈的一问使我想起了 10 岁前住在吴江县 [1] 城里时的事。那时候，我们晚上出门，还没有手电筒，总得提个灯笼。灯笼两面贴着两行红字，一行是"江夏费"三个字，另一行是什么堂，堂名我已记不得。我也问过妈妈，江夏是什么意思。她回答我说，这是你这家费姓的郡名，就是你这家姓费的祖先曾是江夏的望族。我追问江夏在什么地方，远不远。妈妈也不清楚，没有答复我。

后来我看到了老家收藏的家谱，手抄本。这本家谱早已遗失，但是因为我那时正在看《三国演义》，所以家谱上费祎这个名字留下了深

---

[1] 现苏州市吴江区。

刻的印象，现在还记得。这是说我的祖先中有这个受诸葛亮表扬过的人物。其实哪一家的家谱都要找几个历史上的名人做祖宗装装门面，是否真有血统关系就难说了。这次要写这篇《寻根絮语》，我特地在《辞海》里查了费祎究竟是哪里人。结果发现这位历史人物果真是江夏鄳县（今河南信阳东北）人。当然这并不能证明费祎是我的祖先，很可能我的祖辈中有人为了要高攀这个名人，所以用江夏作为郡名。

我原有的《古今人名辞典》早已在"破四旧"中被抄走了，为了查明费祎的籍贯，所以还是只能请教《辞海》。查到了费祎，同时也查到不少其他费姓人名。这一系列人名中把外国人的译名抛开，我一数，共有10名是中国人。我想如果把他们的年代、籍贯排列一下，也许可以看到一些费姓迁移的路线。当然这是不够科学的，因为选样太少了，但也不妨试试。

这10个人名按时代安排如下：（一）费直，学者，东莱人（今山东掖县[1]）。（二）、（三）费长房，a. 东汉方士，汝南人（今河南上蔡西南）；b. 隋佛教学者，成都人。（四）费祎（？～253），三国江夏鄳县人（今河南信阳东北）。（五）费魁（502～567），南朝梁江夏人（湖北武昌）。（六）费信（1388～？），明航海家，苏州昆山人。（七）费密（1623～1699），明清之际学者，新繁人（四川）。（八）费扬古（1645～1701），清将军，满洲正白旗人。（九）费丹旭（1801～1850），清画家，浙江乌程人（今湖州）。（十）费穆（1906～1951），电影导演，江苏苏州人。

也可以说是巧合，按这张名单所列这10名历史人物的出生地，除其中一个是满族，按年代安排恰是从山东到河南、湖北，一支去四川，一支去江浙。有两个是江夏人，可是按《辞海》说一是在今河南，一是在今湖北。如果允许我凭主观推想一下：原在山东南部"费地"的

---

[1] 1988年，撤销掖县，设立莱州市。

东夷人，从周初在奄地的基础上成立了鲁国，受到了姬姓的统治。而且鲁侯对异族的居民采取了强制移风易俗的政策，一些不愿顺从的土著居民向南迁移是可以理解的。从鲁到楚原有道路相通。战国初年的墨翟据说曾经用了"十天十夜"从鲁步行到楚，即从山东走到湖北。这条路必须穿过今河南省境。从山东南下的费姓中有些在河南南部和湖北中部的江夏地方停留下来，当属可能之事。如果上述的费姓迁移路线，结合了我家灯笼上的郡名，我做出这样的推想，至少不能说全属想入非非。

汉末诸葛亮就是从山东琅玡进入河南南部的南阳，高卧隆中的。他后来转战于湖北荆州才进入四川。他很可能就在南阳韬光守晦之时结识了当地的望族费祎，一同入川，建立蜀国。按《三国演义》说，诸葛亮有个胞兄诸葛瑾却沿长江东下出仕于吴国。入川和入吴，兄弟两人在江夏一带分手也属可以想象之事，这和费姓的东西两支各奔前程，不谋而合。

在这里总结一笔，从民族形成的过程来说，在公元 2000 多年前费姓的祖先可能曾和中原的姒姓结成部落联盟，夏、商两代的 1000 多年里，他们和中原王朝一直保持了联系，成为东夷和中原文化、政治交流的桥梁，使海岱文化西进，充实提高了中原的夏、商文化。到周初从《费誓》这个文件来看，费姓已不再称夷戎以别于徐淮的东夷了。至于什么时候摘掉这顶异族的帽子，还很难说。经过近 400 年，"费地"的一部分被鲁侯封给了季氏成为鄪国，出现了姓 Bi 的费姓，至于什么时候统一于 Fei 已难查考。

春秋战国的 500 年之间，现在回头来看，正是华北地区民族大混合的时期，最后凝聚成了汉族，给秦、汉的统一国家打下了基础。这时原在山东的东夷子孙大部分已成了汉族。其实，汉族不就是像滚雪球那样滚出来的么？在整个世界上，从古到今，能包容凝聚如此多的不同来源的人，使其认同于一个民族的，除了汉族之外找不到可以相比的例子了。而这个在多元基础上形成一体的过程在汉族形成之后也还在继续不断发展，从而形成了当前的中华民族。我想今后全人类认同于一个共同体，也许还得采用我们在东方大陆上经过 5000 年积累的这一点宝贵经验。这种设想已超出于我寻根的范围，不必在这里多谈了。

《寻根絮语》不是一篇学术论文，耄耋之年不可能有此壮志了。写此絮语只能说如下围棋、打桥牌一般的日常脑力操练，希望智力衰退得慢一点而已。当然，如果一定要提高一个层次来说，寻根就是不忘本，不忘本倒是件有关做人之道的大事。在此不多唠叨了。

1993 年 1 月 31 日

话说乡味

口味和口音一样是从小养成的。"乡音未改鬓毛衰",我已深有体会。口音难改,口味亦然。我在国外居留时,曾说"家乡美味入梦多"不是虚言。近年来我常回家乡,借以解馋的机会不少。但时移境迁,要在客店里重尝故味,实属不易。倒不是厨司的技艺不到家,要追求其原因,说来相当复杂。

让我举个例子来说说。我一向喜欢吃油煎臭豆腐。看来这是很普遍的大众爱好的食品。"文化大革命"时革命派要把知识分子搞臭,既批又斗,抹黑示众,称之为臭老九。但是群众中却流行说这些臭老九是臭豆腐,闻闻臭,吃吃香。这个幽默的譬喻说明了臭豆腐的大众性,大家一听就明白其中之意。臭豆腐人们爱吃,就在它用鼻子闻时似乎有点臭,但入口即香,而且越嚼味道越浓,舍不得狼吞虎咽。

它这个特色从哪里来的呢?当我在小学里念书时,家住吴江县松陵镇,爱吃的臭豆腐是我家里自家"臭"的,就是说从市面上买了压得半干的豆腐回来泡在自家的腌菜缸的卤里,经过一定时间取出来,在油里炸得外皮发黄,咬开来的豆腐发青,真可口。其味之鲜美程度,取决于卤的浓度和泡制时间的适度。

我在吴江期间,县城里和农村一般,家家有自备的腌菜缸,腌制各种蔬菜。我家主要是腌油菜薹(按《现代汉语词典》,薹字并不同于简笔字苔)。每到清明前油菜尚未开花时,菜心长出细长的茎,趁其嫩时摘下来，通常即称作油菜心，市上有充分供应，可以用来当蔬菜吃，货多价廉时大批买来泡在盐水里腌制成常备的家常咸菜。腌菜缸里的盐水，大概在腌制过程中有一种霉菌的孢子入侵，起了发酵作用。油菜心在缸里变得又脆又软，发出一种气味。香臭因人而异，习惯喜吃这种咸菜的说是香，越浓越香，不习惯的就说臭，有人闻到了要打恶心。把豆腐泡在这种卤里几天就"臭"成了臭豆腐。由于菜卤的味儿渗入其中，泡得越久颜色越青，味道也越浓、越香、越美。我是属于从小就习惯于这种味道的人，所以不臭透就不过瘾。

自从1920年我家从吴江搬到苏州之后，在我的记忆中，我们家里就没有腌油菜心的专用缸了。要吃臭豆腐得到店里去买，有时也有人挑了担子沿街走动，边炸边叫卖，吸引买客。但是不懂为什么质量变了，总是比不上早年家里的味道，在我总觉得是件憾事。当时我还不明白有越臭越美之味感的人，必须是从小在有腌菜缸的人家里长大的。在苏州城里居住的人，大概像我这种从小镇上搬来的并不太多，他们的口味也就不同了，挑担叫卖的人当然不能不照顾大多数买客所乐于接受的标准来决定该臭到什么程度。在我认为降低了质量，而在大多数人可能觉得臭得恰到好处。

乡味还是使人依恋。这几年我回家乡，主人问我喜欢吃什么，还常常以臭豆腐作答。每次吃到没有臭透的豆腐，总是感到一点今不如昔的怀古之情。有一次我说了实话，并讲了从小用腌菜心的卤来泡制的经验。主人告诉我，现在农民种油菜已经不摘菜薹了，哪里去找那种卤呢？至于为什么油菜培植上发生了这个变化，我至今还不清楚。卤已不存，味从何来？我真懊悔当时没有追问现在的臭豆腐的制作过程。其实知道了也没用，幼年的口味终难再满足的了。

臭豆腐这家乡小吃引起了我不少遐想。口味当然是个人的感觉，主要是舌的感觉。人的舌在生理上应当是相同的，但是个人对味觉的好恶却不同，相异的原因不在生理而在各人的经历，即所处社会和时代的不同。从小养成我喜吃臭透的豆腐有我童年的社会环境。如果我在满10岁之前，我家已移居苏州城里，没有了个腌油菜心的缸，我也无缘养成这种特殊口味的爱好了。家里要有个腌菜缸却需具备一定的社会经济条件，家庭的自给经济是其中之一，而这种自给经济正在我一生中，走上了消亡的道路。

六七十年以前，看来太湖流域已发生了城乡区别。当时我住在吴江的县城里，从经济地位说，那是个小镇；以日常伙食说，家庭还是一个自给程度相当高的社会单位。粮食固然已经依靠市场供应，进入了商品经济，但是购入的只是脱了壳的米粒，要用米粉做糕点或团子，还得自家把米磨成粉。我家里有石磨，磨粉时我是个得力的童工。我记得那时，我妈妈不知从哪里得到了先进的知识，说是豆浆比牛奶营养价值还要高。于是我们每天要泡黄豆，在石臼里捣成泥，冲成豆汁，煮了大家吃。后来我念到人类历史里有个石器时期，感到很亲切，因为我早年就和石磨、石臼打过交道。几万年前的技术发明一直到我这一代还在受用。

太湖流域是鱼米之乡，粮食以大米为主。据考古学的考证，水稻是几万年前起源于这块土地上的，所以我从小以饭和粥为主食。早晚都吃粥。吃粥时即以腌菜为副食。菜这个字用来统指所有的副食品，鱼肉蔬菜经过烹调，都称"小菜"，也许保存着古老的传统。我在"文革"期间曾下放到湖北省潜江县的一个农村里去同吃同住同劳动，发现这地方的农民并不知道可以用盐腌制咸菜，我记得吃了一个月白粥。这些地方的农村经济水平比起我家乡的农村似乎差了一个档次。

我小时候更多的副食品是取自酱缸。酱缸里不但供应我们饭桌上常有炖酱、炒酱——那是以酱为主，加上豆腐干和剁碎的小肉块，在饭锅上炖熟，或是用油炒成，冷热都可下饭下粥，味极鲜美。酱是家制的，制酱是我早期家里的一项定期的家务。每年清明后雨季开始的黄梅天，阴湿闷热，正是适于各种霉菌孢子生长的气候。这时就要抓紧把去壳的蚕豆煮熟，和了定量的面粉，做成一块块小型的薄饼，分散在养蚕用的匾里，盖着一层湿布。不需多少天，这些豆饼全发霉了，长出一层白色的绒毛，逐渐变成青色和黄色。这时安放这豆饼的房里就传出一阵阵发霉的气息。不习惯的人，不太容易适应。霉透之后，把一片片长着毛的豆饼，放在太阳里晒，晒干后，用盐水泡在缸里，豆饼溶解成一堆烂酱。这时已进入夏天，太阳直射缸里的酱，酱的颜色由淡黄晒成紫红色。三伏天是酿酱的关键时刻。太阳光越强，晒得越透，酱的味道就越美。

逢着阴雨天，酱缸要都盖住，防止雨水落在缸里。夏天多阵雨，守护的人动作要勤快。这件工作是由我们弟兄几人负责的。暑假里本来闲着在家，一见天气变了，太阳被乌云挡住，我们就要准备盖酱缸了。最难对付的是苍蝇，太阳直射时，它们不来打扰，太阳一去就乘机来下卵。不注意防止，酱缸里就要出蛆，看了恶心。我们兄弟几个觉得苍蝇防不胜防，于是想了个办法，用纱布盖在缸面上，说是替酱缸张顶帐子。但是酱缸里的酱需要晒太阳，纱布只能在阴天使用，太阳出来了就要揭开，这显然增加了我们的劳动。我们这项"技改"受到了老保姆的反对。其实她是有道理的，因为这些蛆既不带有细菌也无毒素，蛆多了，捞走一下就是了。

这酱缸是我家的味源。首先是供应烹饪所需的基本调料——酱油。在虾怀卵季节，把虾子用水洗出来，加在酱油里煮，成为虾子酱油。这也是乡食美品。我记得我去瑶山时，从家里带了几瓶这种酱油，在山区没有下饭的菜时，就用它和着白饭吃，十分可口。

这酱缸还供应我们各种酱菜，最令人难忘的酱茄子和酱黄瓜。我们家乡特产一种小茄子和小黄瓜，普通炖来吃或炒来吃，都显不出它们鲜嫩的特点，放在酱里泡几天，滋味就脱颖而出，不同凡众。

我20岁离开老家后，足足已65年了，这样长的岁月里就和上面所说的那种多少还保持一些自给经济的家庭脱离了。在学校里有食堂可以包伙。自己独立成家后，尽管在抗战期间也在乡间自理伙食，但租屋而居，谈不上经营那些坛坛罐罐，我们的菜篮子也就几乎全部市场化了。只有抗战胜利后，在清华园住的几年，分到一所住宅。宅边四围留着不少空地，我和老伴就开垦种菜。有一度所长的茄子和西红柿自家都吃不完，以分送邻居为乐。我们还养鸡取蛋，完全可以自给。可惜这种生活并不长，几年后离开清华园了，菜篮子又完全靠市场经济供应了。

以上所说，是想讲明我这一代人，在食的文化上可说是处于过渡时代。我一生至少有1/4的岁月，是生活在家庭食品半自给时代，所以还记得一些上面所讲的事实。我孙子辈的这一代人可能已不会知道了。在那个时代，除了达官贵人大户人家雇用专职厨司外，普通家庭的炊事都是由家庭成员自己操作的。主持炊事之权一般掌握在主妇手里。家里的男子汉下厨的是绝无仅有的，通行的俗话里有"巧妇难为无米之炊"，说明炊事属于妇女的专利，可是专业的厨师却以男子为多。以我的童年说，厨房是我祖母主管的天下。她有一套从她娘家传下的许多烹饪手艺，后来传给我的姑母。祖母去世后，我一有机会就溜到姑母家去，总觉得姑母家的伙食合胃口，念了社会人类学才知道这就是文化单系继承的例子。中国的许多绝技是传子不传女，而烹饪之道却是传女不传媳。我在讲到"佛跳墙"时不是提到过福建有新媳妇要"试厨"的风俗，"试厨"不就是烹饪技术的公开考试么？

在我家里新风气来得早，那是从我外婆家吹来的。外婆家原本也住在吴江同里镇。我的祖父和外祖父是好朋友，因为我祖父死得早，外祖父讲交情，把女儿许配我家。但是变法维新那一阵子，我外婆家迁居苏州，我外祖父到上海商务印书馆去当《辞源》的编辑。我妈妈和我的几个姨母都上了日本学校，去当了洋学生。我出生后八个月照的相片，我妈妈还梳着日本发式，当时是洋款标志，至少相当于现在的烫发。我出生时，她正在办蒙养院，我一直未加考证地说这是中国第一家幼儿园。无论如何，她是改良派。这一改良，就把原来媳妇下厨的传统给打断了，所以祖母在我家日常伙食的主管权始终没有交替。也是由于这个历史背景，我那种至今还改不掉的口味习惯就是这样养成的。谁会意识到生活习惯上的细节都会这样深深地打上时代的烙印，和国事密切相联呢？

一代有一代的口味，我想我应当勉力跟上"历史的车轮"，从那个轨道转入这个轨道。现代的臭豆腐固然在我口里已没有早年的香了，但还是从众为是，即使乡味难改，也得勉强自己安于不太合于胃口的味道了。说来也惭愧，我下这个决心，早已越过了古稀的年限了。

1994 年 12 月 17 日于北京北太平庄

家乡的凤尾菇

　　这几年我每年都要回家乡去做农村调查。我家乡是在江苏太湖东岸的吴江县。每次离乡时，乡亲们总要我替他们办点事。比如，前年一位公社主任要我替他们想办法搞个车皮从山西运车煤来；去年一位社办纺织厂的厂长要我替他们想办法把积压的化纤织物推销到新疆或延边去。这些事我实在爱莫能助，但是我却总是喜欢他们向我提要求，能帮助他们办到的总得去办，即使办不到的，也可从这些要求里看出一些当时农村社会经济发展的苗头。治病要看脉。这些从实际工作里提出来的要求，可以说就是社会经济的一种脉搏。

　　去年冬天我离乡时，吴江松陵镇的镇长临别时拉住我，要我路过上海时想办法找个罐头食品公司和松陵镇挂钩，在镇上办一个凤尾菇罐头车间。我正按他的要求在替他想办法，同时却想到这个要求确表明了农村经济又跨进了新里程，值得说一说。

　　话得从 1981 年我去澳大利亚讲学时讲起。在访问悉尼大学时，我受到当地华人教授的热情接待。一次，在一家中国菜馆里同他们一起吃饭，有一道菜是炒鲜菇，味道特别美。在座一位教授听到我连声称好，就很高兴地告诉我：这是他试验培育成功的一种高产平菇。原种出自我国喜马拉雅山南麓，后来传到澳大利亚，经他在试验室培育，产量比普通平菇提高十倍。这个品种不仅高产，而且味美。我连忙接口说：这既然是我们中国的种，就应该让它回乡去。当我离澳前，这位教授果真送来了几支原种和有关试验经过的论文，作为他献给祖国的礼物。

我接受了这个委托，一到北京就把这几支原种送到北京大学生物学系去，他们把原种保存了下来，但是没有推广到农村去的条件。为此，我就取出一部分托人带到家乡的公社里。从原种到可以播种生产的菌种中间，还有一个育种过程，家乡的农民不懂得怎么搞。他们把这支原种送到县里，在农业局里找到了一位干部，何元亨同志。他早年在农业大学毕业，现在已六十来岁了。经过他的一番努力，终于把菌种培育成功，而且因陋就简地在他的几间"实验室"里办起了个菌种场，供应附近农民，推广平菇生产。前年我去家乡访问时，已经在好几个公社推广开了，深受农民的欢迎。

我亲自到附近农民家里去看过：有一家在住屋檐前不到半米阔、三米长的一块地上搭了个棚，长着一片平菇，个个大如小白菜，一个挤一个，又肥又嫩。这家农民告诉我，按照何老师的配方，用棉花梗切成碎片，铺在地上或板上，一寸来厚，加上所需的肥料，在春秋两季，一月就可以长一茬。一年可以长六七茬。一斤平菇成本不到一角，市面的价格要七八角。所以那家在檐下搞的那一块菌床，一年可以收到300多元。家里有个老人照顾一下就行，不需要占用多少劳动力。农民对这种平菇很感兴趣，为它取了个好名称叫"凤尾菇"，说它长得像凤尾。看来只要为农民解决原料和菌种来源，这项农村副业是大有前途的。

我问过他们，这个品种的产量怎样，据说比过去我国所产的平菇高一倍。我回想起在澳大利亚时，那位教授给我看的相片上，并不是平面的菌床，而是柱形的菌株，平菇在柱上四面生长出来像个小塔，所以也叫塔菌。立体培育空间利用率比较高。我也记得他告诉我，这个品种的长处是能适应各种不同的培养料，棉花梗，或是豆类的梗，甚至稻草，都能用作原料。气温的生长适度也大，如果加一些控制温度的设备，一年四季都能生长。这些在我家乡都还没有做到，如果加强科学实验，产量还可大大提高。

我把在我家乡农村推广凤尾菇的始末说了这么多，不仅是为了交代去年冬天松陵镇镇长向我提出帮他们搞食品工业的背景，而且是想接着借这个具体事例来说明当前苏南农村经济向前发展进程中的一些值得注意的苗头。

自从1980年起我每年要回家乡农村里去调查，那是因为这几年农村的面貌真是一年一个样，形势发展之快，我们的思想认识实在不容易跟上。只以一些统计数字来说，江苏全省农民1978年人均收入是155元，1982年已达到309元，四年就翻了一番。这是全省平均数。以我自己每年去调查的那个在苏州市里还是中间偏下的农村来说，人均收入这四年里几乎增长近四倍，从1979年的100多元，到1983年的360元。最近我接到江苏朋友寄来的喜讯：1983年的统计数字已经算出来了，总起来说是"六、七、八"三个字。"六"是指粮食总产量610亿斤，"七"是财政收入72亿元，"八"是工农业总产值824亿元。我记得1982年提的是两个突破500亿，那是指粮食总产量和工业总产值而言的。1983年这一年又长了一大截。这些数目后面存在着许多令人鼓舞的具体细节。我在上面提到的凤尾菇不过是无数细节里的一项，而这无数细节综合起来才有前年的"两个500亿"和去年的"六、七、八"。

无数令人鼓舞的细节的出现是有个前提的。同样这块地方，同样这些人，为什么5年前我回家乡带出来的都是一些无法转上去的"状子"，而这几年来却是要燃料、要市场、要工厂车间的申请呢？说得简单一些，就是党的三中全会扭转了局势。上面所说的变化就是"扭转"两字的具体注解。从那时候起，农村经济搞活了。农民的心和力，全部扑在生产上了。8亿农民这个巨大力量势不可当地造出了不去亲眼看看不大会相信的称得上"奇迹"的变化。

要理解这些数字，要体会这股发展的势头，我们还得从一件件具体的细节里去观察分析。凤尾菇进入我们家乡的经过里，就存在着许多宝贵的经验。一起始如果没有华人教授关心祖国繁荣昌盛的深厚感情，也就绝不会发生把他多年研究的成果无偿地送到我手上的可能。这位教授和我原是素不相识的，只因为我说了一句：这既然是中国的种，就应该让它回乡去，打动了他的心。这是在地球上任何地方生活的中华儿女所共有的一片心愿，要祖国繁荣强大的心愿。我们首先要做到的是不要伤他们的心，事事要争气，同他们一样处处要想到没有一个强大的祖国，我们总是会被人欺侮的。海外的同胞对此感觉特别深刻，所以他们这个心愿也特别强烈。

其次，我们必须善于使他们这片心愿成为促进祖国现代化的力量，化精神力量为物质力量。凤尾菇的原种到了祖国，使它成为造福人民的物质力量，是经过一番曲折的。北京大学的朋友拿到了我送去的原种，听我讲了这原种的来历，确是很受感动的。可是我们的大学是搞"学问"的，不像悉尼大学那样，能将教授研究出来的成果，立刻应用到群众的生产中去。他们的大学有联系生产的渠道，而我们的大学至今还很少具备这类渠道，以致北京大学的朋友把这原种搁在实验室里不知道怎么办。这是一关。

第二关是我把这原种送到了公社里，可是那里的朋友一筹莫展，不知道怎样能使这支原种变成千家万户的生产力。如果不是送到县里，碰巧遇到个有心人，这支原种也就在这关口上夭折了，我也没有再见那位华人教授的勇气了。要能引进新的生产项目，自己需要有一定的科学技术基础，这在这件事上表现得很清楚。我每次见到何元亨同志，总要表示我对他的感激和尊敬。他原是学植物保护的，对培养菌类也不是专家，但是他有勇气在极简陋的条件下进行试验而取得成功，表明了"有志者事竟成"并非虚言。我们知识分子里并不缺少像何元亨同志一样埋头苦干，不求名利的人才。我在《四上瑶山》里就介绍过广西农学院老师何有乾同志。他为瑶族同胞创造了多少财富，而自己满足于中年知识分子的俭朴生活。他们都是值得我们尊敬的人。知识分子觉得最可贵的也就是赢得这样的尊敬。我衷心希望领导知识分子工作的人能理解知识分子的这个心理状态。真正理解了，知识分子政策也就容易得到落实了。

必须要说，当前我们农民的文化水平和干部的科技知识，在进一步向现代化生产迈进时，是和客观要求不相适应的。在澳大利亚，同样的菌种产量远远高出于我们现有的成果。去年我看到何元亨同志又在试验柱形培养，但是似乎产量的提高还不显著。这个品种对不同原料的培养物质适应较大的优点也没有发挥出来，还不能充分利用当地生长的作物梗壳来做原料，仍拘泥于已试验成功而当地不大量生产的棉花梗做原料。我在这方面是外行，不应当多做主张。我只希望在这方面有专长的学者能关心农民的生产，把这些农民已经自己在搞的，眼看能增加农村生产的项目和科学研究结合起来，切切实实发挥科学技术是生产力的威力。这里我应当提到，苏州大学化学系的朋友们为鉴定凤尾菇的营养成分做出了贡献。而我们要赶上澳大利亚学者在这方面的成就，还需要付出更大的努力。

最后，松陵镇提出在5万斤产量的基础上建立罐头食品车间的设想是值得支持的一项进一步推进农村经济的建议。把培养凤尾菇推广成为一种农村副业，可以有不同的规模和模式。最初级的模式是各家各户自己培养一些凤尾菇作为自给的营养价值较高的副食品。这对提高农民营养是有效益的。如果进一步从自给自有提高到商品生产，那就牵涉到商品流通渠道的问题。过去农村副业的产品全得通过供销社收购，不收购的东西就发展不起来。三中全会后，放宽了流通渠道，先是允许集市贸易，农民可以把自己多余的产品肩挑车运到集市上去出售。后来又允许贩卖，甚至长途贩运。于是一方面出现了以贩运为业的商人，一方面也出现了大批生产某一产品的专业户，或是二者结合成立生产、运输、销售的集体联营组织。这是目前正在开始发展的较高级模式。

如果要更上一层楼，那就是发展农村副业产品的加工工业。凤尾菇罐头车间的设想就是要实现这种模式。这种设想是从实际生产中产生的。去年一年里吴江有若干公社推广了凤尾菇，总产量逐渐增加，销售的渠道跟不上。从菌床里摘下来，要作为新鲜凤尾菇出售，不能超过一个星期，而且吴江各公社目前还没有烘菌设备，鲜菇不销出去，不能烘成干菇保存。在这种情况下出现了一些骑自行车到各村收购，然后当天运往苏州销售的贩运商人。松陵镇的镇长曾经写信给我，要我设法替他们买一辆运货卡车，组织凤尾菇运销合作机构。买卡车我没有本领，但是对他们组织集体运销机构是双手赞同的。这次听他们要办罐头食品工业，可说是又迈出了一步。这个车间如果如愿办成，凤尾菇的市场就可以大大扩大，直到国外。市场扩大和稳定之后，农村里的这项副业就可以大大发展了，还会带动农村经济更上一层楼。

吴江农村里凤尾菇的培育，个别地看去，是一件很小的事情。但是从它的发展经过来看，它很可能反映出正在各地农村里发生的为数很多的新生事物。由于我亲身参与了这件事，所以把我的体会写出来，以供关心农村经济发展的朋友们参考。

1984 年 1 月 14 日

《史记》的书生私见

我一生读书、教书、译书、著书，识字以来，除不得已外，70多年没有和书须臾分离过。自称书生，当不为过。但说来也难自信，尽管我这小小书斋满架、满橱、满桌、满壁、满地都是图书报刊，其实我常挂记在心头的书却没有几本。细细思来，太史公司马迁的《史记》是其中之一。《史记》是我这一代书生都熟悉的，本无可说，但说起来也有不少久藏在心里的话，不妨姑妄言之。

我和《史记》相识是出于父命。年未及冠，尚在中学里上学，有个暑假，我父亲不知为什么要我跟他一起去走访一位他的老朋友。进门坐定，我父亲叫我站起向这位老先生鞠躬行礼，口称老师。这种已经大为简化了的传统仪式，在20年代也是少见的。礼毕，那位教师向我父亲带着一点商榷的口气说："那么，就让他从《史记》圈起罢。"这是他定下的入门规矩，先得圈几部书。圈书就是现在所说的标点，但符号单纯，只用圈断句。接着又指点一句："可以先从'列传'圈起。"出门后，我猜测父亲大概对我当时在一些刊物上发表的作品不大满意，所以和他的老朋友做出这个安排，目的是学文，并不是学史。

在我这一代，父命师训固然还起一定的作用，但是我大热天能坚持埋头圈书，其实是出于《史记》本身的吸引力。回想此生，也只有这一回。假末，我向老师去告辞。他抽了一筒水烟，抬眼看了我一下：

"你觉得这部书怎样？"对这突然袭击，我毫无准备，只能率直地说："我很喜欢读。""为什么？""太史公文中有我，把古人写活了。"这位老师露出一丝微笑，并不像是满意的微笑。他接着说："既然喜欢读，还不妨多读读。"

我不仅没有按着他的叮嘱去做，甚至自从这次告辞之后，我也没有再去拜见过他。但是后来我知道他听到我在广西瑶山出了事，特地找我父亲要知其详，还写了一篇纪事，收入他的《天放楼文集》中。可惜我在解放后重回故乡时，他已去世，连文集都没有看到。

事隔30年，我列名老九，置身册外。当其时，亲友侧目，门庭罗雀，才想起这部"不妨多读读"的书来。读到司马迁《报任安书》中的"肠一日而九回，居则忽忽若有所亡，出则不知其所往"。我惘然如跌入了时间的空洞。历史应当是个逝者不能复返的过程，怎会在2000年前他已写出了我连言语都无法表达的自己当时活生生的心态？

我记得曾说过"文中有我"，但当时指的"我"只是作者自己。读时无时不感到作者在写他自己的感受，把自己化了多种多样的历史人物，把他们写活了。过了半个花甲再读《史记》，眼前不能不浮起那位老师不像是满意的微笑，似乎明白了他"不妨多读读"的意思，好像是说："年轻人，慢慢体会罢。"这么多年的世道，把我的思路导入了对《史记》新的反应，"文中有我"的"我"字能不能作读者来体会呢？

这种体会却又引出了一个难解的困惑。2000年的时间丢到哪里去了呢？我当时说太史公把"古人写活了"，那只是说"写"出了神，死了的古人，在读者眼前栩栩如生而已。这里还不能缺个"如"字。但是如果文中有了读者，这就不是"如"了，而是"真"的活了。如真成了真如，我似乎见到了一个时间的空洞。我在"喜读"这部书的感情里，插入了一种"惶悚"的心理。如果真的是岁寒而知松柏之后凋，举世混浊乃见清士——这不是一个令人心寒的世界么？我生来是个软心人，盼望着在时间的推移中世界是会越来越好的。如果时间真是有空洞，人类不能在时间过程中不断进步，人生还有什么意义呢？幸亏不久我那部《史记》作为"四旧"被抄走了。喜欢也罢，惶悚也罢，反正不再在我的手边了。

又过了30年。我已入耄耋之龄。为了要写这篇"说史记"的短文，突然发现我连太史公的生卒年代都不知道，查了一些工具书，对太史公哪年去世都用"？"号，存疑不写。后来我在中华书局标点本《史记》第 3321 页注 16 下找到《集解》说："骃案：卫宏《汉书旧仪注》曰：'司马迁作景帝本纪，极言其短及武帝过，武帝怒而削去之。后坐举李陵，陵降匈奴，故下迁蚕室。有怨言，下狱死。'"关于太史公保李陵、下蚕室的事，在《报任安书》中言之甚详，也是后世所熟知的。裴骃引卫宏的注我是第一次读到。似乎是隐约地说，司马迁下蚕室的真实原因是笔下犯忌，得罪了皇上，保李陵何至于下蚕室？结果是死在狱中，年月不详。这个下场，历代史书一般是隐讳不提的。

太史公不是个贪生怕死的人，更不会不知道自己的落场。他忍辱偷生写完这部《史记》，最后在自序中还明白写出："藏之名山，副在京师。俟后世圣人君子。"在京师的那本是公开的，就难免削改。他似已防止这一手而把正本安放在下落不明之处。《索隐》作者司马贞还故作谜语，引《穆天子传》说名山是"在群玉之山，河平无险，四彻中绳"之处。又在"述赞"中告诉读者副本是受到篡改的，所以说"惜哉残缺，非才妄续"。但是正本究竟何在呢？

半夜不寐，似有所悟。我真是个太史公所说的浅见寡闻的俗人。怎么不领会有生无卒的妙笔？太史公的生命早已化入历史。历史本身谁知道它卒于何时？《史记》所述正是这生生不息、难言止境、永不落幕的人世。正是这台上的悲喜啼笑构成了不朽的人类心态。这就是它的正本，也是它的名山。让这台戏演下去罢，留个问号给它的结束不是更恰当么？更好些么？

　　"既然喜欢读，不妨多读读。"这是60多年前老师临别时的话，不寐之夜又在耳边叮咛。时乎，时乎，怎样分辨今昔呢？小睡醒来匆匆写下这个感觉。明知是老来的胡思乱想，不值得深究，故以"书生私见"为题，以免扰人清思。

1993 年 2 月 16 日

晋商的理财文化

谁曾想一代晋商驰骋九州方圆？

谁曾见玲珑小城气吞八方地面？

这是电视连续剧《昌晋源票号》主题歌开端的两问。可说是偶然的巧合，我一听正是我去年 7 月间在山西大学华北文化研究中心开幕时召开的学术讨论会上提出的问题，当然提得没有那么文雅，有诗意。

我去山西访问原是想填补《行行重行行》的一个缺档。到了太原适逢山西大学召开这个学术讨论会，坚持要我参加，而且说有几位从台湾、香港，日本来的人类学界老朋友有意在会上和我聚谈，我欣然应邀。谁知开幕式完毕就点名要我首先发言。这真难为了我，一是我事先并没有准备论文，二是我对华北文化并无研究。话从何说起？

幸亏我前一天参观了太原附近祁县的民俗博物馆。这个博物馆坐落在有名的"乔家大院"的老宅里。乔家大院是清代遗留下来的比较完整而精美，具有时代特色和地方风格的建筑院落。但地处偏僻，要凭此建筑学上的标本来吸引游客，至少在这个年头，还是不易办到的。乔家大院之所以出名却得力于前几年红极一时的电影《大红灯笼高高挂》这部吸引过西方观众的名片。这部名片就是以乔家大院做背景拍摄的。剧情虽说是虚构，却也隐射晋商面貌。

我没有看过这个电影，当年电影评论界对"大红灯笼"的议论也没有引起我的关心，倒是那位导游一再用该片的情节来介绍"民俗博物馆"，不由得我不被引进对真实晋商历史的兴趣。我对该馆所陈列着的民俗标本，包括那挂在大门口的大红灯笼并没有细心观看，印象都不深。因为我当时心里被一个问题占住了：这个至今尚没有脱掉农业地区小镇本色的小小祁县怎么会在200多年前就产生了这么多豪商巨贾？这些晋商又怎么会垄断全国金融业直到解放前夕？我的一连串问题，似乎为难了导游，所以他送了我一本小册子《在中堂——乔家大院》（山西人民出版社1992年版）。这是本经过多人，包括乔家的后人核对过的对晋商乔氏的简介，阅读后我受益不少，至少没有使我在山西大学这次讨论会上砸锅。

　　我的发言从参观乔家大院说起，其实就是提出了上述主题歌里晋商何故能驰骋九州，小小祁县何以能气吞八方的问题。以这个主题为例发挥了一通我们怎样可以从"天地人"三才入手去理解一个地区的文化特点。

　　近年来我在各种会上只要一开腔就收不住，这是年老病，噜噜苏苏说了一大篇。其实所谓"天地人"三才，用现代话语来说，就是历史机遇（天时）、地缘优势（地利）和人的素质（人才）。从这三方面入手就多少可以答复一些上述的问题了。

　　根据那本小册子所提供的资料，我把乔氏家属作为晋商的标本，随口试作一次简单的"三才分析"。我先讲了一段山西人大多都已知道的乔氏历史。早在乾隆初年（18世纪30年代）祁县乔家堡有个农民叫乔贵发。他是乔氏晋商的创业始祖，为人忠厚，助人为乐。但家贫无业，受到族人奚落。一气之下，决心离乡独自去闯口外，在内蒙古萨拉齐厅一家当铺里当了个伙计。萨拉齐厅是当时山西人闯口外进入内蒙古地区形成的一个移民区。在那里他认得了同店里的另一个伙计姓秦的乡亲，结拜了兄弟。后来他们积了点资本合伙在包头开设了个

"草料铺"，是个专门接待马帮寄宿的客栈。

这类"草料铺"在抗战期间我在云南内地农村调查时是很熟悉的。大概凡是有马帮用来作为运输通道的路上都有这类小旅店。天晚了，搞运输的马队就在这种小店里歇脚，马喂草料，人打尖。天一亮就起程赶路。我也曾在这种"鸡鸣朝看天"的店里打过尖，歇过夜。当然这是我30年代在云南的经历，而乔贵发的小店是在内蒙古的包头，相去万里，相隔百年，在此相提并论，似乎时空相距太远，但再一想这类小店恐怕在全国各地已有千年的历史，而且至今还有。

说到乔贵发在包头的草料铺又唤起了我1984年初访包头时参观老城的印象。包头老城是靠黄河边的一个水旱码头，年代已久。我在《行行重行行》的《包头篇》里写过："（这里）到解放前还不过是一个人口不过7万人的'水旱码头'。水旱码头是指这地方由于地处黄河要津，形成了内蒙古皮牲畜和药材汇集内运和内地输入商品的转运中心，有名的西北皮毛集散地。据说当时5月份黄河开冻，就不断有各式各样的船只汇集此地，在7月中旬达到高潮，码头上停驻有三四百条船只，长达10多里。包头城内大街小巷做短途运输的马车有500多辆，集市上车水马龙，盛极一时。"

这段话里描写的包头旧城景象说明这是个农牧区接界处的内陆商埠。这里的居民以商为主，大多是从山西来的移民和流动的商贾。至今市上还可以听到一片山西口音，和包头新兴的工业区里几十万人的东北腔有鲜明的区别。乔贵发一气之下闯口外，就是当时在旧城里落脚的那一类人，可以说都是些穷困而有志气的山西老乡。闯口外是当时山西农民利用农牧贸易找到的一条脱贫致富的生路。过去几百年里走上这条路的人何止百万，但能像乔氏家族在几代人的短期内从个穷伙计变成个腰缠万贯的富商巨贾，却没有多少。围绕着这众人瞩望的标兵，流传了一个动人的传说。

传说一个严寒的冬天，有一个"鹤发童颜，慈眉善眼"的老年客商牵着匹高头大马，带着个沉重包袱。找到那时还是个无名无号的乔氏小店来投宿。小老板照例侍候得十分"熨帖"（祁县方言周到舒服之意）。次日一早这位客商说要出门访友，临行叮嘱小心保管好留存在店里的行李。一天天过去了，不见这位客商回店。小老板怕行李受潮发霉，想替他晒晒太阳，打开一看，大吃一惊，原来尽是足金的元宝。他当即跪下向天磕头，心里想这位客商准是个财神化身。正由于他平时为人正直善良，这件事传了开去也没有人怀疑他得了不义之财，反而作为善有善报的见证。靠了这笔启动金，他发起来了。到他儿子手上，立了个商号叫复盛公，成了包头这个水旱码头的支柱企业，因此至今传言："先有复盛公，后有包头城。"

用我在上边提到的三才分析法来解剖这家晋商的兴起并不难。从天时的历史机遇说，乔氏这个晋商正赶上18世纪中叶，西方现代商业势力大举入侵之始，从此直到解放，中国一直是个列强逐鹿的大市场，国内商业和金融势必随着发展。他赶上了这班车。

从地缘优势来说，山西隔着条黄河，紧联内蒙古，正是农牧两大经济区的交接边缘。历代在广阔草原上以放牧为主的蒙古族，似乎没有经营商业的本领，以致历史上的茶马贸易一向是掌握在汉人手中。包头属蒙古族地区，但是作为贸易中心的水旱码头却是汉商聚集的据点。当时所谓闯口外，就是现在流行的"下海"，投身到这商业巨流里去。

至于人的素质，晋商大多是闯口外起家的。乔贵发个人传记可以说明和他一般闯口外的人几乎都是那些从勤劳勇敢的中国农民中选拔出来敢于冒风险，善于和人结伙合作的人才。这和近年来我国经济大发展中大显身手的海外侨胞是一类人物。三才具备，正是晋商所以能驰骋九州方圆的根据。

有意思的是包头的金融业，当时称票号或钱庄，十家有九家的财东是山西人，而且其中又大多是祁县和祁县附近的人。这主题歌里的第二个问题为什么祁县成为金融中心，我还没有找到答案。勉强可以想到的理由是200多年来中国内地企业的所有权是跟亲属系统继承的，而合伙的搭配是跟乡土关系走的。和乔贵发合伙经营的最早的对象就是同县的秦姓。亲属和乡土是中国的传统社会关系，看来一直支配着这项企业的发展。

我说着说着还在寻思，偶然一看手表已超过了一般这类讨论会上个人发言的时限，不能不到此收住。正因为急于收口，忘了把这番议论和讨论会的主题"华北文化"挂上钩。画了近一小时的龙，还没有点睛。坐在旁边从台湾来的李亦园教授，帮了我的忙，加上了一句收场语："这不就是对山西理财文化的分析么？"

李教授接着发言，他也从参观乔家大院说起。他针对电影《大红灯笼高高挂》的剧情展开他所谓"理财文化"的论点。他很有礼貌地说该片也许有其艺术上的成就，关于这方面，他作为一个人类学者不必发表什么评论，但总觉得该片用乔家大院做布景，更用突出引人注目的大红灯笼为片名，编出这段妻妾成群的家族故事，似乎有点对不起乔家大院的主人，而且也歪曲了山西文化的本来面目，可说不太公道。他接下去就根据乔家大院主人创办金融企业的经过，所奉行的企业纪律和建立的企业组织，对我的发言作了补充。并说这正是一个体现山西人自创的理财文化的典型。他认为如果进一步深入研究就可以看出我国200多年前已经有了利用传统的家规，严格管理一个巨大的企业的能力，体现了一套具有特色的理财和管理哲学，甚至在现代管理学中也许还是一种值得注意的有效模式。

李教授比我年纪轻，科班出身，文化人类学的根底比我深，而且一向在大学里讲课和在科学机关里做研究工作，没有像我那样长期中断过。他讲起学来有板有眼，不像我那样野马乱闯，无边无垠。我本想规规矩矩地做些笔记，预备介绍他的观点时可以不致走样，但是边听边记的习惯我在"文革"期间已被打断。所以上面所述的不能视为原话，只是我现在还记得的一些当时的体会而已。好在我回京之后，过了一段时间，接到有朋友转来李教授在台湾《联合报》上发表的那篇《乔家大院的大红灯笼》（1994年9月6日）。这篇文章比他在研讨会上口头所讲的"山西理财文化"更头头是道，所以关于他的论点我不必在这里多说了。

李教授在他的文章里强调乔氏企业不仅有传统式的严禁纳妾、宿娼和赌博的家规，而且还有一套理财和管理的哲学，和与此配合的相当于现代西方企业管理中的科层机构，实行所有权和经营权的分立，和相应的制度和纪律。我想要值得一提的是李教授称之为乔氏企业里的那一套商业伦理。他根据这些事实，用"不公"两字来指责"大红灯笼"的电影。其实在我看来他也在指责"无商不奸"一类重农轻商传统里的思想意识。商有商德，无德不成商。但是这种公平的论断，到目前还不是中国人的共识。理财文化和商业伦理还需要有人多讲讲才不致使市场经济走入歪道。

我看了李教授所讲的山西理财文化的伦理基础，产生一种体会。这一套伦理看来还是以我国小农经济为基础的，或者有人可以说还是在儒家文化的基础上发展起来的。从结构上说是以亲属和乡土关系为轴心，从内容上说还是治家要勤俭，对人要讲信义，讲厚道，反对营私，巧取。这些不都是沉淀在我们中国传统文化里的伦理基因么？从山西的理财文化看，我们这些传统伦理基因还是发展出与西方现代企业管理可以相比的企业精神。我这一点似乎是极平常的体会。对于一些崇尚西方人文思想的人可能会很敏感。因为有一位德国早期的权威学者名叫Max Weber（1864～1920），曾经因为发现西方现代资本主义的发展曾得力于基督教里的被称为Protestant的新教精神，而倡言缺乏这种精神的东方国家不可能自发地发展现代的企业。我的老朋友杨庆堃教授曾经在Max Weber这一部著作的英文译本出版时写过一篇引论，批评了这种在西方学术界风行一时的理论（*The Religion of China*，英文版，1951年）。40多年后再读这篇引论，我不免触动私谊。如果有人把早于 Weber 出生前 100 多年乔氏企业的起家历史事实及时的写成德文，我想 Weber 也许就不会写下那些有劳庆堃大动笔墨的话了。

任何经济制度都是特定文化中的一部分，都有它天地人的具体条件，都有它的组织结构和伦理思想。具体条件成熟时经济发展出一定的制度，也必然会从它所在文化里产生与它相配合的伦理思想来作为支柱。Weber 的西方现代资本主义的理论对西方社会来说是具有灼见的。但走进了他不熟悉的中国领域，没有机会接触到中国社会经济发展的具体事实，那就难免受到我老同学的严正批评了。

我同意山西的理财文化应当有人仔细进行深入研究。这里不仅有理论的问题，比如儒家思想中有没有可以继承来发展我们社会主义市场经济的部分？儒家思想在阻碍中国的经济发展上又起过什么作用？我们对经商理财这一业，甚至"商"这一字，为什么至今还有人带着负性的感情？它传统的历史基础又是什么呢？正确对待经商理财文化，我想是有利于国家生产力的发展的，希望山西大学的华北文化中心能考虑到这一点，做些切实的研究工作。

1995 年 5 月

洋车·汽车·高速路

春节晚会上，牛群坐在冯巩拉的两个轮子的车上，俩人合说了一段相声，逗得人们捧腹大笑。这种车子最初出现在日本，所以人们叫它东洋车，也叫人力车或黄包车，现在已经看不见了。年轻人只能在某些描写旧社会生活的文艺作品里，知道一些它的"身世"，像老舍先生著名的《骆驼祥子》就是描写拉洋车的祥子和虎妞的故事。

可是这种用人拉着跑的洋车，在半个世纪以前却是城市里主要的交通工具呢。解放后不久，洋车就被脚踏的"三轮儿"代替了。1956年2月25日，新华社曾经报道上海市交通局这一天把上海的最后两辆人力车送进了博物馆。接着，公共电汽车发展起来，"三轮儿"也就不多见了。这些年除了公交车外，城市里的"的士"忽地冒了出来，乘出租车成了百姓的常事，以致社会上流行起"打的"这样一个新词儿。现在小汽车也开始进入了百姓家。有资料说，90年代以来我国机动车每年以超过20%的速度增长，目前机动车拥有量超过5500万辆。增长速度可谓快矣！

但是陆上行车，不仅要有能转动的轮子，还要有推动轮子转动的动力和轮子能在上面转动的路面。就是说车、油、路是三位一体。可喜的是这20年来，我国"油"和"路"的发展也取得了骄人的成绩。前几年我到天津开会，汽车在平坦的、管理和设备高度现代化的京津塘高速公路上飞驰，120公里的路程一个多小时就到了。然而就在去天津的前几天，我刚刚从贵州毕节地区回来。我从北京乘飞机到贵阳，2000多公里，用了不足三个小时。从贵阳到毕节，200多公里，坐汽车去，竟用了一整天。就在这短短的一个星期里，我的感受就像经历了两个不同的时代。使我想到目前我国各地交通事业的发展，还存在着比较大的差距。我国的一些欠发达地区，经济发展比较慢，原因很多，但交通闭塞是很重要的一条。让我们看看毕节。这里是个少数民族聚居的地区，历史上少数民族同胞，为了反抗统治者的压迫，躲进山川阻隔的地方，保护了他们的生存。但是在获得了民族平等的今天，这种闭塞却制约了他们的经济发展。

历代有为的统治者，为了巩固政权，无不看重交通。贵州西部的关岭县的关索岭上，至今还保存着较完好的5公里大栈道，这是诸葛亮南征时修建的。同时诸葛亮还发明了木牛流马，那时说的木牛流马，依我看就是现在的独轮车。栈道和独轮车配合起来，解决了山区运输军需给养的问题。此外诸葛亮还妥善处理好了与少数民族的关系，因此蜀国能在西南一带站住脚跟。

那次到毕节，使我高兴的是，当地的乡亲们已经自己动手修路了。从贵阳到毕节，走了一天公路，路面坑洼狭窄，临近毕节时，公路宽阔了起来，路虽然没有修好，但看模样这是一段高等级公路。同行的当地同志告诉我，这段路是群众在比较穷困的情况下，集资5000万元修的，有40米宽，20公里长，是毕节有史以来第一段高等级公路，但是再往前修就实在没有力量了。

上面讲的都是我目睹的事实。近20年来，我国在交通建设上所取得的成绩，使我感到振奋。但是我们的交通现状还远不能满足经济发展的要求。如果跟一些发达国家比，差距就更大了。

还拿我亲身经历的一件事来说：40年代初我曾访问过美国。时隔30多年，1979年我随中国社会科学院组成的代表团又去了一趟，这次访问前后一个月出点头，时间短，节目多，所见种种，只是些浮光而已。回来后写了一组"杂话"称《访美掠影》，其中谈到美国近 40 年来交通事业的发展所给予我的印象。

美国在 1908 年，大量生产出有效和廉价的汽车——"把美国装上了轮子"。但是汽车那么深入地影响着美国社会，则是第二次世界大战以后 30 多年来的事。这些变化正是发生在我两次访美之间，前后对比，给我的印象特别深刻。

20 年代末，美国曾面临一次严重的经济危机。后来罗斯福总统出了个主意，由政府拿出大笔钱来兴办公共工程，建筑高速公路就是其中的一项。这个当时所谓的"新政"，解决了很多人的失业问题，刺激了经济复苏，危机总算渡过了。经过几十年的努力，到 70 年代初，美国已建成高速公路 170 万公里，还有其他一般公路 100 多万公里，形成了密如蛛网的公路系统。汽车数目超过 1.4 亿，汽油消耗也超过 2000 亿公升。以汽车大王福特和石油大王洛克菲勒为象征的美国汽车和石油两大企业，构成了美国车、油、路三位一体。

当然交通不仅仅只是公路和汽车，还有空运、水运等。我只是想从一个侧面说明，改革开放以来，我国的经济建设虽然取得了巨大的成绩，但是要跻身世界强国之林，我们还要加倍的努力。

1998 年 7 月 10 日

第二辑

闻香已醉

乡情脉脉话酒肴

——漫话徐海佳肴名酒

今年 4 月我有机会访问苏北五市，一路上品尝了各地富有特色的名菜、名点、名酒。同行的朋友怂恿我说：乡情深厚，不可无记。当今人民生活复苏，已有余力品尝美味，而这正是我国悠久文化的特点。世人大多只闻川菜、粤菜之名，殊不知烹饪绝技有其丰厚的乡土根源。每一个名镇几乎必有名菜、名点、名酒为其标志，所谓"一镇一品"。研究小城镇者不可不知，亦不可不尝。因此，我承担了执笔之任。一转眼已是夏去秋来，如再不抽时写出，势必又成明日黄花。苏北太广，只记陇海东段，徐州和连云港两市。连云港旧称海州，故题作徐海。年老易忘，记不求全，随忆随写，品尝到而未及提者尚多，容后有缘再补。

话从江苏西北角的刘邦故里丰、沛两县说起。在中国历史上，以农民起义而立邦建朝的唯汉、明两代，其开国皇帝却都出身于淮海地区。与其说是风水好，不如说这正是土瘠多灾，民贫易反之区；居占要津，兵家必争之地。远者不提，就是 30 多年前奠定人民战争胜利的重要一仗也是在这片土地上打的。到这里来旅游的人，听不完历代传奇式英雄人物的故事，不仅地因人杰，就是代表着这地方的美味也离不开有关这些人物的传说，亦可说味因人美。

到沛县，不可不吃一次狗肉。如果物以稀为珍，那么沛县的狗肉不应说是珍品，因为这是人民大众喜爱之肉，多而不稀，但其俗珍视之，不厌其多。这种群众性的珍品得之不难。在沛县城里就有一家"犬肉商店"，在街头还有卖狗肉的个体户，不下六七家。据说每天出售狗肉有200多斤，甚至已试制成功狗肉罐头，取名"歌风"。"歌风"是指刘邦的《大风歌》。沛县保存了相传东汉蔡邕所写的《大风歌》碑石，并筑了个亭，称"歌风台"。

屠狗可能是早年落魄英雄所操的贱业，吃狗肉的是一些想吃猪肉而吃不起的穷人。可是这贱业却翻了身。人们还津津乐道这翻身故事。据说秦末这地方有个汉子姓樊名哙。这个人因司马迁在《项羽本纪》里提到了他，从此脍炙人口，给人以相当于张飞、鲁智深的形象。这个莽汉早岁就是以屠狗为业的。传说，刘邦没有发迹时，天天去吃樊哙的狗肉，但给不起钱，樊、刘同是穷汉。樊哙养不起这位白吃狗肉的朋友，于是过河另摆摊头。刘邦还是忍不住饥饿，赶到河边，无船可渡，正在发愁，却来了一只老鼋，驮着他过水。他见到樊哙一语不发，抓起狗肉就吃，旁人看他吃得那么香，围拢来一抢而光，个个说好，一文不给，扬长而去。樊哙气极了，杀了老鼋，和狗肉一起煮了来卖，以求补偿。不料狗肉得此加料，香气四溢，从此门庭若市。据说，樊哙这锅原汤，一直保持至今。沛县狗肉，另有风味，源出于此。

这个传说，信不信由你。沛县狗肉味道既有其特色，人们总得给它个解释。把它联系到樊哙确是可以使食客们不仅口里香，而且似乎还可以分到一分英雄气概：举杯嚼肉，重温一下那个"头发上指，目眦尽裂"的勇士，把盾牌在地上一掷，按上那块项羽给他的生"彘肩"，拔剑割肉而食的神气。当然"彘肩"是猪腿，鸿门又在今陕西临潼县[1]东，吃的对象和地点都不尽相合。我不知道当时陕西是不是没有吃狗肉的习惯，而以猪代狗；但是吃惯狗肉的人，对付那块生猪腿

---

[1] 1997年，撤销临潼县，成立西安市临潼区。

当然不会踌躇难咽的。

樊哙对项王要他再喝一"斗卮"酒（一大杯酒），毫无难色。他是沛人，沛地自古出产名酒，对此道必然素有锻炼。给他酒喝，正中下怀。"死且不避，卮酒安足辞"大言耳。要证明沛地产酒，又得提到刘邦。据说，他得了天下，衣锦返里，在沛宫大宴故乡父老子弟。《大风歌》就是他酒酣后抒情之作。这首传诵千古的诗的催化剂正是流传至今的古沛酒。可惜我自己不沾此道，不能写出这种酒给人引起的意境。可是，此酒之妙还有史实为证。那就是晋代"竹林七贤"中有名纵酒放诞，至死不悔的刘伶。据说，他有名的《酒德颂》也是喝了沛县高粱酒而写的。有歌谣说："古沛烧酒醉刘伶，味美醇正香又浓。"甚至有人用此为典，名此酒为"醉刘伶"。刘伶是沛国人，歌谣的依托在此。但查《辞海》刘伶出生地是今安徽宿县，在今沛县南100多公里。看来刘伶要喝到古沛酒，还得走相当远的路程。这个史实，信得与否，尚属难说。

此证如果不足，沛县历来出产美酒还是可信的。它东邻微山湖，湖水据称极为清澈，且带甜味，加上这地区的优质高粱，所酿成的烧酒当属非凡。无怪它在一次审酒会上得的评语是："酒质纯净，入口绵甜，回味悠长。"我不辨酒味，不敢附和，要知确否，不如自尝。

我们所说的酒，在英文中分 Liquor 和 Wine 两类，无统一属称。Liquor 指酒精度数较高的烈酒，一般用五谷酿成，合我国酒字的原义。酒和酉通，《康熙字典》释"酉"引《说文》："八月黍成，可为酎酒。"释"酒"引《释名》："酿之米麹，酉泽，久而味美也。"沛县高粱酿成的烧酒大概属 Liquor，Wine 指葡萄酒，在我国古无此酒，后来从西域引进，唐诗中才有："葡萄美酒夜光杯。"在刘邦回乡大宴父老时所喝的酒，还不可能是葡萄酒。

我插入这一段说，原因是在沛县以烧酒出名，至今市上出卖的还标上"大风牌"，利用刘邦争市场。而其西邻丰县却出了一种白葡萄酒，依我猜测大有后来居上之势。如果沛县烧酒得益于微山湖之水，丰县葡萄酒则借力于黄河故道的沉沙。这里在黄河改道之后，"天上来"的水不再滋润这片土地了，留下的却是一片盐碱，五谷产量极低。解放后，大兴水利，这片黄泛冲积平原成了花果园。丰县这几年开辟了果园5.8万亩，其中特别长得好的是葡萄。可是它虽得地利，却不像新疆吐鲁番那样更得天时，生产的葡萄无法靠干燥的空气来晒成干果。产量多了，运不出去，就会烂掉。于是想到了酿酒一法，生产了白葡萄酒。

当丰县的主人递给我一杯土产的白葡萄酒时，我一上口，立刻联想到了早年在马赛等船返国那晚，在小店里所尝到的至今还没有忘记的酒味。我脱口而出，"Vine blanc"。这是法国最普及的白葡萄酒，它不像我们北京宴会上那种甘甜的红酒，而略略带一点苦味。我当即问主人，这种酒的酿造技术是何处引进的？他们捉摸不到我的意思，只说这是近年来试制成的本色葡萄酒。本色者，除加曲发酵外，不加其他作料之意。既是本色，那么它的醇朴只能来自原料的优质了。我在这次旅行中，总喜欢替它宣扬。我所喝过的葡萄酒中只有丰县本色最接近西方标准，而且夸口说，如果经营得好，输出的机会或许可以追上青岛啤酒。可惜丰县本色葡萄酒还是个"养在深闺人未识"的小家碧玉，至今连个牌子都没有。

我们从徐州乘汽车去连云港，路过东海县的温泉，住了一夜。在这里，我们虽则还没有望见海面，但已经开始和海味接触了。离开我们住所不远有个鳗鱼人工养殖场。鳗鱼我是吃过，也喜欢吃的。主要是因为它肉质细嫩，富含脂肪，而且没有细骨，对我这样满口假牙，习于吞食的人，不致有刺喉之患。但是我过去只在桌面上见它，从来没有看见过它们在水中的生活。这次开了眼界。

这个养殖场是和日本合资经营的。日本人把鳗鱼列为上品，所以愿意和我们合资办这个养殖场，产品目前主要是供应日本市场的，但是从此我们就引进了人工养殖鳗鱼的技术。这个养殖场办在温泉，原因不言可喻，就是由于鳗鱼需要较高的水温才能生长。温泉的水不加人工就够适应鳗鱼的需要，在经济上占了便宜。我们参观时，主人表演了喂鱼的场面。鱼的饲料团成小球，投入水中，一时整个池塘内的鳗鱼立刻集中争食，黑黝黝的一大片，起伏回泳，确是奇观。

据说这种鱼全名是鳗鲡。有地方俗称白鳝，其实出于误解，鳝是淡水食用鱼，在池塘、小河、稻田里都有，而鳗形状虽然和鳝相似，但是它们的生命史却不同。鳗鱼到了秋季要到深海里去产卵，幼鱼如小小柳叶，透明，经过变态之后，才进入淡水中生长。所以人工养殖需要专门知识，也就是说要点科学才行，养殖的池塘是用玻璃盖顶，保温保光。棚内看到几个小伙子操作熟练，使人心喜。我们的渔业上了一层楼了。当晚吃到清蒸的和红烧的鳗鲡，觉得味道也特别入胃。

目前鳗鱼在我们外贸账上还不占什么地位，占地位的海产是对虾。我记得在科技影片上看见过对虾的一生。它是海水动物，栖于泥沙底的浅海里，一向是我们黄海、渤海沿海的特产。但是它生长过程中有一段时期要到外海去洄游，所以就发生了渔业里的海上争夺战，而且也听说由于我们捕捞技术赶不上别国而受到巨大的损失。无论如何，天然捕捞总是靠不住的。出路必然是人工养殖。可喜的是对虾的养殖业我们已经开始了。

人工养殖对虾要用海水，所以只能在海边筑塘。我们听说在连云港市赣榆县的海头村和九里村都有养虾致富的专业户。听来养殖对虾比养殖鳗鲡要简单一些。首先不必投资建造保温保光的玻璃棚，成本低。一家人可以承包几十亩虾塘。海头村梁启仓一家承包 80 亩虾塘，经过 130 天精心管理和饲养，总产近 9000 斤，收入 1.6 万元，获利 5400 元，加上外汇分成实收 1 万元，是个名副其实的万元户。我们沿渤海和黄海的海岸线这样长，如果有计划地发展起养殖业来，单是对虾一项就可以造成多少万元户，事在人为，不应等闲视之。

对虾的滋味，我想吃过的人比较多，不必我来描写。据我的观察，在我参加过的宴会上，各道菜中，经常收回空盘的，对虾必居其一。而且近年来也经常听见桌边的议论，对虾难买。现在人民生活改善了，像对虾一样在市场上会不胫而走的鲜货，如果能及早推广养殖，必然会得到群众的称道。经营渔业的主管部门，似乎可以有所醒觉，不要把眼睛只盯住外汇，跟在外贸的屁股后面跑，而要多下去看看，动动脑筋。不要辜负这样广阔的国内市场和这样绵长的海岸线！

　　说起名酒，其实几乎每镇都有。我们去连云港时路过邳县[1]，有出名的"运河香醇"，又是一种高粱大曲。1962年曾在全省评比中名列第二，1979年又评为全省优质产品。它的出名固然有它内在的原因，但是也得利于地理。邳县的运河镇正处在京杭运河和陇海铁路的交叉点上。在这里，徐州的煤下火车，上拖船，沿运河南运。这样的码头一向是运输工人聚集之所，而劳动过后一杯大曲是舒筋活血的良剂。劳动人民所喜爱之物，名声也会跟着车声帆影远播各地。

　　连云港的名酒是"桃林大曲"。各镇的大曲，据说各有其味，但不是深谙其道的人是辨不出来的。我就是这种人，既不能辨，也就难写了。但是各地名酒所联系的历史传说却各具其妙。在丰沛当然免不了借重刘邦，没有出过皇帝的地方怎么办呢？民间故事和通俗小说就成了出典的来源了。桃林大曲联上了《水浒传》。据说距桃林镇不远有个十字坡，就是水浒里的孙二娘开店的地方。当时和人肉馒头一起出卖的酒就是桃林大曲。桃林镇附近有个十字坡，我们虽未去查看，想是真的。既有十字坡那就被联上了《水浒传》第二十七回的故事"母夜叉孟州道卖人肉，武都头十字坡遇张青"。母夜叉就是孙二娘。当年武松从东平府（今山东东平县）被押送去孟州府。快到达时在十字坡落店休息喝上了"桃林大曲"。可我一查《辞海》，孟州却在"河南省西

[1]　1992年，建为邳州市。

北部、黄河北岸"。再查地图，孟县^[1]在洛阳东北，和东海县的桃林镇相去要几百公里。这个联系未免联得太远了一些。

人们的联想是可以超越时空的。孙二娘既在十字坡卖桃林大曲，不能没有个赏识酒味的英雄。一不做，二不休，还得在《水浒传》里找典故。在梁山泊里酒量最大的当推李逵。于是"传说"又请出了黑旋风来到桃林痛饮一番。据说他酒后还留下了一首诗，流传至今。诗曰："李逵下山千般忧，千头万绪涌心头。痛饮三杯桃林酒，斩断千愁万古忧。为人不喝桃林酒，枉在世上走一走。"我三生有幸，竟然能到连云港喝上这种酒，此生不虚矣。至于这诗是否出于黑旋风之口，那就让有空闲的文人们去辩论罢。

讲烹饪，人们已明白味之外还得讲究色和香，可惜明白还得加上个"意境"的人，现在还不算多，这一点也许得好好从老乡们有关酒肴的传说中去体会了。

1984 年 7 月

---

[1] 1996 年，建为孟州市。

闻香已醉　未品先酣

——洋河写酒

1984年4月，农历三月，烟花时节，作苏北行。归来写了《小城镇——苏北初探》，兴犹未尽，以余墨草《乡情脉脉话酒肴》。原想把徐扬一路名酒名肴，一一入记，不料刚写完徐海，篇幅已不少，《中国烹饪》编者催稿，草草收笔，寄却了事。事过两年，1986年5月，又有淮阴之行，返程过无锡，稍憩，乃濡笔作续篇，只限名酒不及名肴，以偿欠账。

到淮阴，写名酒，恰得其宜。该地著名者多矣，于饮食之道，当推"三沟一河"。"三沟一河"是淮阴市[1]的四个镇：泗洪县[2]的双沟镇，涟水县的高沟镇，灌南县[3]的汤沟镇及泗阳县[4]的洋河镇。这四个镇都产名酒。地亦因酒得名，驰誉中外。

这年头，鼓励社会主义竞赛，名酒也效体育，定期评比，按次给金牌、银牌之奖，各地以所得奖牌多少见高低。淮阴一地1984年所得名酒奖牌为数冠全国。该年参加评比的名酒有184种，洋河曲酒以总分95.33获冠军，高出素享盛名的茅台0.33分。洋河曲酒中55度酒

---

[1]　2001年，更名为淮安市。

[2]　现属宿迁市。

[3]　现属连云港市。

[4]　现属宿迁市。

得金牌，38度酒得银牌。在前列13种名酒中，"三沟一河"全部上榜，占四名，但为照顾全局，让出两名。于是淮阴之酒，名震全国。

洋河曲酒的盛誉并非一帆风顺，唾手取得的。50年代刮产量风，一味提高单产，从原来60斤高粱出40斤酒，一下提高到60斤。结果产量虽然提高了，酒质却相应下降，评比中被排除出了名酒行列。为了恢复名酒地位，整整花了近20年，直到1979年才以排行第六挤入八大名酒。其后又花了5年，总分才达案首。

酿酒不难，即穷乡僻壤之民，亦多会酿酒自饮。但酒要成名，达到高质量，却不易，看来非有深厚的根基不行。所以名酒一般都有悠久的历史。我在前文说徐海名酒时曾提到过汉初的樊哙，晋代的刘伶，都是淮黄地区的人物。看来这一带自古是产酒有名的地区。具体到淮阴市的名酒，有史料可据的，要到宋代。据记载苏东坡被贬职后来到泗州，有人送他双沟酿造的酒。他喝了顿然解脱了多时来的抑郁心情。他写下了这样的诗："冷砚欲书先自冻，孤灯何事独成花。使君半夜分酥酒，惊起妻孥一笑哗。"泗州是在今淮阴市的西部。当时的双沟酒是否出自今泗洪县的双沟镇则难说了。

其实封建时代，人也好，酒也好，要出名就得和皇帝老子挂得上钩。洋河大曲也难免有这种攀龙附凤之嫌。传说康熙皇帝南巡有两次因为路上闻到了酒香而在洋河镇停留，因而流行了"闻香下马，知味停车"的佳话。说这种传说是为酒成名而臆造的宣传小品，未始不可。但酒乡的空气里蕴涵着酒糟里挥发出来的酒味则是实情。我们此次访问洋河酒厂，没有进门，一阵酒糟的味儿扑鼻而来。这种被称为酒香的刺激，对于我这种患有过敏症的人是很容易感觉到的。所以当我们离厂时，主人坚邀题词留念，我未假思索地写下了"闻香已醉，未品先酣"。似有夸大，未失实情。洋河曲酒好不好，还是让会品酒的人去评论的好。我们敬爱的陈老总，在戎马倥偬之中，多次驻扎在这一带的糟坊，留下了至今使这里的群众感到自豪的评语："不愧天下第一流。"

为什么淮阴的三沟一河会产名酒呢？我曾以这个问题请教洋河酒厂的厂长梁邦昌同志，他扳着指头说：先是客观条件，再是主观努力。客观条件指的是这地区的水土。他告诉了我们一段亲身的经验。他为了想提高洋河曲酒的质量，曾到四川去向"五粮液"取经。四川的酿酒名师指点他说："五粮液出不了四川，出了四川也就不是五粮液了。"他的意思是各地有各地的水土，不同的水土用同样的酒曲酿出来的酒香味不同。名酒出于佳泉。我们这位厂长，一听此话，顿开茅塞，要恢复洋河的酒质，还得从分析洋河的水土入手。后来果真是走这条路取得了成果。

据懂得一点酿酒知识的朋友告诉我，佳泉出名酒是合乎科学的。酒除了含有酒精成分外，还必须有一种有香味的溶液。这种溶液是由酸、酯、醇、羰基化合物四项组成，从酿酒时所用的辅料经过微生物发酵所产生的代谢物，在酿化过程中产生的。而这种微生物则滋生于本地的土壤里，渗入流经土壤的水，传入酿酒的过程。各地土壤里的微生物，虽属同类，却各有特点。因而不同的水土酿出了不同香味的酒。我不但不会喝酒，也不懂得酿酒原理。上面这段似乎颇有科学的话，姑妄记下，也很可能是班门弄斧，未得要领。

事实上像洋河大曲这样的名酒并不是先有了科学知识在实验室里配制出来的。它们都是凭历代经验中逐渐积累的知识酿成的。从实践中，酿酒的师傅们得出了酒的香味和当地水土的相关性，知其然而不知其所以然。于是造下了种种动人的传说加以解释。据说在很古的年代，洋河镇上就有一块大约可造两间房屋那么大的土地，冒出了20多个泉眼。有一天，当地的一个地主老财要他家里的婢女去市上买酒。这个姑娘是个善心人。走过这块冒着水的泉眼时，碰到了一个饿得快要死的农民，她没有思索地把身上带的酒钱，一下都给了他。事后一想，望着手上的空瓶，怎样回去交代呢？顿时心生一计，把身边的泉水装满了瓶子，回到家里。主人喝了一口，连声"这酒真纯，真甜，太好了"。逼着婢女说出这酒是哪里买来的。事情拆穿后，主人知道受骗，一气之下，把婢女推入泉水。姑娘入水就不见了，泉水却还不住地涌出来。人们就用这泉水来酿出又纯又甜的好酒。为了纪念这位姑娘，称这泉水为美人泉。因为这个传说的结束太悲惨，我没有兴致去访问这个泉，更没有去追问这传说的出典。

把名酒联上人间悲欢离合的故事，并不一定只是人们常有的意向，现在酒味里掺上一些世间的人情，事实上确是有这类的事。洋河酒厂厂长的经历就提供了一个现实的证明。

我已说过这位厂长姓梁名邦昌。他是广东人，毕业于广州轻工业专校，1958年分配到淮阴，进入洋河酒厂，一直工作至今，已有28年。这28年里他遭受的风风雨雨，并不少于其他下乡工作的知识分子。入厂之初，他是唯一有专业学历的技术员。在缺乏共同语言的工作环境中，工作是艰难的。在他之后陆续分配来的知识分子不下20多人，但能像他一样坚持下来的没有几个。他入厂不久就碰上困难时期，据说只有吃酒糟、豆饼和胡萝卜过日子。接着在"左"的风浪中，由于他有海外关系受到了种种难堪的打击，"文革"时期达到了顶点，他几乎完全陷于孤立，成了被冲击的对象。

说他有海外关系倒不是冤枉他。当他在广州念书时，确和一个女同学感情很好。自从他被分配到了苏北，两地相隔，益增思慕。这位女同学一直希望他能回去，而且决心等待他，不另找对象。但是这位技术员心里却另有挂牵，那就是洋河酒自从50年代失去了名酒的地位之后，质量长期提不高。作为该厂的技术员，他认为这是自己没有尽到责任。用他自己向我们介绍时的话说，"憋了口气，死不了心"。在艰苦的生活，得不到同情的环境里，他用了陈旧的设备，埋头做他的分析研究。日子过得很快，在广州等待他的女朋友，又因为在香港的父亲有病，不能不离穗去港。这就是他被控有"海外关系"的根据。

这位厂长的故事并不像上述美人泉的传说那样发展。"文革"期间虽则很有可能出现悲剧的收场。但是幸亏有一位农家姑娘相信这个青年是个好人，默默地，处处地照顾他，使他在为洋河酒翻身的孤军奋斗中得到了精神的支柱。雨过天晴，他的研究也取得了成果。洋河曲酒在 1978 年第三届全国评酒会上恢复了名誉。他也被任命为主管生产和技术的副厂长。1983 年又升为厂长。别人后来告诉我，他现在已有了家，和他结婚的并不是在海外等待他的女同学，而是那位有点像《牧马人》影片中李秀芝那样的农村姑娘。

这样的喜剧里是否还包括着不露面的悲剧，我不清楚。我是个喜欢大团圆收场的人，所以也就满足于这样的结束了，如果还要加一点锣鼓，那就是说这两年，在这位熬出了头的厂长努力下，洋河曲酒产量提高到了 1 万吨，比 1978 年翻了一番，这次增产却并不像 50 年代那样，跌了个跟头；相反的，质量同时上升，优质名酒增加了五倍。科学技术显示了力量，可是如果没有像这位厂长这样的人，科技的力量还是显示不出来。

也许还得声明一下，关于梁厂长的故事，他本人并没有对我们吐露过一言半语。那是离厂后，有人在汽车上为我们叙述的。我敬其人，故作此记。梁厂长不饮酒，但善创名酒。我亦不饮酒，更不会酿酒，只能写酒。洋河曲酒以味绵清甜闻名，而我为文求得一清字而未能。愧甚，愧甚。

1986 年 5 月 21 日于无锡湖滨宾馆

盐城藕粉丸子

中国烹饪富于地方特色，言之者众矣，无须我多说。今天我想给《中国烹饪》写个简报，讲的是我这次苏北访问中品尝到的一种可称之为"此处独有"的珍品。"此处独有"也等于是说"别地皆无"。它不同于地方特色。因为凡是一种具有地方特色的佳肴，在原地以外的其他地方同样可以吃得到的，虽不失其地方特色，但算不得"此处独有"。"宫保鸡丁"就是一个例子。它原是一家官厨的新创，并辣辣地具有地方特色，但是现在国内各地，甚至美国纽约、法国巴黎的中国菜馆里都可以点此上桌，于是也就失掉了它的"此处独有"地位。

我前年访问苏北的盐城时，吃到一种初次尝到的甜食。我就想写文为记，事忙未能如愿。这次重访盐城，旧味重尝，更觉情深，所以作此简报。这种盐城独有珍品形如弹丸，淡紫色，直径大约两厘米，浸在清澈的清汤里，娇嫩肥泽，粗看去俨然是一颗颗没有去壳的新鲜荔枝。用双筷搛夹时，微觉弹性，柔软丰满。入口着舌，甜而不腻，厚而不实；不脆不酥，非浆非固。嚼及其核，桂香满口。我体超重，医生反复叮嘱，疏甘甜、少淀粉。逢此珍品，这些诚言，全失效用。一而再，再而三，直到我的"保健监督"劝阻才停箸，赞声仍未绝口。

主人告诉我：这是"藕粉丸子"。起初我还不相信自己的耳朵。藕粉原是以藕做原料加工而成的粉末。平常总是用开水冲调成一种胶状的糊或浆；既不是液体，也不是固体，食时不能用筷，只能用匙。藕粉能团成丸子，而且丸子里还能有个桂糖核心，这在我确是件不易想象的事。

其实一讲也就容易明白的：先用桂花和糖捏成一小粒做核心。其成分当然不一定是桂花，玫瑰、茉莉都行，取其香而已。江苏，不论南北，桂花是传统和普通的调味香料。常吃的桂花圆子，其实只在煮米粉做成的丸子时，在汤里加一些晒干的桂花就得。可是藕粉丸子所用的桂花却是和在核心里的，要口嚼时才闻其香。这种感觉不从鼻孔外入，而由喉入鼻，变成了味的构成部分。

糖有黏性，可以同桂花和成小粒，这是丸子的核心。把它在藕粉的散末里滚动，利用这核心的黏性使薄薄的一层粉末附着在核上。然后放入沸水里，这层粉末立刻化成胶体。于是重把它在水中捞起，再在藕粉里滚动，又附着一层干末后下锅复煮。如是者要反复七八次，外层次次增厚，达到有如鸽蛋那么大，即成藕粉丸子。四五颗一起盛在洁白的瓷碗里供客品尝，色、香、味俱全。

我把藕粉丸子列为"此处独有"的珍品，因为我只在盐城才吃到过这样的美味。这当然可能是出于我坐井观天，所到之处不多，品尝范围有限的武断。但是以我个人而说，不论在国内国外，除了盐城外确实没有见过它。我也想到：它的烹调方法并不是那么难于学习，为什么在这样长的历史年代里它却还是"养在深闺中"没有流传出去？对此我也无以自解了。我写此简报在《中国烹饪》上一发表，也可能从此它就不能再为盐城人士所独享了。"此处独有"的地位，随之也会消失。如果它果真出闺问世，我希望还能保持其地方特色，留个盐城的标识，使后世不忘其源，不妨名之为"盐城藕粉丸"。

1986 年 10 月 10 日

撒拉餐单

今年 8 月 15 日，我从青海的西宁动身去甘肃的临夏，路过两省边界上的循化撒拉族自治县，住两宿。该县负责同志热情地用撒拉族通行饭菜招待我们。品尝之后，我想到《中国烹饪》的读者未必有此机会。当时记下了餐单，回来写此简报。

先介绍一下这个不大为人熟悉的撒拉族。撒拉族是我国的一个人数较少的民族，一共只有 6 万人，主要就居住在青海东部黄河出省口的循化这个地方。1954 年成立了循化撒拉族自治县。还有少数住在毗邻的甘肃省境内，据说新疆也有一些撒拉人。在电视纪录片《唐蕃古道》里有一集介绍他们的生活。

我在循化曾参观了当地古迹骆驼泉。导游把我带到泉边的一个只有我半身高的石刻骆驼前面，讲了一段故事。他说，在古时候有七个中亚细亚人从撒马尔罕，赶了一队骆驼，一直向东方来寻找乐土。他们不知走过了多少沙漠和草地，有一天一早醒来，找不到了骆驼。他们分头寻找，终于在一个水泉里找到了它们，但却已变成了岩石。他们恍然大悟，这是真主要他们落脚的地方。这地方就是至今撒拉人聚居的积石山麓的循化。这石化了的骆驼据说至今还在泉水里。我按着导游的指点：确是看到水下有一块高低不平的岩石，但辨不出这是骆驼的哪一部分。为了使这个故事形象化，早年的撒拉人用石头雕刻了一头骆驼跪在泉边。不幸它没有免遭"文革"红卫兵的毒手，硬是被砸得粉碎。这次我们见到的这头石骆驼是"文革"后重雕的。

这段故事信不信由你。但是撒拉族的先人来自中亚细亚是可以考证的历史事实。他们信仰伊斯兰教，而且身材高大，还留着和维吾尔族类似的面形。他们称藏族作"阿舅"，说是因为早年来此的祖先娶了藏族妇女，子孙才得到繁衍。这在他们体质上也能见到证据。由于得到了藏族的遗传因素，他们很容易适应青藏高原的自然条件。混血是提高民族体质的生物规律。撒拉族人在青藏高原上是有名的强壮劳动者。在过去西北还没有铁路和公路的时代里，高原上的木材都是从黄河上运出去的。而从青海到甘肃这一段黄河落差极大，峡谷一个接着一个。在这急流险滩上放木排，能行动自如，履险如夷的好汉，多是撒拉人。前几年建筑青藏公路，最困难的是越过唐古拉山的那一段，海拔在三四千米之间，空气稀薄，含氧量少。现在一般过客能支撑着伏在车座里过山，已经算是好样的了。不难想象筑路时所要付出艰苦的重劳动。谁能顶得住？这里又是撒拉人的用武之地了。至今我们听到有人说，如果没有这样能吃能干的撒拉人，青藏公路也就难通了。但是撒拉人听了这话，却笑着说，这又算得什么呢？看来今后青藏高原的开发，还是少不了他们的。

我这几年多次去甘肃、青海，目的是想了解一下处于青藏牧区和中原农区之间的那一条历来是农牧桥梁的陇西走廊。循化的撒拉族还处在这条走廊里，农牧结合是他们经济的特点。他们不仅从中亚带来了牧业的传统，又从藏族阿舅那学到了高原作业的本领，而且由于地处低凹的谷地，气候较四周温暖，宜种庄稼和瓜果，不失为高原边缘上的绿洲，农业也比较发达。无怪早年久涉沙漠和山岭的骆驼队到此不愿再向前行而化为岩石了。

撒拉餐单也充分反映这个民族亦农亦牧的特点。我从这张餐单上看到了这个民族的优势和前途。

入席前，桌上已摆满了几盘干果糖食，其中有来自远地的红枣、核桃、葡萄干、杏脯、糖花生。刚坐下，穿着民族服装的服务员为各人端上了一个盖碗，并向碗里冲上滚烫的开水，这叫"碗茶"。碗上有盖，碗底有托的细瓷碗，我幼年时在苏南家乡早就见过。这是过年过节祭祖时，或有贵客上门时才用的茶具。在京戏舞台上也有时可以见到，知县老爷一抬盖碗，就表示送客，来人不得逗留了。我家乡招待贵客的盖碗里只有茶叶，而撒拉族却加上了三四颗连壳的桂圆，还有一大块冰糖。茶叶、桂圆、冰糖都不是西北土产。这种碗茶有过外号叫"三泡台"，我问了一些人，仍不得其解。"三泡台"不但通行于撒拉族，在甘肃、青海农村里很普及。我每到一家农户，刚坐定，总能享受到这又香又甜的清茶。看来是从汉区引进的待客礼节。只看这种瓷器就绝不会是牧区土货，何况其中的桂圆每年都得大量从福建运来。古人说"礼失求之野"，也许是文化传播的规律。用现代语言说，这是地域间的"时间差"。

撒拉族信伊斯兰教，禁烟酒，所以席间以茶代酒，对我不善喝酒、又怕闹酒的人特别惬意。尤其是手边的碗茶，终席不离，而且不断加水加温，对油咸并重的荤腥颇有调剂、润喉的作用。

接着端上了一大盘"馓子"。馓子是油炸面条的一种。油条可说是全国通行的群众性食品。我的家乡称"油炸桧"，相传是老百姓痛恨秦桧这个奸臣，把面粉捏成他的模样，放在油锅里煎，用以泄愤。"馓子"没有我家乡的油条那样粗，而是只有筷子那样细的条条，绕成一束煎成。面粉里加上鸡蛋和花椒水，煎成的细条条，既松又脆。

接着馓子上桌的是"碗菜"。这道菜的碗是普通的大口碗。碗里是一种糊，由羊肉、大白菜、土豆、粉丝煮成。这是典型的农牧结合品。牧区一般不种蔬菜，也不长土豆。这并不是由于草原上没有土地可以种菜、种土豆。主要的原因是在游牧时代，牧民逐水草而居，不能有较长时间守住一片土地。现在部分牧民已经定居或半定居，他们在定居的地方都已圈上一片土地种起蔬菜来了，逐步走上牧农结合的道路。

我看这是牧业发展的方向，不但牧区可以种蔬菜给人吃，而且可以种精饲料来喂牲畜，发展为牧业服务的农业。这道"碗菜"给我的启发不小。其实，如果碗菜里多加些水，由糊变汤，就成了苏式大菜里的"罗宋汤"，也是赫鲁晓夫的"土豆烧牛肉"了。这是中亚的特产，说不定这"碗菜"还是赶骆驼东来的那伙撒拉先人们遗下的传统菜谱。

碗菜之后是糖包、肉包、花卷等，其中有一大盘是羊油炒饭，在汉区是不易尝到的。它不同于新疆维吾尔族的"抓饭"，不同之处是饭里没有加葡萄干、胡萝卜等成分，也不用手抓来吃。

我上面把面食和米饭称作"主食"，表明我还是存着汉人的观念。如果从牧区民族的观点来说，主食还在下一道的"手抓羊肉"。到过牧区的人不用我对手抓羊肉多加描写。不论是蒙古族或藏族，都喜欢吃，而且大量的吃，不厌的吃，不愧是食中之主。按撒拉族的通行习惯，上菜时羊尾巴必须对准主客。主客就得用刀把羊尾割下，抓在手里送入口中。这是礼貌。这次客人中以我的年龄为最高，羊尾也就冲着我。羊尾比较嫩，所以我的满口假牙还能应付。其他部分则很难享受。这是因为甘青的牧区一般海拔高，不用高压锅煮羊肉，水的沸点是煮不烂瘦肉的。我多次望肉兴叹，年老无用了。这次得此羊尾，颇足解馋。

撒拉餐单是多民族的综合体，想尽收其美，势必重峦叠峰地使人食不暇接。刚吃过牧区的手抓羊肉，接着摆上塞外的火锅子，我没有考察过火锅子的来源，只知道它分布很广，在日本至今盛行。我们在撒拉族吃到的其实就是涮羊肉。我提到这是北京东来顺的名菜，主人似乎很熟悉，顺口说："你们的羊肉还不是这里去的？"我领会这句话的意义是："天下鲜美的羊肉无不出于此地。"主人的豪情盛意，使我连连点头。涮羊肉我是嚼得动的，话也用不着多说了。

最后还有一手，是"雀舌面"。面之种类多矣。我过去总以为面食花色到了山西也就达顶峰。想不到撒拉族还能在面食上独出心裁，破了纪录。雀舌面指面粒之形而言的。它不是条形，不是块状，而是模仿麻雀舌尖的大小厚薄和形状制成的面粒。我不知道怎样制成的，只觉得进口后，不拖舌、不梗喉，对老年人特别适宜。

结尾是一杯冷冻的酸奶。大量肉食之后以此收场，妙在一个酸字上。

撒拉餐单别具一格。我希望有一天在各大城市里有专设撒拉馆子，可以供应群众一尝农牧结合的独家风味。

1987 年 9 月 1 日补记

秦淮风味小吃

　　这次到南京，朋友们都坚持我去夫子庙看看。夫子庙是秦淮河的一景，还是名号之别，我弄不清楚，反正二者既有区别又是牵连在一起的。我是否应约起初有点犹豫。这里有个原因。

　　我早年还在中学里读书时，已读到了朱自清先生的《桨声灯影里的秦淮河》。秦淮河从此给我留下个不寻常的"晃荡着蔷薇色"的形象，至今还那么引人幻思。其实什么是蔷薇色也说不清楚，又怎么晃荡着更是迷糊。正因为如此，朦朦胧胧地把青春期所梦想的美都附托了上去。年轻人习惯于以不知为知，不求甚解，把一切倾慕的思绪都像蜘蛛般在空中结起网来。这里有的是诗人的低吟，有的是卖唱的暗泣，载满了海阔天空的遐想，纸醉金迷的幻境。当情绪低抑时就把这桨声灯影的意境来抒怀自遣。这些是独上层楼强说愁时代的残影。何况，稍后我又读了明末戏曲《桃花扇》，那蔷薇色上又沾染了一层凄壮悲绝的情调，正是 20 年代青年们心情的反映。秦淮河尽管在我心底里有这样一番眷恋，直到老年才有缘相见。

　　初访秦淮河说来已是 5 年前的事了。说得更正确一点，相逢的是 80 年代初期的夫子庙。夫子庙和秦淮河在当时还是分开来说的好。从历史说来，二者结合得相当早。孔庙在南京这样的地方，必然是由来已久。但具有现在的规模，大概自明初建都金陵时始。二者开始混成一体可能也是明代之事，不然也就不会有李香君这样的人物了。当我沉醉于蔷薇色的秦淮河时，并不意识到它是夫子庙的附属品，我初访时才发现这种关系，我心里很别扭。

夫子庙当初至少在明、清两代是江南的最高学府，正如现在夫子庙前的大牌楼上所自夸的"天下文枢"，不是紫红色也该是朱赭色的，甚至是墨黑色的，怎么能和蔷薇色相匹配呢？试想程朱理学极盛时代，那种道貌岸然的儒巾怎能咫尺之间就毫不踌躇跨入金粉天地？人间的真实可能就是相背统一起来的，但是在我的心灵上却难于忍受，不免发生了逆拒的情绪。夫子庙是夫子庙，秦淮河是秦淮河，不愿相混。

5年前夫子庙之游，挑起了我不少迷惑的课题，也捅开了我不少在思想感情上自制的障蔽陈见。当时我见到的夫子庙，已经是既不见夫子，又不见庙了，竟是一个熙熙攘攘的市场。看来我们的祖祖辈辈就是有这样的本领，把天上变成人间。南京的夫子庙、上海的城隍庙、苏州的玄妙观，儒释道三宗，都逃不脱化圣入俗。食色人之大欲存也。究竟是我们祖先错了呢，还是原本不存在三教九流？我不清楚。眼前的事实是热热闹闹的男女饮食之场，尽管同时可以香火鼎盛，炉烟滚滚，夫子庙正殿里暗暗地、不为人注目地还供奉着至圣先师的牌位。

对这一点我并没有多大伤感。我原没有意思自立于儒生之列，一生也没有皈依过任何宗教，更不希望死后如果有灵魂的话，还要承受无穷的折腾。用先师的名义也好，用菩萨的名义也好，能聚集下众多生灵，尽情地吃喝玩乐一阵原不失为快事。人聚得多了，自有商贩麇集。可怜的是，传统中国里受排挤的商品经济，只有受庇于庙会寺观才能形成交易中心。夫子庙、城隍庙、玄妙观之弃圣入俗，其可奈何？

那次夫子庙之游令人抑郁难已的，倒是看到了秦淮河破落萧条的情景，既无桨声，又无灯影，凄凉暗淡有点像深秋池塘里的残荷。夫子庙的尘嚣市声更衬托出秦淮河的蔷薇花落后的枯枝黄叶。夫子庙变了，秦淮河死了。

5年过去了，又有朋友邀我去夫子庙，我实在没有勇气去凭吊逝去的繁华了。我当然明白我心底里秦淮河的印象，并非实相，而是我年轻时千种万态的自我矛盾所织成的意境。人老了，对这些虚妄的意境却分外珍惜。我又何必要再去戳穿这些自营的空中楼阁呢？约我去游夫子庙的朋友似乎对我的心情有所领会，正想修补一下上回的余伤，所以说旧景已经复修，不妨去一睹明清风格的建筑，而且还着重地加上了一句：你没有忘记那年的秦淮小吃罢？

说起秦淮小吃，我必须补上一笔。那年在夫子庙，我们挤入人群，节节拥塞，四周行人像是被什么魔力吸住似的，推都推不开。原来大街两旁连三接四地沿路摆着各色各样的小吃摊子：豆腐花、索粉、烤肉串……我一见生情，顿时引起了幼年在吴江城隍庙里看草台戏时，尽情享受各种小吃的回味。我几次想沿街坐下来饱尝一番，但是我朋友却催着我向前挤，说是前边的茶楼里已为我订了座。

这一顿小吃，顿觉心神开朗，扫除了一下方才对夫子庙、秦淮河的无聊的怀旧。这固然是茶楼主人烹饪有道，更重要的是把我从夫子庙拉回到了秦淮河，领略到了一点蔷薇色的神韵。秦淮河的小吃是小家碧玉。它们原是出身于乌衣巷口寻常百姓家里，王谢堂前山珍海味的盛宴里没有它们的份。秦淮小吃恰是蔷薇，而不是牡丹。蔷薇不择地而长，墙角井旁，随遇而安。它们秀发挺立不需花坛玉盆。花开花落只要适时，不择春夏。谢了再开，开了再谢，不到严冬霜冻，不告休止。秦淮小吃不正是街头屋角随处可买，沿河就座，一盘棋，一杯酒，均可助兴。想当年，桨声灯影中，玲珑的小船，叫卖于画舫之间，确有一番普罗风味。这一点秦淮河剩余的本色，5年前居然还能寄托夫子庙的荫庇而幸存下来。

朋友之邀，犹豫之后还是被秦淮河的小吃打动了，于是再访夫子庙。

我们在夫子庙前"天下文枢"的牌楼前下车。抬头望，周围建筑焕然一新，这是近两年来修缮之功，单是这个牌楼也够气派了。口气似乎大了一点，但如果置身千年前，文采风流的六朝盛世，彼时彼地大可睥睨世界，谁也不能说是妄自尊大。事实上确是天下无可攀比的文明高峰。时过境迁，最高学府成了百货商场。言义不言利的儒家传统，在这里受到了历史的嘲笑。

焕然一新的感觉来自夫子庙周围的商店都新换了门面，是"革新"还是"复旧"很难说。对5年前凌乱嘈杂的夫子庙来说是个"革新"。现在是一律红窗白壁，明清风格。连挂在店面前的幌子，都飘荡着古风。我对考古学没有研究，但是直觉地仿佛又置身于我幼年熟悉的小镇街头。当然，我记忆中的水乡街道没有眼前所见的那样辉煌挺秀，整齐划一，但那种气氛使我"复旧"了。这样说，也许未免有一点言过其实。我固然和清代沾着一年的边，但和明清的接触究竟已是它的末世，以此来评说目前夫子庙和它周围的气氛就不免太自负了一些。这里用"复旧"这个词只指我主观心情而言，不带贬责之意，对客观存在的景色来说，用"仿古"二字较妥。仿古是现代人对古代传统的精华加以模仿复制之意。明清建筑自有其优美的风格，用现代的建筑原料，予以仿制，并不是保守，更不是走回头路。试问重修夫子庙和秦淮河这个传统名胜，如果不走这条路还有什么更好的路可走呢？

"复旧"其实也并不一定是坏事，过去一些历史情节一去不复返了，我们一般只能靠文字记载来揣摩。这不如经过一番考订，尽可能地如实地把旧情旧事复制成可以供人观看的实物形象。我们在现在夫子庙左首的"江南贡院"展览馆里看到的明、清两代知识分子应试的蜡像和遗物，不就给我们对科举制度较逼真的体会了么？比读一本《儒林外史》更多了一层现实感。这里仁者见仁，智者见智，可以各有感叹。我倒很愿意当前的知识分子有机会的都去看一看，这个曾一度封锁我们民族的知识牢狱。在这里也不妨反思一下，自己的喜怒哀乐，有多少已越出范进这个模型的窠臼？

最后我们还是进了茶楼。茶楼本身是秦淮河建筑群的一部分。它坐落在夫子庙大牌楼的左首。三层高阁，飞檐画栋，面临秦淮河码头。登楼下望，大小画舫，往来穿梭。夫子庙广场上人头济济，杂以车辆。向前望去，河面上横着一条石桥，名大德桥。桥外就是因诗成名的乌衣巷。

讲秦淮小吃而先讲茶楼坐落，原因是在菜肴小吃其味脱离不了品尝时的四周气氛。猜拳豪饮，低斟浅唱，气氛不同而其风味各异。秦淮小吃之异于众者在其秦淮风韵。看来论烹饪之道不宜泥着于甜酸苦辣。这些只是舌尖的感觉。真正尝到滋味的却是在心头，心头的滋味乃是整体神态的领受。小吃处处有，而秦淮小吃之耐人寻味者，其在于桨声灯影之间乎？

小吃毕，茶楼主人出留言簿索书。却之不恭，写下了"大德桥畔，乌衣巷口，又是一番滋味"。为了说明这个"又"字，作此记。

附：任凭挑选的秦淮风味小吃菜单。

冰糖球

茶叶蛋，五香豆＋雨花茶

什锦素菜包＋如意回卤干

蟹壳黄烧饼＋开洋百叶丝

牛肉锅贴＋牛肉汤

豆腐脑＋鸡丁涌粽

桂花糖粥＋香糯藕片

蒸土瓶＋炸鸡串

红豆小脚粽＋白果绿豆汤

拌凉粉＋鸭血汤

驴打滚＋桂花小元宵

什锦蛋炒饭＋菊花叶汤

鲜肉包饺＋牛肉馄饨

说明：菜单里"＋"号意思是两种小吃可以配对的，一起吃另有风味。

1989 年 10 月

肺腑之味

——苏州木渎鲃肺汤品尝记

荷风方息，桂香初飘，正是这中秋时节，我有事于苏州。苏州是我二十年代就学之乡。事毕，有半日暇，主人建议作天平山之游。天平山是吴中胜景。山不高也不奇，以范公祠而得名。范公祠是为纪念北宋范仲淹而建立的，我在小学时，每逢春秋"远足"常到此地。

苏州滨太湖，多沼泽平地，唯靠湖边有一溜小山，系天目余脉。水乡人士视如奇景，七紫、灵岩、天平、虎丘皆其属也。天平在诸山中以岩石竖立，颇多暴露地面，嶙峋有致，为其特色。有传说称：当范公晚年营谋墓地时，一反常人以风水求福的观念，特指定这一片被认为最不吉利的荒山为其永息之所，范公死后，子孙遵嘱在此辟圹埋葬。当晚，突然地震天摇，山翻石袭。次日早晨一看，整个山坡面貌大变，一块块岩石迎天竖立，形似"万笏朝天"。大地震的故事不见经传，这传说却表达了历代群众对这位念念不忘人民，无半点私心的先贤的崇敬。这种世代相传的崇敬心情也很早沁入我幼小的心灵。后来我读到出于这位贤人之手的《岳阳楼记》，豁然醒悟：没有那种无私境界，哪里会有这种动人肺腑的文章。范仲淹、天平山、《岳阳楼记》三者，浑然地刻入了我的心中。去年（1989）正是范仲淹诞生的一千周年，苏州举行了一次隆重的纪念会，我因事没有去成，心有余憾。这次回乡，一听上天平之议，当即欣然从命。补此一课，得之偶然。

巧事总是无独有偶的。天平之游出于意外，此行能品尝到木渎鲃肺汤更是非我所料。木渎是从苏州去天平或灵岩的必经之镇。我幼时远足，往返途中总在此休息，木渎是早就熟悉的。到过木渎的人，也不会不听到当地人说："不吃碗鲃肺汤算不得到过木渎。"鲃肺汤是木渎著名的地方特色菜。那时我还是个小学生，哪里谈得上到馆子里去点菜吃。但是听到了这句话，馋劲一生难消。怎会料想到，年过八十，这次游天平山的返程上在木渎竟能还清这个多年的夙愿？

　　鲃肺汤为什么这样不容易喝上口呢？说来话长。

　　鲃鱼原是一种普通的小鱼，身长不过三寸，体形扁圆，背黑肚白，但在乡人口上却说得够神的。其来也无由，其去也无迹，成群结队出现在桂花开时的太湖里，桂花一谢就没有影踪了。有人说这种鱼去了长江，到翌年清明节前后再出现时，被人称作河豚。乡间传说，不足为证，但是也反映了几点事实：一是鲃鱼形似河豚，只是大小不同，前者小，后者大。二是都是产区很狭小而名声很广，鲃鱼在太湖边木渎一带，河豚在长江的扬中段两岸。太湖和长江相通，小可长大，鲃鱼和河豚也就混为一谈。相混的实质，却在这两种鱼都是我们三吴的美味。其所以出名，大概也和它们的季节性有关。物以稀为贵，清明和中秋都是重要节令，但时间短促，前后不过二十多天。像我这种行动上身不由己的人，不可能特为尝新而千里奔波，难于在这种特定的时空交叉点上与鲃鱼相逢，只有巧遇才能享受得到此种口福。

　　鲃鱼究竟是什么鱼，上面这些话并没有说清楚。我为此特地向饭店主人请教，他为我说了一段故事。他说，鲃鱼不是这种鱼的土名，土名叫斑鱼，原因是这种鱼背上有斑纹。斑讹作鲃，有个来历。

　　饭店主人姓石，店于乾隆年间已经开业，名"顺叙馆"。斑鱼是当地的土产。太湖东岸的乡人多捕斑鱼作为菜肴，是很普通的家常菜。这家饭馆在经验中发现斑鱼的鲜味集中在它的肝脏。斑鱼的肝脏在中秋前后长得特别肥嫩，大的有如鹌鹑蛋。他们就在这时期把斑肝取出，集中煮汤，称斑肝汤。一碗汤要几十条鱼的肝，所费不赀。这可能是这家饭馆的首创。当时木渎还是个湖滨小镇，饭馆的顾客主要是春秋两季从苏州来天平和灵岩的游客。这个名菜和旅游结合而传到了苏州，看来已有相当长的一段历史了。

1929年秋，有一位当年的社会名流于右任先生来苏州放舟游太湖赏桂花。傍晚停泊在木渎镇，顺便到顺叙楼用餐。吃到了斑肝汤，赞不绝口。想当时已酒过三巡，颇有醉意，追问汤名，堂倌用吴语相应，于老是陕西籍，不加细辨，仿佛记得字书中有鲃字，今得尝新，颇为得意，乘兴提笔写了一首诗："老桂花开天下香，看花走遍太湖旁。归舟木渎犹堪记，多谢石家鲃肺汤。"石家是饭馆主人之姓，鲃系口音之差，而肺则是肝之误，但"石家鲃肺"一旦误入名家诗句，传诵一时，也就以误传误，成了通名。

过了两年，另一名流，当时退居姑苏的李根源先生来到店里，也喝上了这种汤，连连称绝。店主人出示于老之诗。他叹服于老知味，遂即提笔挥毫写了"鲃肺汤馆"四字。又觉得顺叙楼太俗，不如径取诗中石家之名，因题"石家饭店"四字为该店招牌。于、李两老先后唱题，雅人雅事，不胫而走，一时传遍三吴。乡间土肴，一跃而为名声鹊起的名菜。以误夺真，斑讹为鲃，肝成了肺，连顺叙楼旧名也从此湮没无闻，石家饭店成了旅游一帜，应了早年土谚，不喝此汤不算到过湖边名镇木渎了。这十年木渎也成了吴县 [1] 乡镇企业的标兵，电视广告中常见的骆驼牌电扇厂址即在此镇。

上述故事并非民间传说而是有书法作证的史实，但是如果认为鲃肺汤的盛名来自名流吹捧，却非尽然。于、李两老不能视为美味的创造者，但不失为知味的好事者。他们不愿独尝此味，而愿助以东风，使乡间美肴为广大游客所普享。创味者实是饭店主人石家几代烹饪

---

[1]　2000年并入苏州市。

能手。

我已说过斑鱼原是太湖东岸乡间的家常下饭的土肴，各家有各家的烹饪手法，高下不一大多也知道这鱼的鲜味出于肝脏，但一般总是把整个鱼身一起烹煮。顺叙楼的主人却去杂取精。单取鱼肝和鳍下无骨的肉块，集中清煮成汤，因而鱼腥全失，鲜味加浓。汤白纯清澈，另加少许火腿和青菜，红绿相映，更显得素朴洒脱，有如略施粉黛的乡间少女。上口时，肝酥肉软，接舌而化，毋庸细嚼。送以清汤，淳厚而滑，满嘴生香，不忍下咽。这种烹调自有奥妙。由于专利向不外传，我亦不便追问。

斑肝汤到了石家饭店主人的手里，实际上已起了质变，如果沿用旧名也就抹杀了烹饪上的创造性了。更名才能起到艺术上的肯定作用。这样看来，于右任之诗，李根源之题固然都受到了美味的启发，是即兴之作，但一经名家品题，顿然推俗为雅，化技入艺了。我们不能不说斑讹为鲃，肝误为肺正是点化之妙，真是："顺叙反朴石家店，多谢于李笔生花。"

写到这里我本打算交卷了，可巧来了一位朋友，看到我说"斑讹为鲃"，笑我汉字都识得不多，误信了店主人的介绍，委屈了于、李两老。这种鱼在俗称斑，在文称鲃，不是出于地方口音之讹。为了这场文字官司，我们当场翻出书架上的字典来作证。

先看最早的《康熙字典》，翻遍鱼部并无鲃字，音近的有个鮁字，释文里有"似鲤而赤"，颜色不合。再查新近再版的《辞海》，找到了鲃字，但释文里有"常栖息水流湍急的涧溪中……常具口须，背鳍有时具硬刺。臀鳍具五分枝鳍条……主要分布于我国华南和西南。"这些都不合。

这时我的外孙在旁，翻出了他在学校里常用的《新华字典》。鲃和鲌两字用括弧附在鮁字之后，释文中说"背部黑蓝色，腹部两侧银灰色"，体色很合，但是却又说"生活在海洋中"，不合。又查鲌字，"身体侧扁，嘴向上翘"，而说"生活在淡水中"，却又相合。又查《现代汉语词典》，鲃字释文是"体侧扁或呈圆筒形，生活在淡水中"，但鲅字的括弧中有鲌字，释文却说"生活在海洋中"。

综看所查各本字典中，只有《现代汉语词典》支持了于、李两老：体形既合，又生于淡水。其他字典多数不合，不是体形有别，就是生在海洋。这场官司让文字学家去宣判罢，我不再啰唆了，但是以肺代肝在动物学上是很难说得过去的。鱼不是用肺而是由鳃呼吸的。诗人不求逼真务实，那是可以体谅的，而且在艺术上常常妙在失实处。烹饪是艺术，不应以科学相求。

不论是斑肝还是鲃肺，其味早已从物质基础上升华了。我尝到的是十足的"石家饭店鲃肺汤"，不是乡间斑肝汤了。当我离店时，店主人强我也要题个字。我想还是将错就错为好，写下了"肺腑之味"了事。其意不过想与范仲淹的肺腑之文相呼应而已。

1990 年 10 月 3 日补记

榕城佛跳墙

"佛跳墙"是福州传统名菜。榕城是福州别号。我这次去福州，住西湖宾馆，初次品尝到这道名不虚传的佳肴。席间上菜时，服务员在我座前轻轻安放了一个形色古雅、精致，仿造酒坛的瓷樽。出于好奇，不等主人劝酒，我已动手把这小酒坛的盖子掀开，里面还封上一层荷叶。随手启封时，一阵淡淡的略带一点家乡绍兴酒香的不寻常的美味扑鼻而来。略舀半匙，一看是一块一块认不清是什么的细片，连汤入口，鲜美别致，另有风味，不忍含糊下咽。

这道名菜，据说是福州百年老店"聚春园"的领牌首席菜肴，久已驰名闽中。近因 5 年前美国里根总统在北京钓鱼台国宾馆宴席上赞赏了特地从福州请去的特级厨师调制的这道菜，而名声大振。这道菜其实是集山珍海味于一坛的大杂拌，要用鱼翅、海参、鸡、鸭、干贝、香菇、鲍鱼、笋尖、鸽蛋等 30 多种原料和配料，经过精选剖切，更番蒸发加工，分层纳入坛内，加上恰到好处的绍兴酒，层层密封后，用文火煨制而成。经过这道工序，此菜品尝起来，醇香浓郁，烂而不腐；色调瑰丽，清而不腻；唇齿留芳，余味无穷。

尝到这样的超级名肴，自然要问它的名称是什么。拿起菜单一看，带头就是"佛跳墙"三字。这个名称取得不俗，也未免有点奇特。于是引起了席间的议论和评说，幽默热烈，增加了品尝的气氛。

议论起初集中于这道菜的起源。以此菜出名的聚春园，当然要争这个创制权，即使并不能专利，但首创的名声也不能让人。所以在聚春园的简介中有姓有名地说是百年前的创办人郑春发的杰作。聚春园把这道菜作为保留节目，而且适应时势，不断改进。那是因为原材料随时可以增减、更易，甚至全部翻新。听说赵朴老来福州，就吃到了十足是素食的佛跳墙。佛跳墙也就化成了荟集众鲜的一种烹饪程式了。

民间对于这个发明权归于某一个人或某一家菜馆似乎不太服气，于是出现了种种传说。最简捷当的传说是把这个名肴的发明权归于吃不饱饭的乞丐。他们到了晚上把从在各家饭馆里要来的残羹剩菜，统统倒在一个破瓦罐里，在街巷角落里煮热了下肚。一天饭店老板夜出，偶然闻到这街头异味，看到这群乞丐正在大吃大嚼。他过去一问究竟，发现这股香味原来是由于饭店里的堂倌在这次收拾台面时，把客人留在杯子里的余酒一并倒进了剩菜里，经过这一番折腾，发出了不同凡众的香味。饭店老板是识货的老手，立刻抓住这个烹饪妙法，回店来如法炮制，送上了菜馆的桌面。

这个传说在源头上补充了聚香园的掌故，但把创作权移交到了一般认为邋遢，污秽，不登大雅之堂的乞丐手里。不论他们的发明怎样高明，似乎总有点出身微贱，攀登不上盛宴华席。于是又有人编出了个传说，把这道菜联上了福州的婚俗。福州传统的婚礼中有个规矩叫"试厨"。按这个规矩，新娶来的媳妇上门第二天回门，第三天得到夫家下厨，表演一下烹饪本领，在诸亲众朋会宴的席面上露一手。这是一个妇女一生中的重大考试，分数高低有关她一生在夫家的地位。

传说是有个从小娇生惯养的姑娘，在家一切依赖父母，食来到口，从不下厨。但她长大了免不了也要出嫁。出嫁就得经过这个考试。可是她根本没有这项训练，怎么办呢？这时她的妈妈才明白自己宠坏了女儿，考不及格，会害了女儿一生。试厨的日期到了，这真急煞了她的妈妈，她想只有"捉刀"一法了。她连夜把家里所藏的山珍海味都翻腾出来，一一清理剖切成小块，用荷叶分别包好，装了一大包偷偷地塞在女儿的手袋里。女儿上轿回夫家时还要再三叮嘱，这道菜怎样下锅，那道菜怎样加料。这位新娘却一句也没有听懂。

这位新娘回到夫家，到了临晚才到厨房里，把妈妈给她准备好的山珍海味，一包包解开，堆满了一桌子。两眼乱转，从何下手呢？正在无计可想时，听得厨房外似乎有人要进来。她发急了，刚好桌边有个酒坛子。坛子里的剩酒都来不及倾倒出来，就一口气把桌上一堆堆的东西，一裹儿向坛子里塞。塞完了，顺手把包菜的荷叶把坛口封住，盖上盖。再向灶里一看，余火未灭。她就把那个酒坛塞了进去。转念一想，这可坏了，下一天的酒席上怎样蒙混得过呢？敷衍过婆婆，自己又悄悄地溜回娘家去了。

过了一晚，正是试厨的日子，宾客一早都到齐了，久久却不见媳妇下厨。婆婆发急了，到厨下一看，桌上空空，只在灶里发现了一个酒坛。她刚把坛盖掀开，透过荷叶腾出一阵香味。这香味很快送满全堂。堂上的宾客齐声叫好——传说到此为止。宾客怎样急着品尝，婆婆怎样转怒为喜，新媳妇怎样从娘家当作烹饪能手接回来，都没有交代，我也不便捏造了。

这个传说颇有喜剧意味，不失民间风格。而且把这道菜的准备过程留给媳妇的妈妈去做，加上为了让女儿过关心切，把家藏的山珍海味全盘抛出，也点明了这道菜的材料样多质高的来由。不经这位下厨老手的炮制，这道菜的前部工序就不会完成得妥帖，成果自然不能完善。这个传说妙是妙在把用酒坛装菜的原因也编了进去。乞丐传说里就缺了这个说明。用酒坛装菜是这道菜的特点，至今还要用仿制小酒坛上桌。而且也突出了在菜里用适度的绍兴酒做配料引起异香扑鼻的特技。这个传说把这道菜的创制说成是事出偶然，是新媳妇慌乱中失措的结果。利用传统习俗做基础，故事发展似乎很近人情，而且带一点幽默。拙妇出巧工，更含有深刻的哲理。传说毕竟是传说，反映了群众的情意，大可不必深究。但是也得指出上述这些传说有个缺点就是都没有和"佛跳墙"这个菜名挂上钩。乞丐也好，拙妇也好，和佛何干？

菜肴不能无名，尤其是在菜馆里，总得要客人点菜，没有个菜名，如何点法呢？菜名又必须和这道菜的特点有关。这道用20多种材料混合烩成的大杂拌总得有个好名称。我想这一定伤过菜馆老板的脑筋。据说此菜在聚春园一家就有过三个名称，其一就是现在通行的"佛跳墙"，其二是"福寿全"，其三是"坛烧八宝"。这几个菜名的演变又引起了席上的不同看法。在我看来，这三个名称的次序应当颠倒过来。

"坛烧八宝"似乎应当是菜馆初用的名称，因为它是朴实地平铺直叙，说明这是一道由多种原材料煮成装在坛里上桌的菜。坛烧不一定是在酒坛里煨制的，"八"也只是指多的意思。这也符合普通的菜肴提名法，有如"白菜炒肉丝""辣子鸡丁"等。可是一个出名的菜馆却不能没有几道看家名菜压场扬名，这些名菜就得取些好听的名称。"福寿全"这个名字大概就是这道菜被达官贵人赏识之后，作为菜馆首席菜肴的时候提出来的。

从"坛烧八宝"转到"福寿全"也许和有关这菜的一段"野史"有关。野史的根据我没有去查，只听说在光绪末年，福建官钱局的一次宴会上有一道主菜就是集多种珍品烩制成的一个大品锅。当时福州按司周莲食后叹平生未曾尝过如此的佳肴美味。他打听到这道菜是出于官钱局的某一位执事的内眷之手。于是就找个机会委托官钱局主持一次宴会，并派了厨师郑春发前往协助。郑春发就乘机窃取了此菜的技艺。他后来成了聚春园的老板。

这段野史，有名有姓，周莲确有其人，当时以能诗善饮出名。但有关此道菜的发明权却归于某执事的内眷，和"新媳妇试厨"的传说相通，都是民间起源论。郑春发后来确是聚春园的老板，所以当聚春园用这道菜挂头牌时，势必为它取个像样的菜名，要在官场里叫得响，"福寿全"三个字很合适。

一道源出于民间的名菜，一旦进入官府，披上了堂皇体面、道貌岸然的菜名，群众是不会心服的。可巧"福寿全"三字用福州口音发音时却和"佛跳墙"很接近。于是有些秀才先生就用此来耍聪明了。据说有一帮秀才来到聚春园点名要吃"福寿全"。酒过一巡，有人提议赋诗助兴。其中有一人即席口吟："坛启荤香飘四邻，佛闻弃禅跳墙来。"意思是这道菜香味太引人，连佛门弟子都动了凡心，实即是"菜香非凡"而已。而佛跳墙一词又正符合民间的想象力。这和群众喜爱鲁智深和济公又出于同一种心情。少林寺电影中还有"酒肉穿肠过"无损于佛门修道的镜头。群众心目中可爱之人正是这种心胸旷达，肠腑热烈，不装模作样、口是心非，说真话、办好事的和尚。"佛跳墙"一名带来的意境正是这种味道，于是不胫而走。不但聚春园为了吸引食客，此菜还得弃雅从俗，定下了"佛跳墙"之名，其他菜馆也紧跟不舍。

　　必须声明：我这里所叙述有关这菜名的演变过程，并没有可靠的事实证据，只是凭想象得来，不足为证。至于有人说，这名是否对佛门不敬，我想只要有一点道行的僧徒决不会介意。门既是空，何来墙跳？而且即使跳了墙，也没有说他犯了吃荤的戒律，何况现在已有全素的"佛跳墙"了呢？善哉，善哉。

1990 年 12 月 6 日补记

说"茶"

俗话说：开门七件事，柴米油盐酱醋茶。这句话表示了这七件事于我们日常生活的关系之密切，然而排在最后一位的茶，却同中华民族几千年的文化攀上了关系。"茶文化"也是古往今来人们爱谈的话题。

中国是世界上最早发现茶树，最早懂得种茶、制茶、饮茶的国家。据《茶经》记载："茶之为饮，发乎神农氏，闻于鲁周公"，这样算来距今已经有四五千年的历史了。提到《茶经》，我们不能不想到它的作者——陆羽。

陆羽，复州竟陵郡人（今湖北天门县[1]），生于唐玄宗开元年间，从小被抛弃，笼盖寺和尚积公大师收养了他。积公是个饱学之士，且好茶。陆羽受此熏陶，少时便得艺茶之道。十一二岁后离开寺院，流落江湖。后定居浙江湖州，潜心研究茶学，历经 10 余载，于大历九年（公元 774 年）完成了我国第一部茶学专著——《茶经》。

《茶经》记载了我国种茶的历史、源流；茶叶的品质、生产技术；煮茶用水和火候；茶品鉴赏等综合知识。是对唐代以前茶学的总结，对后来茶叶的生产和饮茶习惯，产生了巨大的影响。由于他的页献，人们尊他为"茶圣"。

---

[1] 1987 年，撤销天门县，设立天门市。

据专家考证，南北朝时期，中国商人在蒙古边境与土耳其人以茶易货，把茶带到了西方。以后又传到朝鲜、日本；传到印尼、印度，遍及世界。现在，茶已经成为全世界风行的饮品了。

30年代我在英国留学的时候，曾亲身体会过英国人喝午茶的习惯——每天下午4到5点钟，教师和学生都放下手头的工作，到茶室去喝茶、聊天。其实喝茶是引子，大家借此机会交换意见、互相通气、增进感情，成了一种社交活动。看来，茶已经超出了单纯作为饮料的作用了。

我从英国留学回来以后，经常下农村和小城镇做社会调查工作，有时会到当地的茶馆坐坐，我发现茶馆实际上就是附近农村交流社会信息的中心，四面八方来的茶客把信息带到茶馆，再从这里散播到附近的农村里去；有的茶馆里还有群众喜闻乐见的文艺表演，比如有说评书的、唱京戏的、评弹的等。所以说，茶馆又是群众休息、娱乐和社交的中心。

我国茶的原产地据说是在云贵高原少数民族地区。几十年来，由于工作关系，除了西藏和台湾外，我几乎跑遍了祖国各地，有幸领略过我国少数民族烹茶的高超技艺。在甘肃撒拉族同胞的餐桌上，我品尝过甜香的"三泡台"；在夏河的拉卜楞寺，我初尝藏族纯美的酥油茶；在广西侗族的竹楼里，我吃过鲜美的"打油茶"（油茶是用茶叶、糯米、玉米等原料加油制成，饮茶时茶叶和配料一同吃下）；在内蒙古草原我享受了牧民浓郁的"奶茶"……看来，"茶"早已深深地进入我国各族人民的生活中，发挥着多种多样的功能了。

茶不仅仅是老百姓生活中的主要饮料，而且他们从实践中很早就懂得了茶的医药价值。《茶经》中说："茶之为用，味至寒，为饮最宜"；《神农本草经》认为："茶味苦，饮之使人益思、少卧、轻身、明目。"历代医书多有记载饮茶的医疗保健功能。但是，长期以来，我们很少对茶叶进行深入的科学研究，对茶的医疗保健功能开发得很少。

去年我在江西南昌，看到南昌绿色工业公司请来专家、教授，为他们提供研究条件，用现代科技手段，从绿茶中提取出一种叫茶色素的生物活性物质。这种物质对治疗和防治危害人类健康的心脑血管病、肿瘤、糖尿病很有作用。我们的科技人员应用科技知识，终于从传统的东西里推陈出新，创造出新东西，从而使茶叶身价倍增。

日前，我在报上看到，地处大别山南麓的湖北英山县依靠茶叶摆脱贫困的消息。英山是国务院确定的重点扶贫县，多年来老百姓过着"吃粮靠救济，用钱靠贷款"的穷日子。县领导经过长期摸索和研究，终于选准了以茶叶生产为突破口，依靠科技，走农业产业化和种、养、加综合开发的路子。经过几任领导和群众的努力，如今英山县309个村，"村村有茶场，山山出佳茗"。县领导不仅组织群众种茶叶，而且鼓励乡、村、组、户多层次发展茶叶企业。每年由县委、县政府牵头举办一次茶叶节，政府"搭台"，企业"唱戏"，把英山茶叶推向国内外市场。在今年的第七届茶叶节上，他们与20多家经销客商签订了购销合同，成交茶叶300万公斤，成交额达4200多万元。如今全县茶园面积发展到10万亩，人均茶叶收入占农民人均纯收入的15%，茶叶税收占全县财政收入的10%。到1997年底，英山的贫困人口已由1990年的11万人减少到不足6万人，其中约有50%的贫困户是靠种茶脱了贫。小小茶叶已成了英山富县富民的大产业。

开门七件事的最后一件——"茶"，在人们的生活中所起的作用越来越大了。

1998 年 6 月

烹饪上"华味"能否胜过"洋味"

改革开放以来，国家的经济有了快速发展，"大河水涨小河满"，老百姓口袋也鼓起来了。长期关闭的国门一打开，人们与国外的交往日益频繁。我们过去没有接触过的许多外国的新东西涌了进来。在这种情形下，人们的"衣食住行"不知不觉起了变化。依我看，衣装是其中变化得最快也是最容易让人注意到的。不是吗，如今人们的衣装一扫过去呆板、单调的样式，西服、领带已成了人们喜爱穿着的服饰；曾经被视为"洪水猛兽"的牛仔服、喇叭裤、紧身衣，如今已穿在普通老百姓的身上。姑娘们的时装更是千姿百态、争奇斗艳，令人赏心悦目。不过，现在流行的服装式样，绝大多数是"进口"的，我们中国传统服装样式已经很少见了。所以我说在服装上，"西式"压倒了"中式"。

另一个让人感觉变化大的，就是人们的饮食。说起吃，中国素有"烹饪王国"的美称，烹饪技艺是中华民族宝贵的文化遗产。我国地域辽阔，物产丰富，在几千年的历史长河中，形成了有各地独特口味的菜肴，如大家熟悉的粤菜、鲁菜、潮州菜、淮扬菜等。

十多年前，偶然见到一位在《中国烹饪》杂志工作的老同学，为了拉我写稿，他向我大大地宣传一番：烹饪之道是中华文化的精髓，现已征服世界，五大洲的主要都会，中国菜馆都已成为美味中心，无口不尝，无人不誉。我受他怂恿，这些年来，真的围绕在"食"上写了十几篇短文，后来集成一册，起名《言以助味》。改革开放以来，出国的人增多，不少人在国外开了餐馆。听说现在在国外一些中小城市里，要吃顿地道的中餐，已是很方便的事了。中国烹饪是不是像那位同学说的"现已征服世界"，我不敢断言，但是，凡有机会吃中国菜的老外"无口不尝，无人不誉"确是事实，而且也可以说"中餐"大有压倒"西餐"之势。

不过，当中国菜漂洋过海的时候，外国的肯德基、麦当劳、比萨饼、汉堡包……也相继登上了中国大陆，进入大城市。这些洋快餐以它们科学的管理、优良的服务，以及卫生方便和独特的"洋味"，吸引了中国广大食客，特别是打动了娃娃们的心。

"快餐"这个名词最近几年才在国内流行起来，但是在欧美国家已经风行了半个多世纪。《美国年鉴》说，世界上第一家快餐店是1885年在纽约出现的。我手边恰好有一本《家庭快餐》，书里说：早在商周时代，中国的烹饪就已达到相当高的水平，已经看得到快餐的雏形。到了宋代，在一些城市出现了"逐时旅行索唤"，"嗟咄可办"的方便快餐。"兼卖酒"之类的快餐店，以"旋切莴苣""旋炒银杏""三鲜面""炒鳝面"等菜肴招揽食客。有的店家索性把某些快餐菜肴命名为"嗟咄烩"。嗟咄者，叱咤呼唤也，一声招呼立刻就能端上菜来，自然算得上快。这样说来，中国的确也称得上是快餐的故乡了。

但是中国的快餐并没有发展起来，而是经过了漫长的岁月，直到我们把工作重点转移到经济建设以后，极大地发挥了人们的劳动积极性，生活节奏明显加快，人们富裕了，在这种新的形势下，人们需要快餐，然而我国的餐饮业没有跟上这个变化，以致洋快餐大举占领了中国市场。这时候，中国餐饮界的有识之士，不甘落后，积极探索自己的发展进路，要跟洋快餐一比高低。中国"荣华鸡"在跟美国"肯德基""唱对台戏"；"红高粱"的羊肉面着实红红火火。

我是南方人，在北方生活了几十年，也喜欢上了面食，但是一家人做面食的本领却没有长进，包顿饺子，手忙脚乱，要费好大的劲儿。如今街对面的副食店里速冻饺子就有五六种，还有包子、馄饨，连新蒸出来的馒头、花卷都可以随时买到。近几年速冻方便食品的品种越来越多，大大节省了人们围着锅台转的时间。我希望中国的快餐业能够跟上时代步伐，结合我们民族传统，越办越好，在饮食业这个大市场里，走出一条有中国特色的路子。更要从这里出发，使中国烹饪真的"征服世界"。

我常讲，当今的世界由于通信和交通的发达，变得越来越小了，生活在这个"地球村"里的人们，再也不能闭关自守。经济上，全世界已进入一个分工合作的体系；生活上，已经是你中有我，我中有你，谁也离不开谁了。同时我们也要清醒地看到，在今后的世界里，竞争将更加激烈。这个竞争不仅仅是经济实力的竞争，说到底是东西方两种文化在生活上的竞争。

从我们大家须臾不可离的吃饭、穿衣中，不是已经可以感受到这个静悄悄的，然而却是非常激烈的竞争了么！我想提出一个问题，烹饪上"华味"能不能胜过"洋味"？

1998 年 11 月 25 日

第三辑

天涯咫尺

西山在滇池东岸

　　我从没有到过西山。可是这几年来疏散在滇池的东岸，书桌就安放在西窗下，偶一抬头，西山就在眼前。尤其是在黄昏时节，读懒写倦，每喜倚窗远眺。逼人的夕阳刚过，一刹间湖面浮起了白漫漫的一片。暮色炊烟送走了西山的倦容，淡淡地描出一道起伏的虚线，镶嵌在多变的云霭里，缥缈隐约，似在天外。要不是月光又把它换回，我怎敢相信谁说它没有给夕阳带走？

　　西山是不会就这样容易带走的罢！你看它峭壁下这堆沙砾，堆得多高，快到半身。它这斑驳多痕，被神斧砍过的大石面，至少也可以使我们不再怀疑它是个无定的游脚。它是够坚定的了。耽担着这样久的磨折，忍耐着这样深的创伤，从没有说过半个字，多舌的绝不是它。恕我没有近过它，不知有没有自作聪明的人，在它额上题过什么字句。即使有，我想它也不致置怀。石刻能抵住多少风雨？一刹间，水面的波纹，天空的云霞，人间的离合，谁认真了，何况这沉着的西山。

　　我远远望着那神斧砍过的峭壁，忽想起小惠——我那个将近两岁的女儿。要是她懂事了，要我解释西山跟谁打了架，弄得满脸是血，叫我怎样回答。为此，我逢着抬烟管的老乡，总是很客气的想探听一些关于西山的乡史野话，预备将来能对付我这个现在已够刁钻的女儿。可是他们却笑着摇摇头，像西山一般的静默，似乎已厌倦了记忆，卸下了过去。"忘记了罢。日子是在前面。只有弱者才会给往事所沉醉，所麻痹，女人才是哓舌的。"——我记不起是不是尼采所说的话。西山没有传说，不需要辩护，一脸伤痕，一池清血，告诉了我们所能体会的一切。即使有一天，沙砾盖住了它的脸，全身没入了海底，它还是没有呻吟。这我敢保证，虽则我从没有亲近过它。

可是，这套话怎能对我自己的女儿说，战争即使不是罪恶，在羔羊面前至少也是丑恶。做父亲的哪里有这勇气来颂赞吞在肚里的那颗牙子作梗？于是我的视线溜过峭壁，向南移去。这里不是有个仰卧着的女郎？眼向着无穷限的高空。头发散乱的堆着，无限娇懒。丰腴的前胸，在招迎海面的清风，青春的火烧着了她，和她炙面的晚霞一样的红。双膝微耸，她没有睡，更不是醉，她一定瞪着眼，心里比黑夜的潮水冲击得更急更凶。她像是在等待，用落日的赤忱在期望，用弦月的幽贞在企盼。可是她等待的是谁？岂是个忘情的浪子，在天河畔邂逅哪家村女，忘了他的盟誓？岂是个贫困的樵夫，想偷折哪个星园的枯柴，被人禁闭了？岂是个荒诞的狂生，在无穷里采取极限，永没有回头的日子？

让我就这样来编个故事，来哄我的孩子。我开头不就可以说："你看，隔着这水面，那里不是有一盏闪烁的灯光么？这个地方曾经有一对情侣——"接着我想说有一天那个少年忽然想要寻一件世界上稀有的宝物来给他情人，于是他飞入了天空——神话似乎都是这样开始的。我正想接着说留在山上的少女怎样耐心的等待，忽然隔壁传来了小惠学话的声音："不，我要去，我也要去。"

"是的，她怎不跟着去？"我自己打断了我自己的故事。这多情的女郎怎会愿意为一个得不到的稀有的宝物，来换取一个永不回来的情人？岂是她情人的礼物就是一个永诀？不会，不会，我不能相信。可是故事又怎样续下去呢？算了，反正小惠还不满两岁。她长大时，谁知我们又将在哪座山的脚下。即使她还是要追问西山的故事，让她母亲去哄她罢！女人的故事还是让女人去说才是，世界上哪里还有比男人口上的女人更荒诞的呢？

我闭目不看西山。西山在我是个谜，你看：这边是不求人知的忍受，不叫喊的沉痛，不同情的磨折，不逃避不畏缩的接受终古的销蚀，那边是无厌的期待，无侣的青春，无言的消逝，无边际里永恒的分离。谜，在人间至少该是个谜。虽则我已闭了眼，眼前还是西山。

我在滇池东岸，每天对着西山。这样的亲切，又这样的疏远。隔水好像荡漾着迷人的渔歌，晚风是怪冷的，我默默地关上了窗。

1942 年 11 月

鸡足朝山记

一、洱海船底的黄昏

到了海边，上了船，天色已经快黑。我们本来是打算趁晚风横渡洱海，到对岸挖邑去歇夜的。可是洱海里的风谁也捉摸不定，先行的船离埠不久，风向突变，靠不拢岸，直在海面上打转。我们见了这种景象，当晚启程的念头也就断了。同行的人知道一时决定走不成，贪看洱海晚景，纷纷上岸。留在船里的只有潘公和我两人。

我留在船底实在有一点苦衷。三年前有一位前辈好几次要我去大理，他说他在海边盖了一所房子，不妨叫作"文化旅店"。凡有读书人从此经过，一定可以留宿三宵，对饮两杯。而且据说他还有好几匹马——夕阳西下，苍山的白雪衬着五色的彩霞；芳草满堤，蹄声得得；沙鸥傍飞，悠然入胜——我已经做了好几回这样的美梦。可是三年很快的过去了，我总是没有能应过他的约。这座"文化旅店"正靠近我们这次泊船的码头。但现在已是人去楼空，那几匹马也不知寄养在哪家马房里了。这个年头做人本来应当健忘一些，麻木一些。世已无常而恨我尚不能无情。为了免得自取怅惘，不如关在船底，落日故人，任他岸上美景怎样去惹人罢。

多风少光的船底也有它特别值得留恋的地方。我本是个生长在鱼米之乡的三吴人士，先天是爱船的。10年来天南地北的奔波，除了几次在大海洋上漂泊外，与船久已无缘。这次得之偶然，何忍即离。这一点乡思系住了这两个万里作客的游子。还有一点使我们两人特别爱船的也许是因为我们的眼睛和腿都有一点毛病。潘公有一眼曾失明过，我呢，除了近视之外，对于色彩的感觉总是十分迟钝。潘公是独脚，我呢，左脚也残废过。在船底，我们的缺陷很容易掩饰过去。昏暗的棚子里有眼亦无可视，斗大的舱位里，有脚亦不可动。这里我们正不妨闭着眼静坐，只要有一对耳朵没有聋，就够我们享受这半个黄昏了。

古人时常用"欸乃"二字来代表船，因为船的美是由耳而入的。不论是用橹用桨，或是用桅，船行永远是按着拍水的节奏运动。这轻沉的声调从空洞的船身中取得共鸣，更靠了水流荡漾回旋，陶人心耳。风声，水声，橹声，船声，加上船家互相呼应的俚语声，俨然是一曲自然的诗歌。这曲诗歌非但是自然，毫不做作，而且是活动的。船身和坐客就在节奏里一动一摆，一俯一仰，顺着这调子，够人沉醉。孩子们的摇篮，成人的船，回到了母亲的怀里。

一阵紧风打上船来，船身微微的荡了一下。潘公取下衔着的烟斗，这样说："假如我们在房子里，风这样大就会有些担心，怕墙会倒下来。风和墙谁也不迁就谁，硬碰硬；抵得住，抵；抵不住，倒。在船里就不用着慌，风来了船退一下，风停了，船又回到原位。"我没有说话，倒不是因为我不很能欣赏中国式的"位育"方法，而是因为既然要上鸡山，就得预先学习一下拈花微笑的神气。不可说，不可说。

在船里看黄昏最好是不多说话。但两人相对默然又不免煞风景，于是我们不能不求助于烟茶了。潘公常备着土制无牌的烟丝，我也私自藏着几支香烟，可以对喷。至于茶则不能不索之于船家。船家都是民家人，他们讲的话，对我们有如鸟语。我向他们要茶，他们只管向我点头道是，可是不见他们拿出茶壶来，于是我不能不怀疑自己的吴江国语在他们也有如鸟语了。那位船家低了头，手里拿着一个小土罐在炭上烤。烤哪样，怎么不去找茶壶？我真有些不耐烦。可是不久顿觉茶香袭人，满船春色。潘公很得意地靠着船板，笑眯眯的用云南话说："你家格是在烤茶乃？"

大理之南，顺宁之北，出一种茶叶，看上去很粗，色泽灰暗，香味也淡，绝不像是上品，可是装在小土罐里，火上一烤，过了一忽，香味就来了。香味一来，就得立刻用沸水注入。小土罐本来已经烤得很热，沸水冲入，顿时气泡盈罐，少息倾出，即可饷客。因为土罐量小，若是有两三个客人，每人至多不过分得半小杯。味浓，略带一些焦气，没有咖啡那样烈，没有可可那样腻。它是清而醇，苦而沁，它的味是在舌尖上，不在舌根头，更不在胃里，宜于品，不宜于饮；是用来止渴，不是用来增加身体水分的。我在魁阁读书本是以好茶名朋侪间，自从尝到了烤茶，才恍然自悟30多年来并未识茶味。潘公尝了烤茶说："庶几近之。"意思是他还领教过更好的，我对烤茶却已经很满意了。可惜的是西洋人学会了喝茶，偏偏要加白糖。近来同胞中也有非糖不成茶的，那才是玷辱了东方文化。

当我们和岸上的朋友们分手时，曾再三叮嘱他们千万不要送饭下来。我们想吃一顿船家的便饭，这是出于潘公的主张较多。据他说，幼时靠河而居，河里常停着小船。每当午刻，船家饭熟，眼巴巴地望着他们吃香喷喷的白饭，限于门户之严，总是无缘一尝。从此积下了这个好吃船饭的疙瘩。这一次既无严母在旁，自可痛快的满足一次。我从小在苏州长大，对于船菜自然还有"食"以外的联好。这里虽无船娘，但是也不妨借此情景，重温一些江南的旧梦。

船家把席子推开，摆上碗筷，一菜一肉，菜甜肉香。七八个船夫和我们一起团团围住。可惜我们有一些言语的隔膜，不然加上一番人情，一定还可多吃两碗。

饭饱茶足，朋友们还没有下船，满天星斗，没有月。虽未喝酒，却多少已有了一些醉意。潘公抽烟言志，说他平生没有其他抱负，只想买一艘船，带着他所爱的书（无非是霭理士之辈的著作）放游太湖，随到随宿，逢景玩景。船里可以容得下两三便榻，有友人来便在湖心月下，作终宵谈。新鲜的鱼，到处都很便宜。我静静地听着，总觉自己太俗，没有想过归隐之道。这种悠优的生活是否还会在这愈来愈紧张的世界中出现，更不敢想。可是我口头却反复地在念着定庵词中的一句：

"笛声叫破五湖秋，整我图书三万轴，同上兰舟。"

二、"入山迷路"

在船里等风过洱海，夜深还是没有风。倦话入睡，睡得特别熟。醒来船已快靠岸。这真令人懊悔，因为人家说我不该一开头就白白的失去了洱海早晨一幕最美的景色，这还说什么旅行。可是事后想来却幸亏那天晚上睡得熟，早上又起得迟，不然这天能否安全到达金顶都会成问题。

我们在挖邑上岸。据当地人说从挖邑有两条路可以上鸡足山。一路是比较远些，一天不一定赶得到；另一路近是近，可是十分荒凉，沿路没有人烟，山坡又陡。我们讨论了一下决定走近路，一则是为了不愿在路上多耽搁一天，二则也想尝尝冒险探路的滋味。何况我们人多马壮，一天赶七八十里路自觉很有把握。独脚潘公另雇一个滑竿，怕轿夫走得慢，让他们趁先出发。诸事定妥后，一行人马高高兴兴地在 10 时左右上路向鸡山前进。

这个文武集成旅队在游兴上虽甚齐整，可是以骑术论在文人方面却大有参差，罗公究是北方之强，隔夜在船上才练得执缰的姿势，第二天居然能有半天没有落伍。山阴孙公一向老成持重，上了马背，更是战战兢兢，目不斜视。坐马有知，逢迎主人之意，也特地放缓脚步，成了一个远远压阵的大将。曾公嫌马跑得慢，不时下马拔脚前行，超过了大队。起初大家还是有说有笑，一过雪线，时已下午。翻过一重山，前面又是一重山。连向导们都说几年没有走过这路，好像愈走愈长，金顶的影子都望不见。除了路旁的白雪，和袋里几支香烟外，别无他物可以应付逐渐加剧的饥渴。大家急于赶路，连风景都无暇欣赏。走得快的愈走愈前，走不快的愈落愈后，拉拉牵牵前后相差总有几里，前不见后人，后不见前人。我死劲地夹着马，在荒山僻道中跟着马蹄痕迹疾行。

太阳向西落下去，而我们却向东转过山腰。积雪没蹄，寒气袭人。路旁丛林密竹，枝叶相叉，迎面拦人。座下的马却顾不得这些，一味向前。会骑马的自能伏在马颈上保全脸面，正襟危坐的骑士们起初还是不低头即挂冠，后来挂冠也不够，非破脸流血不成了。后面追上了我的是曾公，只见他光着头，用着一块手帕裹着手，手帕上是血。我们两人做伴又走了有一二里，远远望见了金顶的方塔，心头不觉宽了一些，以为今晚大概有宿处了。放辔向前，路入下坡。人困马乏，都已到了强弩之末。偶一不慎，马失前蹄，我也就顺势在马头前滑入雪中。正在自幸没有跌重，想整衣上鞍，谁知道那一匹古棕马实在不太喜欢我再去压它了，一溜就跑。山路是这样的狭，又这样的滑，在马后追赶真是狼狈。于是让过曾公，一个人爽性拣了一块石头坐下，悠悠地抽了一回烟。山深林密，万籁俱寂，真不像在石后叶下还有几十个人在蠕动。我从半山，一步一滑，跌到山脚，才听到人声。宋公、曾公等一行正在一个草棚里要了茶水等我们。我算是第三批到山脚的。我的马比我早到20多分钟。后面还有一半人没有音讯。

山脚的地名叫檀花箫，但并没有什么花，遍地都是些荒草和新树。那间草棚也是临时搭成的，专门赶这个香期，做些小买卖。这条路本是僻径，很少人往来，我们这样大批人马过境，真是梦想不到的。我们自己借火煮了些饵块。同伴们零零散散，一个个到了。罗公落马跌破了半个眼镜，田公下骑在路上拾得了曾公的破帽。最后到的是孙公，本来已经不很小的鼻子更大了，上唇血迹斑斑，曾经一场苦战无疑。各人都带着一段自己以为了不得的故事，可是行程还没完，离可以住宿的庙宇最近的还有三四里，所以无暇细说。天快黑了，潘公的滑竿毫无信息。除非打算在草棚里过夜，我们不能再这样等了，于是又跨上马，做最后的努力。

新月如钩，斜偎着对面的山巅，一颗很亮的星嵌在月梢，晶莹可爱。我们趁着黄昏的微光，摸路上山，山间的夜下得特别的快，一刹间四围已黑。马在路上踟蹰不前，于是不能不下马牵了缰爬上山去。人马杂沓，碎石间的蹄声，更显得慌乱。水声潺潺警告着行人提防失足。可是谁又敢停留，一转瞬前面的人马就消失在黑雾里，便没有了援引。山林里的呼声，最不易听得准，初听似乎在前在右。可是一忽又似乎在后在左。我一手拖着似乎已近于失望的罗公，一手差不多摸着地面。爬了好一阵，面前实已无路可走，在一起的几位也已经奋斗到了最后关头，鼓不起上前的勇气了。山不知有多高，更不知我们脚下的是不是条路，假定是路，也不知会领我们到什么地方去。正在这时候，山壁上好像有一块比较淡色的石头，摸上去很光滑，也许是块什么碑罢。我划了一根火柴，一看，果真是。但是光太微弱，辨不出有什么字。既有碑，一定靠近了什么寺院，绝路逢生，兴奋百倍。转到石碑的背后，不远有一间小屋，屋前的路比较宽大些。宋公等在前开路的派了些人在这里等我们，要我们更进一步。于是大家抖起精神，爬上了山巅。山巅上一片白雪，映出尽头矗然独立的方塔，那就是鸡足山的金顶了。我们本来约定是第二天才上金顶的，谁知道入山乱爬反而迷到了目的地。

金顶的和尚们见了我们，合掌呐呐，口称菩萨有灵。原来庙里来了一位做过皮匠的县政府委员，坐收香火捐。这倒并不足奇，在这种偏僻的县份里，哪样不能收税？据说是因为省政府下令保护名山，所以县政府在山里沿路设下不少"弹压所"（名目也怪别致），行人过关得弹压一下，缴纳 2 元弹压费。到了庙里，如果要烧表荐拔亡魂，又得交县政府 2 元，交委员老爷 3 元，交了这笔不知什么名目的税，在焚化的表上可以盖上个印，否则无效。所谓无效也者，也许是阴阳官方另有契约规定，其中奥妙，非吾人所可知。这套税收，尽管新奇，犹有可说；那位"皮匠"委员在庙里虽则可以有不花钱的鸦片可抽，但还是不甘寂寞，想早些回家。那天早上威逼着和尚预支税收 3000 元，若是当夜交不出，就要用刑吊打。金顶的老和尚着了慌，无计可施，只有在菩萨面前叩头求救。据说他求得一签说是有贵人来助，可是等到黄昏，还是毫无消息。不道在日月俱落的星光中，会有我们这大队人马半夜里来敲门求宿，应验了菩萨的预言。老和尚说完合掌念经，是否有意编出来要我们去应付这皮匠委员，我不知道。但是我总觉得这位菩萨也太狠心了一些，为了要救这老和尚的一阵吊打，何必一定要我们受这样一路的罪，受了这罪还不够，还要我们一夜不得安睡呢？

到了金顶安睡本可不成问题的，可是一点名，独脚潘公和几个押运行李的士兵却没有报到。9 点，10 点，12 点，还是没有消息。山高风急，松涛如吼，心念着雪地里失群的受难者，谁还能高卧呢？何况行李未到齐，要睡也凑不足全体的被褥，于是我们这些年纪较轻的索性烤火待旦，金顶坐夜了。

风好像发了狂，薄薄的纸窗挡不住雪线上彻骨的夜寒。面前虽有一大盆炭火，但是鞋底烤焦了，两足还是不觉得暖气，我们用草席裹着身，不住地看着表，面面相觑，说不出什么话。远地从怒风中传来一阵阵狼嚎，连香烟都生了苦味。静默压人压得慌，但又无人能打破这逼人的静默。每个人心头有着一块石头，一直到第二天早上潘公露宿了一夜，上山重见时，这块石头才落地，大家又有了笑容。

早上我们看完了日出，到大殿签筒里抽出一签，签上写着四个字："入山迷路"。

三、金顶香火

骑了一天马，烤了一夜火，只打了两个瞌睡，天亮的时候，身体疲乏得已经不容易再支持。虽则勉强助兴跟着曾公去看金顶的日出，但是两条腿尽管冷得发抖，骨节里却好像在发烧，嘴里干燥，连接着喝水，解不了半点渴。耳边似乎有无数杂乱的声音，不成句的话，在那里打转。冷风一吹，头脑略略清醒了一些，四肢却更觉得瘫痪。于是我不能不倒头在人家刚推开的被窝里昏昏地睡去了。

一忽醒来，好像是进入了另一个世界。寒风没有了踪迹，红日当窗，白雪春梅，但觉融融可爱，再也找不着昨夜那样冷酷的私威。室内坐满着人，有如大都会里的候车室。潘公安全到达山下的好消息传来后，欢笑的声音更是横溢满堂，昨夜死寂的院子现在已成闹市。窗外人声即使不如沸鼎似的热闹，也够使我回想到早年城隍庙里看草台戏的情景。睡前那种静默的死气和我身体的疲乏一同被这短短的一忽消化无余了。我搓了搓眼睛，黄粱一觉，世界变得真快。

一点童年的梦还支配着我，急促地披衣起来，一直向大殿上去赶热闹。香烟回袋，早雾般笼罩着熙熙攘攘一院的香客。站定一看真有如进了化装的舞场：绿衫红裤，衣襟袖口镶着宽阔彩绣的乡姑；头上戴着在日光下灿烂发光，璎珞叮当，银冠珠饰的少女；脚踏巨靴，宽襟大袖，油脸乱发的番妇；腰悬利刃，粗眉大眼，旁若无人的夷汉；长衫革履，入室不脱礼帽的时髦乡绅；以及袈裟扫地，闭目合掌的僧侣，只缺钢盔的全副武装的士兵……这形形色色的一群，会在这时辰，齐集到这超过了 2500 米的高峰上，绝不是一件平凡的事！也许是我睡意尚存，新奇中总免不了有一些迷惑。

什么造下了这个因缘会合？

带着这些迷惑的心境，我挤出山门。山门外有一个平台，下临千尺，山阴雾底，隐藏着另一个森严的世界。这里乱草蔓延，杂树竞长；斧斤不至，野花自妍。我正在沉思，背后却来了一个老妪，一手靠在一个用着惊奇的眼光注视我的少女的背上。这一双老眼显然没有发觉有人在看她，因为她虔诚地望着深壑，口中呐呐不知在向哪个神明面陈什么心愿。抖颤的一双手握着一叠黄纸，迎风抛去，点点蝴蝶一时飞满了天空。散完了这叠纸，老脸上浮起了一层轻松的怅惘，回头推着那个心不知在哪处的少女，沿着山路转过了墙角。空中的黄纸，有些已沉入了雾海，有些还在飘，不知会飘出哪座山外。

一人待着怪冷清的，于是又回到庙里。既到了金顶为什么不上那座宝塔去望望呢？这座塔有多少层，我并没有数，有梯可登的却只有一层。因为这还是民国以后的建筑，所以楼梯很新式，是一级一级螺旋形转上去的，每级靠中心的地方很狭。上下的人多，并不分左右，因之更显得拥挤。四壁没有窗子，光线是从底层那一扇小门中射入，很弱。人一挤，更觉得黑。我摸着墙壁跟着人群上去，但觉一阵阵腥气扑鼻，十分难受。登楼一看原来四周都是穿着藏服的男女。他们一登楼就跪下叩头，又绕着塔周阳台打转，一下就跪地，一下就叩头，口里散乱念着藏语，头发上的尘沙还很清楚地记录着他们长途跋涉的旅程。我在端详他们时，他们也正在向我端详，他们眼光中充满了问号：哪里来这一个在神前不低头的野汉？既不拜佛又何必登塔？我想大概他们在这样想，至少他们的虔诚的确引起了我这种内心的自疚。我凭什么可以在这个圣地这样的骄傲？我有什么权利在这宝塔里占一个地位挡着这些信士们的礼拜？于是我偷偷地离了他们走下楼来，塔前的大香炉里正冒着浓烟。

我回到宿舍，心里很不自在，感受着一种空虚，被打击了的虚骄之后留下的空虚。急急忙忙地想离开这佛教圣地的最高峰，催着同人赶紧上路，忘记了大家还没有吃早点。

四、灵鹫花底

以前我常常笑那些手执"指南"，雇用"向导"的旅行者，游玩也得讲内行，讲道地，实在太煞风景。艺术得创造，良辰美景须得之偶然。我这次上鸡足山之前仍抱着原来的作风，并没有特别去打听过为什么这座山不叫鸭脚，鹅掌，而叫鸡足。我虽听说这是个佛教圣地，可是也不愿去追究什么和尚开山起庙，什么宗派去那里筑台讲经。

事情却有不太能如愿的时候。那晚到了金顶没有被褥，烤火待旦，觉得太无聊了，桌上有一本《鸡山志》，为了要消磨些时间，结果却在无意中违反了平素随兴玩景的主张，在第二天开始游山之前，看了这一部类似指南的书。这部志书编得极坏，至于什么人编的和什么时候出版的我全没有注意，更不值得记着。零零散散，无头无绪的一篇乱账，可是却有一点好处，因为编者并不自充科学家，所以很多常识所不能相信的神话，他也认真地记了下来，这很可满足我消夜之用。

依这本志书说：鸡足山之成为佛教圣地由来已久。释迦的大弟子伽叶在山上守佛衣俟弥勒，后来就在山上修成正果。在时间上说相当于中土的周代，这山还属于当时所谓的西域。这个历史，信不信由你。可是一座名山没有一段动人的传说，自然有如一个显官没有圣人做祖宗一般，未免自觉难以坐得稳。说实话，鸡足山并没有特别宏伟的奇景。正如地理学家张公当我决定要加入这次旅行时所说，你可别抱着太大的希望，鸡山所有的绝壁悬崖，如果搬到了江南，自可称霸一方，压倒虎丘；但是在这个山国里实在算不得什么，何况洱西苍山，这样的逼得近，玉龙雪山又遥遥在望，曾经沧海难为水，鸡山在风景上哪处不是日光中的爝火。可是正因为它没有自然的特长，所以不能不借助于不太有稽的神话以自高于群山了，而且居然因为有这个神话能盛极一时，招致许多西番信徒，与峨眉并峙于西南。

我本性是不近于考据的，而且为了成全鸡山，还是不必费事去罗列一些太平常的历史知识。一个人不论他自己怎样下流，不去认贼作父，而还愿意做圣贤的子孙，至少也表示他还有为善之心；否则为什么他一定要和一个大家崇拜的人过不去，用自己的恶行来亵渎自己拉上的祖宗，被人骂一声不肖之外也得不到什么光荣呢？对于这类的事，我总希望考据学家留一点情。

我们就慕鸡山的佛名，不远千里，前来朝山。说起我和佛教的因缘却结得很早，还在我的童年。我祖母死后曾经有一个和尚天天在灵帐前护灯，打木鱼，念经。我对他印象很好，也很深。因为当我一个人在灵堂里时，他常常停了木鱼哄着我玩，日子久了，很亲热。这时我还不过10岁。在我看来他很像是一个普通人，一样的爱孩子，也一样贪吃，所以我也把他当作普通可以亲近的人。除了他那身衣服有些不讨我的欢喜外，我不觉得他有什么别致之处。我的头当时不也是剃得和他一样光而发亮的么？也许正因为这个和尚太近人，给我的印象太平凡，以致佛教也就引不起我的好奇心。至今我对于这门宗教和哲学还是一无所知。伽叶、阿难、弥勒等名字对我也十分生疏。

我所知道的佛教故事不多，可是有一段却常常记得，这就是灵山会上，拈花一笑的事。我所以记得这段故事的原因是我的口才太差，很有些时候，自己有着满怀衷情，呐呐不能出口，即使出口了，自己也觉得所说的绝非原意，人家误解了我，更是面红口拙。为了我自己口才的差劲，于是怀疑了语言本身的能力，心传之说当然正中下怀了。我又是一个做事求急功，没有耐性的人。要我日积月累的下水磨功夫，实在不敢尝试，有此顿悟之说，我才敢放心做学问。当人家骂我不努力，又不会说话时，我就用这拈花故事自解自嘲。可是这故事主角的名字我却一向没有深究，直到读了《鸡山志》才知道就是传说在鸡山成佛的伽叶。我既爱这段故事，于是对于鸡山也因此多了一分情意。

那晚坐到更深人静的时候，也许是因为人太累，倦眼惺忪，神魂恍惚，四围皆寂，有无合一；似乎看见一动难静的自己，向一个无底的极限疾逝。多傻？我忽然笑了。谁在笑？动的还在动，这样的认真，有的是汗和泪，哪里来了这个笑？笑的是我，则我不在动，又何处有可笑的呢？——窗外风声把我吹醒，打了一个寒噤。朋友们躺着的在打呼，烤火的在打盹。我轻轻地推门出去，一个枪上插着刺刀的兵，直直地站在星光下，旁边是那矗立的方塔。哪个高，哪个低？哪个久，哪个暂？……我大约还没有完全醒。一天的辛劳已弄糊涂了这个自以为很可靠的脑子。

做和尚罢！突然来了这个怪想。我虽则很想念祖母灵前那个护灯的和尚，可我又不愿做他。他爱孩子，而自己不能有孩子。那多苦？真的高僧不会是这样的罢？他应该是轻得如一阵清烟，遨游天地，无往有阻。这套世俗的情欲，一丝都系不住他。无忧亦无愁，更无所缺，一切皆足。我要做和尚就得这样。鸡山圣地，灵鹫花底，大概一定有这种我所想做的和尚罢。我这样想，也这样希望。

金顶的老和尚那天晚上我们已经会过，真是个可怜老菩萨。愁眉苦脸，既怕打又怕吊，见了我们恨不得跪下来。他还得要我们援救，怎能望他超度我们？

第二天，我们从金顶下山，不久就到了一个寺，寺名我已忘记，寺前有一个柏枝扎成的佛棚，供着一座瓷佛，一个和尚在那里打木鱼，一个和尚在那里招揽过路的香客，使我想起了天桥的耍杂的，和北平街上用着军乐队前导穿着黑制服的女救世军。这寺里会有高僧么？我不敢进去了，怕里面还有更能吸引香客的玩意。我既没有带着充足的香火钱，还是免得使人失望为是。于是我借故在路旁一棵大树旁坐了下去，等朋友们在这寺里游了一阵出来才一同再向前。他们没有提起这庙里的情形，我也没有问他们。

我记不清走了多少寺，才到了山脚。这里有个大庙。我想在这个宏丽壮大建筑里大概会有一望就能使人放下屠刀的高僧了。一到寺门前但见红绿标语贴满了一墙，标语上写着最时髦的句子，是用来欢迎我们这旅队中武的那一半人物的。我忽然想起别人曾说过慧远和尚作过一篇《沙门不敬王者论》。现在这世界显然不同了，这点苦衷我自然能领会。

一路的标语，迎我们到当晚要留宿的一座庙里。当我们还没有到山门时，半路上就有一个小和尚双手持着一张名片在等我们，引导我们绕过黄墙。一大队穿黄的和穿黑的和尚站着一上一下的打恭，动作敏捷，态度诚恳，加上打鼓鸣钟，热烘烘的，我疑心自己误入了修罗道场。误会的自然是我自己，这副来路能希望得到些其他的什么呢？

和老和尚坐定，攀谈起来，知道是我江苏同乡。他的谈吐确是文雅，不失一山的领袖。他转转弯弯的有能力使听者知道他的伯父是清末某一位有名大臣的幕僚，家里还有很大的地产，子女俱全，但是这些并不和他的出门相左，说来全无矛盾。他还盼望在未死之前可以和他多年未见面的姐姐见一面，言下颇使我们这一辈漂泊的游子们归思难收。我相当喜欢他，因为他和我幼年所遇到的那位护灯和尚，在某一方面似乎很相像。可是我却不很明白，他既然惦记家乡和家人，为什么不回家去种种田呢？后来才知道这庙里不但有田，而且还有一个铜矿。他说很想把那个铜矿经营一下，可以增加物资，以利抗战。想不到鸡山的和尚领首还是一个富于爱国心的企业家。这个庙的确办得很整齐，小和尚们也干净体面，而且还有一个藏经楼，楼上有一部《龙藏》，保存得好好的，可是不知道是否和我们大学里的图书馆一般，为了安全装箱疏散，藏书的目的是在保存古物。

佛教圣地的鸡山有的是和尚，可是会过了肯和我们会面的之后，我却很安心地做个凡夫俗子了。人总是人，不论他穿着什么式样的衣服，头发是曲的，还是直的，甚至剃光的。世界也总是这样的世界，不论在几千尺高山上，在多少寺院名胜所拥托的深处，或是在霓虹灯照耀的市街。我可以回家了，幻想只是幻想。

过了一夜，又跨上了那匹古棕马走出鸡山：若有所失，又若有所得。路上成七绝一首：

"入山觅渡了无垠，名寺空存十丈身，灵鹫花底众僧在，帐前我忆护灯人。"

五、舍身前的一餐

我总怀疑自己血液里太缺乏对历史的虔诚，因为我太贪听神话。美和真似乎不是孪生的，现实多少带着一些丑相，于是人创造了神话。神话是美的传说，并不一定是真的历史。我追慕希腊，因为它是个充满着神话的民族，我虽则也喜欢英国，但总嫌它过分着实了一些。我们中国呢，也许是太老大了，对于幻想，对于神话，大概是已经遗忘了。何况近百年来考据之学披靡一时，连仅存的一些孟姜女寻夫，大禹治水等不太荒诞的故事也都历史化了。礼失求之野，除了边地，我们哪里还有动人的神话？

我爱好神话也许有一部分原因是出于我本性的懒散。因为转述神话时可以不必过分认真，正不妨顺着自己的好恶，加以填补和剪裁。本来不在求实，依误传误，亦不致引人指责。神话之所以比历史更传播得广，也就靠这缺点。

鸡足虽是名山圣地，幸亏地处偏僻，还能幸免于文人学士的作践，山石上既少题字，人民口头也还保留着一些素朴而不经的传说。这使鸡足山特别亲切近人，多少还带着边地少女所不缺的天真和妩媚。

从金顶下走，过山腰，就到了华首门和舍身岩。一面是旁靠百尺的绝壁，一面又下临百尺的深渊。这块绝壁正中很像一扇巨大的石门，紧紧地封闭着，就叫华首门。到这里谁也会猛然发问：门内有什么这样珍贵的宝物，老天值得造下这个任何人力所推不开的石壁，把重门深锁。于是神话在这里蔓生了。

不知哪年哪月，也不知从什么地方来了两个和尚。他们抛弃了故乡的温存，亲人的顾惜，远远的来到这荒山僻地。没有人去盘问他们为什么投奔这个去处，可是从他们仰望着穹苍的两双眼里，却透露着无限的企待。好像有一颗迷人的星在吸引他们，使他们忘记了雪的冷，黑暗中野兽的恐怖。这颗迷人的星就是当时的一个盛行的传说。

释迦有一件袈裟，藏在鸡足山，派着他的大弟子伽叶在山守护。当释迦圆寂的时候，叮嘱伽叶说："我要你守护这袈裟。从这袈裟上，你要引渡人间的信徒到西天佛国。可是，你得牢牢记着，唯有值得引渡的才配从这件袈裟上升天。"伽叶一直在鸡足山守着。人间很多想上西天的善男信女不断地上山来，可是并没有知道有多少人遇着了伽叶，登上袈裟，也不知道多少失望的人在深山里喂了豺狼。我刚才提起的和尚不过是这许多人中的两个而已。

鸡足是一片荒山，顽石上长不出禾麦。入山的得自己背负着食粮维持生活。可是谁也背不了多少米，太多了又爬不高，所以很少人能进入深山。大家却又相信伽叶尊者一定是住在山的最深之处，因之一般都觉得限制他们路程的就是这容易告罄，而且又不能装得太满的粮袋。只有那最会计算，最能载得重，吃得少的，用现代的话来说，最经济的，才能上西天。

这两个和尚走了好久，还是见不到伽叶的影子。打开粮袋一看，却已消耗了一半，这时需要他们下个很大的决心了。若是再前走，当然还有一半路程可以维持，但是若到那时候还碰不着伽叶，上不了西天，就没有别的路可走，除了饿死。要想不做饿死鬼，这时就该回头了。

他们坐下来静默了一会儿。"不能上天，就死。"这样坚决地互相起了誓，提起已经空了一半的粮袋很勇敢地向前走去。一天又一天，毫不关心似地过去了。早上看太阳从东边升起，晚上看它又从西边落下。粮袋的重量一天轻似一天，追求者的心却一天重似一天。粮食只剩着最后两份的时候，他们刚走到这石门口。他们灵机一动，忽然这样想：上西天当然不是容易的，一个人下不了决心的也就永远不会有希望得到极乐的享受，现在我们已经到了最后一天，苦已尝尽，吃过了这最后的一餐，饿死还是永生也就得决定了。因之，他们反而觉得安心不少，用了轻快的心情倾出最后一点米，在土罐里煮上了。静静的向着石门注视。他们想：门背后一定就是那件袈裟，西天也近在咫尺了。

最后一顿饭的香味从土罐里送出来时，远远地有一个老和尚一步一跌地爬上山来，用着最可怜的声音，向他们呼喊。但是声音是这样的微弱，风又这样大，一点都听不清楚。这两个已经多日不见同类的和尚，本能地跑了过去，扶持着这垂死的老人来到他们原来的坐处。这老和尚显然也是入山觅渡的人。可是因年老力衰，背不起多少食粮，前几天就吃完了。他挨着饿，再向上爬，这时已只剩了最后一口气了。他闻着饭香，突然睁大了已经紧闭了的双眼：

"慈悲！给我一些吃，我快死了。我不能死，我还要上西天！"

这两个和尚互相望着，不作声。这是他们最后的一餐。这一餐还要维持他们几天生命，还要多给他们一些上天的机会。他们若把这一餐给了这垂死的老人，他们自己也就会早一些像这老人一般受饥饿的磨难，早一刻饿死，谁也说不定也许就差这一刻时间错失了上天的机会。这一路的辛苦，这一生，不就是这样白费了么？不能，不能。他们披星戴月，受尽人世间一切的苦难，冒尽天下一切的危险，为的是什么？上西天！怎能为维持这老人一刻的生命，而牺牲他们最后的一餐呢？于是他们相对地摇了摇头，比雪还冷，比冰还坚的心肠，使他们能坚定地守着经济打算中最合理的结论。

除了乞怜外别无他法的老和尚，在失望中断了气，死了。两个和尚在这死人的身畔，默默地吃完了他们最后的一餐。当他们收拾起已经没有用处的土罐，这已死的老和尚忽然站了起来，丝毫没有饥饿的样子，但充满着惋惜的神气向他们合掌顶礼一直向后慢慢地退去。当他的身子靠上石门时，一声响，双门洞开，门内百花遍地，寂无一人。这老和尚向这两个惊住了的和尚点了点头，退入石门，门又闭上，和先前一般。

门外追求者已看明了一切，他们知道这最后的一餐已决定了他们只有饿死的一个归宿了。家乡和西天一样的辽远，粮袋已经不剩一粒米。深渊里的流水声外，只有远地的狼嚎，绝望的人才明白时间是个累赘。他们纵身一跳，百尺深渊，无情的把他们吞灭了。

神话本是荒诞无稽的。你想这回事即使真是有的，谁会看见？老和尚是伽叶化身，进了石门，两个和尚，魂消骨碎，怎能回来把这个悲剧流传人间？可是神话的荒诞却并不失其取信于人的能力。所以一直到现在，当你在华首门前，舍身岩上，徘徊四览的时候，耳边还是少不了有为这两个和尚而发的叹息。人们的愚蠢没有了结，这个传说也永远会挂在人们的口上。

我站在石门前忽然想问一下躲在里面的伽叶："你老师给你的袈裟用过没有？"若是永远闲着，我就不能不怀疑这件袈裟除了为深渊里的豺狼吸引食料之外，还有什么其他的用处。我很得意的自作聪明地笑了。

我在笑，伽叶也在笑，山底里两个和尚也在笑，身上突然一阵冷，有一个力量似乎要叫我向深渊里跳，我急忙镇静下来。自己对自己说："我没有想上西天罢？"

　▪

六、长命鸡

我们从短墙的缺口，绕进了山脚的一个寺院，后殿的工程还没有完毕，规模相当大，向导和我们说：这是鸡山最大的寺院，名称石钟寺。我从山巅一直下来，对这佛教圣地多少已有一点失望，大概尘缘未绝，入度无因了。我抱着最后的一点奢望，进入石钟寺。一转身，到了正殿：两厢深绿的油漆，那样秀丽惹眼，尽管小门额上写着"色即是空"，也禁不住有一些不该在这地方发生的身入绣阁之感。正殿旁放着一张半桌，桌上是一本功德簿。前殿供着一行长生禄位，正中是我们劳苦功高的委员长，下面有不少名将的勋爵。山门上还悬着于老先生手题的木刻对联，和两块在衙门前常见的蓝底白字的招牌，有一块好像是写着什么佛学研究会筹备处一类的字样。我咽了一口气，离开了这鸡足山最大的名刹。

离寺不远，有一个老妪靠着竹编的鸡笼在休息。在山上吃了一天斋，笼中肥大的雄鸡，特别引起了我的注意。岂是这绿绮园里研究佛学的善男信女们还有此珍品可享？我用着一点好奇的语调问道："这是送给老和尚的么？"虔诚的老妪却很严肃地回答我说："这是长命鸡。"自愧和自疚使我很窘，我过分亵渎了圣地。

"这是乡下人许下的愿，他们将要把这只雄鸡在山巅上放生，所以叫作长命鸡。"这是向导给我补充的解释。

长命鸡！它正是对我误解佛教的讽刺。

多年前，我念过 Jack London 写的《野性的呼唤》。在这本小说中，作者描写一只都会里被人喂养来陪伴散步的家犬，怎样被窃，送到阿拉斯加去拖雪橇；后来又怎样在荒僻的雪地深林中听到了狼嚎，唤醒了它的野性；怎样在它内心发生着对于主人感情上的爱恋和对于狼群血统上的系联二者之间的矛盾。最后怎样回复了野性，在这北方的荒原传下了新的狼种。

这时我正寄居于泰晤士河畔的下栖区，每当黄昏时节，常常一个人在河边漫步。远远地，隔着沉沉暮霭，望见那车马如流的伦敦桥。苍老的棱角疲乏的射入异乡作客的心上，引起了我一阵阵的惶惑。都会的沉重压每个慌乱紧张的市民，热闹中的寂寞，人群中的孤独。人好像被水冲断了根，浮萍似的飘着，一个是一个，中间缺了链。今天那样的挤得紧，明天在天南地北，连名字也不肯低低地唤一声。没有了恩怨，还有什么道义，文化积成了累。看看自己正在向无底的深渊中没头没脑死劲地下沉，怎能不心慌？我盼望着野性的呼唤。

若是我敢于分析自己对于鸡山所生的那种不满之感，不难找到在心底原是存着那一点对现代文化的畏惧，多少在想逃避。拖了这几年的雪橇，自以为已尝过了工作的鞭子，苛刻的报酬；深夜里，双耳在转动，哪里有我的野性在呼唤？也许，我这样自己和自己很秘密地说，在深山名寺里，人间的烦恼会失去它的威力。淡朴到没有了名利，自可不必在人前装点姿态，反正已不在台前，何须再顾及观众的喝彩。不去文化，人性难绝。拈花微笑，岂不就在此谛？

我这一点愚妄被这老妪的长命鸡一声啼醒。

在山巅上，开了笼门，让高冠华羽的金鸡，返还自然，当是一片婆心。从此不仰人鼻息，待人割宰了。可是我从山上跑了这两天，并没有看见有着长命鸡在野草里傲然独步。我也没有听人说起这山之所以名鸡是因为有特产鸡种。金顶坐夜之际，远处传来的只是狼嗥。在这自然秩序里似乎很难为那既不能高飞，又不能远走的家鸡找个生存的机会。笼内的家鸡即使听了野性的呼声，这呼声，其实也不过是毁灭的引诱，它若祖若宗的顺命寄生已注定了不喂人即喂狼的运命，其间即可选择，这选择对于鸡并不致有太大的差别。

长命鸡长命鸡！人家尽管给你这样的美名，你自己该明白，名目改变不了你残酷的定命，我很想可怜你，你付了这样大的代价来维持你被宰割前的一段生命，可是我转念，我该可怜的岂只是你呢？

想做 Jack London 家犬的妄念，我顿时消灭了，因为我在长命鸡前发现了自己。我很惭愧地想起从金顶下山一路的骄傲，我无凭无据蔑视了所遇的佛徒，除非我们能证明喂狼的价值大于喂人，我们从什么立场能说绿漆的围廊，功德的账簿，英雄的崇拜，不该成为名寺的特征呢？从此我就很安心的能欣赏金刚栅上红绿的标语了。第二天我还在石钟寺吃了一顿斋，不但细细的尝着每一碟可口的素菜，而且那肥胖矮小的主持对我们殷勤的招待，也特别亲切有味。

既做了鸡，即使有慈悲想送你回原野，也不会长命的罢？

七、桃源小劫

一天半由大理到金顶，在鸡足山睡了两晚，入山第三天的下午，取道宾川，开始我们的回程。这几天游兴太高，忘了疲乏；我虽则在这几天中已赢得了"先天下之睡而睡，后众人之起而起"的雅誉，可是依我自己说，除了在祝圣寺的一晚，实已尽力改善了我贪睡的素习。在归途上，从筋骨里透出兴奋过后倍觉困人的疏懒，为求一点小小的刺激，我纵马跑一阵，跑过了更是没劲。沿路没有雪，没有花，也没有松林。几家野舍赶走了荒凉和寂廓，满冈废地却又带着疏落和贫瘠。平凡的小径载着几十个倦游归来的人马，傍晚我们才进入宾川坝子的边缘。除了远处那一条金蛇似的山火，蜿蜒绕折，肆意蔓烧的壮观外，一切的印象都那样浮浅。现在连那天晚宿的地名，都记不起来了。

我们在那带有三分热带气息的坝子里，沿着平坦的公路，又走了一天。旅队隔成了好几段，各自在路上寻求他们枝枝节节的横趣。上山时那种紧张，似乎已留在山里，没有带出来，怎能紧张得起来呢？前面吸引我们的不是只有平淡的休息么？若是这路是指向蕴藏着儿女热情的家，归途上的心情，也许会不同一些，而我们的家却还在别条归途的尽头。要打发开路端缺乏吸力的行程，很自然的只能在路旁拾些小玩意来逃避寂寞了。我一度纵马跑到前队跟着宋公去打斑鸠，又一度特地扣住了马辔，靠着潘公、罗公说闲话，又一度约同了一两匹马横冲一阵。琐碎杂乱，使我想起了这一两年来后方生活的格调多腻人，多麻木的归途的心情！这种心情若发生在一条并不是归途上时，又多会误人！我想到这里，心里一阵凉。

我们的归途若老是像前两天一般的平坦，这次旅行也一定会在平凡中结束了。幸亏从宾居到凤仪的一段山路，虽则没有金顶的高寒，却还峻险。盘马上坡，小心翼翼，松弛的笑语也愈走愈少。走了大概有三四个钟点，山路才渐平坦。这一片山巅上有个小小的高原，划出一个很别致的世界。山坡上一路都是盘根倔强的古松，到这里却都改了风格，清秀健挺，一棵棵松松散散的点缀在浅草如茵的平地上，地面有一些起伏，不是高低小丘，只是两三条弧线的交叉，"平冈细草鸣黄犊"大概就是描写这一类的景地。清旷的气息，使我记起英伦的原野和北欧的乡色，唯一使我觉得有一点不安的，只是那过于赭红的土色。

这高原的尽头有一个小村子，马快先到的就在这村子里等我们这些落后者。当我们走进那间临时的憩息所时，里面黑压压的已坐满了一屋人。有一位副官反复地正在和本村的父老们说明在军队里师长之上还有更高级的军官。可是善于应承的乡人口里尽管称是，脸上却总是浮起一层姑妄听之的神气。内中有一位向着他身旁老人用着一点不大自信的语气道："没有了皇帝，师长不是最高了么？"副官的话愈说愈使野老们觉得荒诞了。他讲起了有一种叫日本人的打到了我们中国来了。可是我们的总司令却住在他们认为世界上最远的边境大理府。

"大理府？我们有人去过。知道，知道。"可是那种叫日本人的没有到这地方，那自然还在天边，所以那位副官的宣传也失去了他的效力。

他们送上了一盘烤茶，比我在洱海船底里尝到的更浓。一会儿又泡了一盘米花汤，甜得不太过分。我正在羡慕这个现代的桃花源，话却转过了一个方向。里面有一位问起我们是否认识那位"森林委员"。

"我们杀了一只鸡请他，给了他两百块钱。谁知道他临走还拿走了一床毯子。森林委员是来劝我们种树的。种树倒不必劝，要是凤仪那边人不来砍我们的树，也就得了。"——原来这是桃源里小小的一劫。

他们里面有个当保长的，在外面张罗了半天，到头来要留我们吃饭。桃源里有多少鸡，能当得起我们这批游山委员的浩劫？我小声地向身旁的一位朋友说：我看他们准在打算卖去半个山头才能打发开我们这批比师长还大的人物了。天下哪里还有桃源！

宋公递了一叠钞票给保长，"这是给森林委员赔偿那条毯子的。"他们显然有一些迷惑，很可能有几个老年人在发抖，不知是出了什么乱子。委员老爷连茶都要给钱，一定有什么比毯子更难对付的事会发生了。

我们上了马出村时，那几个有些迷惑的老人，又觉得自己做了什么不应当的事一般，急忙地赶出来，一直在我们后面送我们出村。我一路在猜想他们在这黑屋子里，对着那些狼藉的杯盘在说什么话。直到山口又逢着那面县政府收"买路钱"的旗子时，才收住了自己的幻想。

出山口，路很陡的直向下斜去。我们不能不下了马，走了好半天。半骑半走的又有三四个钟点才到凤仪的坝子里。在凤仪的公路上我们坐了一节马车，一节汽车，又顺便到温泉洗了一个澡，在下关大吃了一顿，星光闪烁中回到大理的寓所。

晚上我沉沉地熟睡了。整个的旅行似乎已完全消失在这疲乏后的一觉中。醒来已是红日满庭，忽然我又想起那些桃源里的人昨晚是否也会和我一般睡得这样熟，这叫我去问谁呢？

1943 年 3 月于呈贡古城

126

四上瑶山

还不到一年，我又到广西金秀瑶山去走了一趟。这次是应老乡之约去参加庆祝他们的自治县成立三十周年的。三十而立，应当说是件大事，我怎能不去祝贺一番？

如果安排得好，从北京当天可以到金秀。可是主人怕我经不住四小时飞行后再加上五小时面包车里的颠簸，坚持要我在桂林住一夜，往返多花了两天。比起四十七年前我初上瑶山时从上海到瑶山足足花了两个多月，当然不能同日而语了。

这是我第四次上瑶山了，四次中要算这次时间最短促。我本来打算多住几天，还想去初上瑶山时调查的地区探望一下和我前妻一起照过相的那位老大娘。她现在还健在，盼望我能去见她一面。可是因事打消了我这个愿望，匆匆而去，又匆匆而返，在山里只住了三个整天。

今年天气有点反常，入秋以来从北到南气温都比往年同时为高。山中三日意外地尝到了避暑的滋味。金秀县府处在海拔八百多米的山谷里。每到午后，气温刚要上升时，经常会降一阵凉爽的雨，让人们能享受一个舒适的午觉。雨过醒来，举目四望，周围山色倍觉妩媚。空气是甜滋滋的，轻纱似的浮云往来游荡，峰峦隐现，逗人遐思。

在这短短三天里，听到的新事确实不少。这一年里金秀瑶山显得更秀丽了。记得去年这时候，老乡们向我申诉过许多情况，归纳起来

大多是林粮矛盾引起的，今年没有人再提这些事了。当前的话头离不开"两热"：致富热和科学热。瑶族作家莫는明，就是我前年相识的当时的县委书记，在他写的《八角姻缘》那篇小说里生动地道出了这一年瑶山的气氛。

金秀瑶山位于柳、桂、邕三江所划出的三角地带中心，面积二千多平方里，高峰林立，一般在海拔一千米以上，最高的近二千米，是广西中部偏东的一片高山区。山区四周地势低平，海拔仅一百米以下。这里的高山和桂林的石山不同，土层较厚，植被广袤，是广西最大的天然林海。从东北到西南绵延百余里，每年蕴藏着二十四亿立方米的水量，是个名副其实的绿色水库。经二十五条呈放射状的河流，分别供应周围百万亩良田，养活了百万人口。

什么时候起这个山区有人居住，至今还说不清。五百年前因明朝的封建统治者镇压瑶族而引起的长期武装斗争的中心，就在这山区南部的大藤峡。其后，这一带平地上就很少见得到瑶族了。瑶族几乎都进入了闭塞的山区，真是"无山不成瑶"。金秀这片险恶的高山峻岭保卫了瑶族的生存。瑶族一向依林为生，培植和保卫了这绿色水库，繁荣了周围的农业，形成了一个生态体系。解放后我们废除了民族压迫制度，瑶族人民享受到了当家作主的民族平等的权利。瑶山内外从隔绝转向交流，原本可以指望山内山外更以林粮相济，共享繁荣，没有料到二十年来却闹了一场林粮矛盾。

林粮矛盾是从大跃进的"放卫星"大献木材起，到十年动乱的"不吃亏心粮"，要求山区粮食自给为止这一系列"左"的干扰产生的结果。在这种地无三尺平的山区里搞"以粮为纲"，人们只有砍树开地。在贫瘠的山坡上长粮食，几年就连种子都收不回，不得不丢荒另辟，把郁郁葱葱的山岭，刮成一片片的秃顶。山内的人劳动终日不得一饱。山外却因山上林少蓄不住水，多雨发山洪，少雨河成溪，潦旱相间，粮食产量连年下降。这就是说，这地区的生态体系被破坏了。

瑶山偏僻，"以林为主"的政策去年才落实下来，刹住了林粮矛盾。这个政策说来很简单：要求住在宜林地区的居民全力发展林、副业，粮食不够自给就由外地供应他们。以粮养林，以林蓄水，以水供田，以田植粮。从林粮矛盾变成了林粮相济。在民族平等、团结、互助的新基础上建立起来的这个生态体系，将为这地区社会主义现代化建设提供优越条件。

金秀瑶山在这短短的一年里，即使不能说面貌大变，至少可以说气氛不同了。这一年里发生了许多事，初听来有些似乎不大容易相信。比如说，罗香公社罗运大队，人均年收入从 1975 年的 72 元上升到 1981 年的 380 元。在绝对数字和增长速度上都比我在江苏调查的江村为高。上面提到的那篇小说《八角姻缘》就是取材于这个生产大队的。

事实是这样：金秀瑶山很早就以生产八角著名，八角是一种香料植物，又叫大料或茴香。在"文革"期间很多公社奉命"割尾巴"，把多年的八角林砍了。可是，罗运大队顶住了这阵歪风，保住了八角林。拨乱反正后，国家收购这项香料价格较高，所以这个大队就走运了。去年落实了生产责任制，干劲更旺，这个生产队在这一项收入上就得到了 40 万元。有个单身汉一人净得 1380 元。这个 265 户的生产大队的信用社中，社员存款已近 11 万元。全大队有收音机 105 台，收录机4 台，手表 255 块。去冬今春，不少社员结队到柳州和桂林旅游，这是自古以来没有过的事。

这个生产大队的好运道像长了翅膀，一下在大瑶山里传开了。已经把八角林砍了的地方又种了起来，没有种过的也千方百计去学习怎样种八角。自治县适应新的需要，今年在原来的中药繁殖场的基础上成立了一个八角研究所，引进现代科技来繁殖良种，防治病虫害。全县今年已有八角林近三万亩，这些树长成后人均收入至少可以翻一番。

听来更喜人的还不是八角而是灵香草。这是瑶山的特产，闻名山外已有很长的历史。早在宋代周去非的《岭外代答》里，已提到它，称零陵香，产于当时瑶族聚居的零陵郡的静江等地，在今桂北。它是多年生草本，高二尺左右，叶互生，椭圆形，长寸许，长在森林覆盖的潮润的地面上，自然生长期大约十五年。培种的方法相当简单。农历五月到七月间，从老本上摘取一寸左右的草茎，带一片叶子，插入土中或石缝里，次年二月除一次草，三月开花，到冬天就可以连根拔起，烤干出售。

去年访问金秀时就听说，香港的商行派人到平南高价收购，据说要十多元一斤，而传说在香港要值几十元。我问老乡，这种香草为什么这样值钱，他们也不清楚。有人告诉我，北京图书馆派人来购买，说是放在书库里，线装书就不会遭虫蛀了。后来又听人说，灵香草的这种用处是清代宁波"天一阁"的主人在广西做官时发现的，他带回到那个著名的藏书楼里试用，果然生效，于是就在当时的文人中传开，视作珍品。港商拿去作什么用，传说却不少。除了用来提炼香精外，据说还能用来治病。我在一个调查报告中查到，瑶族人民用此草生茎叶煎服，可以避孕或堕胎。如果经过试验确有此效，对我们推广计划生育大有帮助。我带了标本回来，请人去打听学名，得到的答复是 Lysimachia Foenum graecum Hance，属报春花科。

灵香草对我来说并不是陌生的。建国不久，我参加中央访问团到广西去做少数民族工作，那时曾注意到大瑶山的茶山瑶妇女头上佩戴的银板，高耸突出，光亮夺目，十分惹眼。当时就引起了我的好奇：在这偏僻山区里哪里来这么多银子让妇女顶在头上？老乡告诉我说，茶山瑶会种灵香草，外边的人出大价钱用银子来换。山里风气好，没有盗窃，所以这些银子成了妇女们常用的装饰品。这道理我能懂得。山里这种自给经济，加上运输困难，除了白银还有什么能用来和瑶族交换这种珍品呢？这种瑶语称作"冒珍"的大银板，插在头顶上，左右两边各三块，轻的有一斤，重的有二斤多。在各民族的头饰上确是具有特色的。

灵香草是价值较高的土特产。据老人们记忆，在他们的幼年，每斤可换来银币二至四角（当时白米一百斤值二块银元）。我去金秀市街上的土特产商店里参观，看到二两重的一袋灵香草要价二元人民币。种植这种香草并不费工，据说二百斤灵香草，约费三十个劳动日。当我在叹赏这样值钱的特产时，陪同我一起进山的一位本地同志在我耳边笑着说：请你准许我迟两天回北京，我去种一些灵香草，托家里人照顾一下，明年接老母亲上北京的路费就有着落了。我计算一下，确是够买北京、桂林间来回的飞机票了。我顺口说，索性住上一星期，你一年可以不必支工资了。

灵香草固然值钱，又容易栽植，但是却十分娇气，多病易萎。瘟疫一起，整片遭殃。最凶恶的瘟病叫作"点蜡烛"。犯了这种病，起初只是枝头的嫩叶枯黄萎落，然后向下蔓延，其快如蜡烛燃烧一样，不久就全部报销了。而且一株犯病，一片受灾，传染很快。过去每年因"点蜡烛"而损失的产量经常要达百分之三十至四十。不瘟则白银进门，一瘟则两手空空。过去这对瑶族来说，只能是事归天命了。他们称之为灵香，多少带有点靠神保佑的味道。

过去这一年里，却出现了一件大事，那就是科学克服了神佑，保证了灵香草长灵永香。原来去年我离山不久，自治区派来一个自然资源综合考察队。其中有一位广西农学院的教师何有乾同志，他决心要为灵香草"灭蜡烛"，用了半年时间，为这种摇钱草找到了防治病害的措施。他经过观察和试验，诊断出"点蜡烛"是一种由寄生真菌的侵染所引起的"斑枯病"。找到病源，就可用隔离和药剂来防治。首先要保证种苗不带病菌，其次禁止病菌散播，及时清除病草，必要时喷射药剂。今年四月自治县科协办了一期"培训班"，由何老师向各社队的老农传授防治措施。他吹灭了灵香草的"点蜡烛"，却点燃了一支科学热的蜡烛。老百姓里就传开了："科学能保产，保产能致富。"致富热引起了科学热。科学和生产一结合，它就成了人民的宝贝，连知识分子都香了。

深山密林里遍地是财宝。但是如果这些财宝需要看守，那就成了个难题，哪里有这样多人去看守那么大的一片森林呢？如果在森林里培育的作物不能保证收获，那又有谁去经营呢？去年听说由于山外有人进来购买灵香草，就发生了偷盗事件。一皮包灵香草就值几十块钱。致富热走了火，就会进入邪道。要靠公安人员去搜查处罚，那就不胜其烦了。这时，瑶族想起了他们传统的石牌制度来了。石牌制度用现在通用的话来说就是"乡规民约"。当大瑶山被历代封建势力围困的时代，山里的瑶族人民必须靠自己的力量来维持山内的社会秩序，制裁一切破坏安定团结的行为。他们本身并没有强大的政治机构，只有通过社会自觉来达到这个目的。他们共同订定一些规则，主动遵守纪律。凡是违背公约的，人人起来加以制裁。他们把这些公约刻在石牌上，所以称作石牌制度。

石牌制度在大瑶山里发挥作用已有几百年。三十年代我初上瑶山时，对山内的社会风气就有极好的印象。夜不闭户，路不拾遗，完全是事实。把东西随意放在路旁，上面插一个草结，就不会有人去动它了。哪一个人违背了这个社会习惯，就难在山内容身。这种优良传统在近十年来受到破坏，也许是由于山外的人进山的多了，也许是由于山外传入了"左"的歪风，瑶山也发生了偷盗的案件。

今年六月，以培育灵香草而致富的香拉大队，为了实际的需要，又想起传统的石牌社会公约来了。这是瑶族人民喜闻乐见的形式。全大队的群众开了个大会，定下了个"乡规民约"。这个民约有二十项条款，其中最重要的是严禁"五大犯"，盗窃灵香草是其中之一。这个公约于今年7月1日起执行。我是8月底到瑶山的，在这两个月里据说还没有发现过要动用公约来惩处的事件。这是一件值得推广的好事。

提到高度来说，这是个民主和法制统一的典型。同时，它也提示我们，物质文明的发展必须与精神文明相配合。如果只看到人均收入的增加，而不发挥自觉的社会纪律，那就有滑入邪道上去的危险了。

我从大瑶山赶回来听胡耀邦同志十二大的报告，我越听越亲切，句句使我想起我在瑶山里看到的种种情况。拨乱反正以后的党将领导广大劳动人民，发挥他们伟大的创造力，建设我们的社会主义国家。偏僻山区的瑶族没有辜负党的关怀，不愧是中华民族大家庭的一员。像过去这一年的速度发展下去，本世纪内翻两番看来是大有把握的。

1982 年 9 月

武夷曲

谁说造化心无计？武夷山水如此奇。

兀兀独石成千峰，涓涓细流汇曲溪。

溪浅筏轻浮石过，峰高拔地与天齐。

人生难比九曲险，眼望东来筏向西。

仰叹危岩飘仙舟，千年古骨壁上栖。

传说从来多情意，仙境幻象亦可嘻。

可美玉女并肩立，鬓花丛丛从不稀。

笑我此生真短促，白发垂年犹栖栖。

　　1984年11月17日从福州到闽北武夷山，住两晚，19日离山。游旅匆匆，但确是多年难得的憩息。年来奔波大江南北，所见名山胜地亦不少，但形势逼人，任务维艰，实无闲情逸致，贪看景色。日前写毕《苏中篇》，江苏小城镇第一轮的调查告一段落，心情稍觉舒畅。老友王艮仲先生连续来电，召往福建，以赴会为名，实是想引我放慢步伐，张弛合节。我领会他的好意，偕女同行。福建主人款待尤殷，为我屏挡应酬。送我与王老父女同作武夷之行。避世有门，心实感焉。

　　到山已暮，天阴，住幔亭山房，形式古雅，别有风韵。旁有招待室，里壁作扇形明窗，窗外天井植竹；微风拂动，室内外望，俨然板桥手法。室中有一大卵石，石面刻郭老手书《游武夷诗》，其末句是

"不会题诗也会题"，是为招待所主人向游客索墨作先容。我一看深惧误入文网，此番难逃矣。岂知郭老系写实之笔，进得此山，像我一样不会吟诗的人，也会不待人索，油然入韵。诗情画意，逼人而来，非为酬酢，舒敞胸怀也。离山，取道南平，乘火车去厦门。轮声助睡，怡然入梦。清晨披衣起，诗兴未尽，上面这一首武夷曲就是这样写下的。

武夷之名，我早有所闻。钱伟长同志赴闽讲学返，力促我循其行迹入武夷，否则虚此生矣。我领首而未置可否。今番入闽，抵山，始信伟长之论并非夸张。至于有人喜欢对天下名山作评比，说"桂林山水甲天下，不如武夷一小丘"，那就落得偏颇之嫌了。但是评而不比则无妨，因为名山之所以得名必有其引人入胜的特色。人各异趣，领会角度又可不同。清代随园老人袁枚，就从文体论武夷："无直笔故曲，无平笔故峭，无复笔故新，无散笔故遒紧。"因而"别树一帜"。我不习音韵，不事绘画，但好为文，因之对随园之评颇觉得神。如果要综合一字，奇而已矣。武夷应是大块奇文，造物无心，岂能有此！

武夷诸峰大多独石构成，被称为武夷第一胜地的天游峰就是一块巨岩，天衣无缝，拔地几百米，延伸二三里。从岩底溪涧仰望，行人如米粒，蠕蠕在岩边上移动，观者为之提心吊胆，唯恐其下落。其他如雄壮的大王峰，优美的玉女峰，凶猛的狮子峰，暴厉的铁板峰等，全山三十六峰、九十九岩，莫不如是。现在看来真是鬼斧神工的杰作，其实却是日久天长自然形成的。据地质考察，七千万年前，这里是一片低洼盆地，洪水把大小砾石堆积于此，经过成岩作用，凝成石层。后随地壳上升，日晒雨淋，风化剥蚀，水流冲击，坚硬者留，细弱者去，造下了今日这片景色。我在九曲溪涧的竹筏上，得了一句："神工鬼斧不足奇，溪峰布塑何长期。"回头仰望，正看到小藏峰上的绝壁悬舟，接下去吟："岩壁架木岂仙术，虹桥见证古人技。"关于这两句，我得多说一段话。

135

从书本上，从别人的口头，我早就晓得武夷山有船棺葬的遗迹，但是没有见过船棺。前年出川，过巫峡，有人遥指绝壁上隐约可见的几个长方形洞穴，说这些是搁置船棺的地方。山高雾重，未窥其详。直到这次来武夷山，急欲一察。进入三曲到小藏峰，才见半山峭壁上的虹桥板和架壑船。再查看《武夷山水》里的插图，始得其概貌。

虹桥板是支架船棺的木板，架壑船就是船棺，都是这地方古代居民的葬具。观音岩洞穴船棺中的遗物，经过科学测定，据说已经历了三千八百多年，在中原正当夏代的晚期。这里确有一个至今还没有人能做出满意解答的难题，那就是，试问人们怎样能把一具具沉重的船形棺木安置在几乎无法攀登的悬崖绝壁上去呢？既非人力之所及，莫非神为？后来有人看到了这些船棺里留有人骨，结合很早就在这地方流行的道家思想，很容易产生这些船棺正是得道的人用以蜕化升天的仙舟的传说了。

道家是我国本土的宗教，它和其他的宗教不同。依我的了解，原始道家并没有幻造出一个人们身后超自然的世界，而只是想在这个世界里找出一套为个人谋多福多寿的妙道。妙就妙在它贪恋人间的福禄，舍不得死，要求长生不老，就叫成仙。仙字以人为旁，并未摆脱人的范畴。《康熙字典》中仙字条下释为："老而不死曰仙"。仙人还是人，但是凡人都有副臭皮囊，免不了要衰老、要死亡。要求长生就得像脱去衣衫那样脱去这个肉体。于是道家产生了"升真"的说法。据说凡人经过修炼，自能离形出神，"羽化而登仙"，成为真人。真人者其实就是有特异功能，做得到普通人不能做的事，而且长生不老的人。人怎能上天呢？这似乎没有人看见过，但是飞上了山壁的船里却见到了人骨。于是有人会想，这不就是真人的"遗蜕"么？也许因为武夷山留下的船棺特多，所以又有传说，凡是修炼得道的人都得到武夷山来"升真"，武夷山是凡人变真人的最后一站。

武夷山可能是道家的策源地之一，早在汉代已见于史籍，应劭

《风俗通义》里有："武帝时，迷信鬼神，尤信越巫。"武夷山古属越地。汉武帝和秦始皇一样，统一了天下，尊荣富贵，就怕死了，千方百计寻求长生之术。道家之说正投其所好。武夷山这个道家根据地也就受到帝王的青睐，在此建宫观，立官奉祀。到了宋代，武夷宫还是一个有名的道教中心，依旧由朝廷赐田，并派官去主持宫事。以诗词著名的陆游和辛弃疾都当过这个宫的主管。其实这是个闲差，用来安排不受重用的人物，略胜于贬谪。

据民间传说，武夷之名得之于一个得道成仙的人家。太古之世，有个老汉姓篯名铿，亦名彭祖。他在殷代末年已有八百岁，与观音洞的船棺年纪却相近。他隐居在深山里，生了两个孩子，一名武，一名夷，后来人们就把这两个儿子的名字联起来称此山作武夷。这个传说听来很牵强，但用彭祖来代表高寿作古典，却由来已久，他和武夷山发生联系在我还是初闻。武夷君这个名字则初见于《史记·封禅书》：汉武帝令人祀"武夷君，用干鱼"。用干鱼符合于当时居民越人的习惯。至于彭祖两子是否就是武夷君那就不可考了。

传说是会滋生的，越说也越通俗近人。据说秦始皇二年八月十五日，中秋佳节，武夷君在这山的幔亭峰下大摆筵席。主客据说是皇太姥和魏王子骞等仙人。当晚有个渔人在梅溪渡口逢到一位要去赴宴的老翁前来搭渡。老翁上了船，这船就带渔人一起腾空而起，停在幔亭峰的岩巅。渔人张眼一看，幔亭峰前，灯火辉煌，群仙毕集。不久，悬崖上一座虹桥跨空而起，桥上走下了二千多乡人，席间大为热闹，直到兴尽席散，乡人们循桥回去，一阵疾风骤雨，卷走了虹桥，留下了丹崖翠壁，依然如故。有人还说，那个渔人的小船至今还搁在小藏峰的岩洞里。

我这次在武夷山就住幔亭山房，山房背靠幔亭峰，红色的岩石上刻着"幔亭"两字。四周苍松环簇，俨然是一座翠屏。翻阅《武夷山志》，辛弃疾写过一首咏景的诗，反映了这里人间仙境混为一体的境界："山上风吹笙鹤声，山前人望翠云屏。蓬莱枉觅瑶池路，不道人间有幔亭。"这样的景色怎么会不在人们的感受上引出上述的传说来呢？

武夷山的传说是说不完的，曾经有一度作为四旧来破，作为迷信来批，而我却爱其意，品其味，欣赏它所孕育的民间愿望。归来写了一绝："九曲涧溪知何从，神劈千仞山万重。武夷云雾迷离处，人间仙境两朦胧。"

武夷山和道家的因缘说得不少了，可奇的就是这个武夷山它和儒家也结下不浅的关系，在这里不补一笔也就显不出它的丰富多彩、兼容并蓄了。南宋偏安江左，处于浙赣闽交接的山区，成了重要的后方。在朝廷上待不住的文人，不少就退居到这山清水秀的胜地，武夷山一时竟成了儒家的中心。这个中心是南宋理学祖师朱熹开创的。他幼年丧父，博览群书，自成一家言。因主张抗金而受到打击，仕途受阻，"立朝不两月，住山逾十年。"年老不得志，又回到武夷山区，讲学于"紫阳书院"，至今废址犹存。

我对于宋代的理学没有研究，只知道朱熹继承了二程理气之说，成为一代大师，并集注了"四书"，历代流行，直到我的幼年。他的哲学一直被归入客观唯心论的一类里。我对他自幼没有好感，因此不应以成见去批评他的学说。但是也许可以说，朱熹的理学之所以受到他身后历代帝王的推崇，甚至封他作"文公"，在孔庙里受到祭祀，是出于它对封建社会起了巩固的作用。强调"天理"和"人欲"的对立，把人们封闭在封建道德的牢笼里，多少妇女冤屈地死在贞节牌坊之下，至少在这方面，他在老百姓里是不得人心的。何以知之呢？在他紫阳书院的对门就有被人们称作玉女峰的三块并立的巨岩。淳厚朴实的农民利用这个胜景编出了一个反映朱熹卫护孔教的传说。

传说是这样：很久以前，武夷山是个洪水泛滥的地方，老百姓无法安居。这时远方来了一个有为的青年，姓王，人们称他作大王，带领群众治服了水患，开山种茶，建成了个繁荣优美的乐园。天上玉皇大帝的女儿玉女，私自出游，被武夷山的奇峰秀水迷住了，和大王一见倾心，依依难舍。但好事多磨，有个铁板鬼侦知此情，报告了玉皇，下令捉拿玉女上天。玉女对大王一往情深，宁死不返。铁板鬼施法把他俩点化成石，分隔在九曲两岸。铁板鬼自己又怕玉皇问罪，变成了巨石，堵在玉女和大王两峰之间，使他俩永远不能相见，所以至今这一块铁青的岩石，被称为铁板嶂，永远受人奚落。

这个传说有意义的是正在所谓"道南理窟"的儒家圣地，群众却公然把这些拥护礼教的理学家们当作铁板鬼来奚落一阵，保卫了武夷山的灵秀气息。

入晚，我从九曲涧溪回幔亭山房憩息。窗外阵阵桂香扑人，时已入冬，想不到我一个月前在家乡没有赶上的"三秋桂子"却不意在这里相逢。武夷山果真是别有天地，连花谱都不同寻常。我记得在浮荡九曲的竹筏上惊异地看到溪边盛开的杜鹃花。如果这里的桂花是秋花冬开，那么杜鹃应说是春花冬放了。峭壁上的兰花，更不知何时将息。我一觉醒来得句如下："溪边冬初杜鹃开，兰垂崖岩峭难攀。武夷山幽花无忌，桂香十月入诗来。"是写实也。

1984 年 11 月 22 日于厦门

保安三庄

1986 年 8 月，我去甘肃访问临夏回族自治州，7 月专程去积石山保安族东乡族撒拉族自治县。从县名上就可以看出这是一个多民族的地区。在一个县境里居住这么多不同的民族，在全国是少有的，就因为这个特点吸引了我的调查兴趣。其实在甘肃和青海的接境地区，人数不多的小民族还不只上述三个。他们的北面还有土族和裕固族。由于这两个民族不在临夏回族自治州境内，我这次没有去访问。

这几个人数较小的少数民族按 1983 年人口数字排列是：东乡族237858 人，土族 12567 人，裕固族 10227 人，保安族 8325 人，撒拉族5116 人。从地理位置上说都在祁连山东北麓，是青藏高原和黄土高原的接壤地带。从民族分布来说，杂处于藏族和汉族之间的回族聚居区里。土族和裕固族和藏族一样信喇嘛教，在临夏境内的其他三个民族都和回族一样信伊斯兰教。

我访问的积石山自治县正处在甘肃和青海的交界上。黄河从青海绕了几个大曲，向东直下青藏高原，被南北走向的积石山挡住去路，只留一个峡口可以通过。过了积石山就是有名的刘家峡水库，坡陡水急，落差巨大，是西北的电源。我们在巍峨的积石山高处，俯视黄河滚滚东来，入峡后流进一片起伏的滩谷，正是历史上著名的河州。时值秋收，禾堆密密地成行排列在坡田谷地上，点缀出丰年的气象。形如棋局的耕地中间显而易见的有三个为重重绿树所包围的村庄。这些是保安族聚居的地方，称"保安三庄"。

保安族的族名来自他们早年聚居的地名。据传说，他们的先人是蒙古军人，元明时代驻扎在青海同仁县一带垦牧，信奉了伊斯兰教。明朝万历年间，在他们的住地修筑了保安城，他们就被称为保安人。清朝同治年间因受当地喇嘛教势力的欺压，被迫东迁，进入甘肃，定居在积石山山坡和靠山的谷地上。他们和回族一样现在已通用汉语。

不到一万人的保安人还保持着他们的民族特点，主要表现在他们能工巧匠的锻造技术。他们几乎家家户户制造的"保安刀"是一种牧民用来割切牛羊肉的日常用具，有如汉族每餐用的筷子，畅销藏族和蒙古族地区。我在他们村子里家访时，看到他们锻造的设备十分简陋，全部是手工，但制成的刀却锋利耐用，精致美观，特别是两把刀插在一个鞘子里的"双垒刀"，刀把上还用黄铜、紫铜、牛骨加以装饰，图案美丽。中外游客，都以民族艺术品来收购。

晚宿自治县首镇吹麻滩，乘兴写了一首纪事诗：

黄河天上来，冲折积石轴。

过峡入河州，起伏多滩谷。

坡田如棋局，麦黄牧草绿。

车绕山村过，儿童竞相逐。

遥指三庄落，保安自成族。

首镇名吹麻，宰羊留客宿。

插刀嵌采玉，蒙藏畅销速。

富民仗特技，户户有余谷。

挥手依依别，请留多福祝。

1988 年 9 月

洞庭纪游

近两年我一直打算到洞庭湖一带了解一些华中的农村情况，去秋终于有了这个好机会。

我从小爱读范仲淹（989～1052年）的《岳阳楼记》，但是直到不久前才得以偿我夙愿，登上了这座向往已久的名胜古楼。范氏，北宋时人，出身贫困，是个吃菜根长大成才的知识分子。生于苏州，又葬于苏州，是我的乡前辈。范公祠在城西郊外誉称"万笏朝天"的天平山麓。我在小学里读书时，每逢清明佳节，放假"远足"，常游天平。对十几岁的少年，十多公里的来回步行，算得远足了。童年意境的美好联系，使我对范氏倍觉爱慕。选入《古文观止》的那篇《岳阳楼记》，在我能理解人间悲欢、天下忧乐之前早已背诵得烂熟。但是岳阳楼究竟是怎样的一座楼，在这次湘游之前却一直是虚无缥缈，形象不清的幻景。

这次登楼一望，千年前范公笔下的"巴陵胜状在洞庭一湖"还是实描。岳阳楼建筑在洞庭湖边的岳阳城墙上。居高远眺，确是"朝晖夕阴，气象万千"。但是"浩浩汤汤，横无际涯"的旷达宽舒之景则已经在过去的岁月里大大地打了折扣。据说原来的八百里洞庭现在只留下了在岳阳楼上所能望得到的一角湖光，不上百里。自从长江越湖下流，泥沙淤积，滩地日广，有些已围垦成高产的良田，有些则芦苇蔓生，似陆非陆。从飞机上下望是一片大小沼泽串联成的水网。沧海桑田，是祸是福，见仁见智，尚属难判。

楼高三层，近经修葺，彩色一新，有点像复古式的新建筑，尚未失典雅之貌。进门正壁木刻范记全文。书法出名家，先拘后敞，游笔出景，神符境合，洵为佳品，非此不足以点缀此楼。屏后循梯上二层，出于我意外的，正壁不避重复，还是和底层相同的范文木刻。导游为我解释说：这里有个故事。范记木刻曾被某高官盗为私有，船出湖口，大风作，船覆人亡，木刻沉湖底，市人补刻范记填缺壁。后来有人从湖底捞出原刻，就置于二楼，所以一文重复见于两层。这样的布饰，世所罕见。传说不必深究。以我私见，这里可能隐藏着设计者的一片匠心。试问底层已有范记作屏，其上层有何可以相匹？不如转重叠之嫌，为加权重申之义。事若无可奈何，实则脱俗制胜，妙哉！更上一层，正壁用毛主席诗词为饰，还算压得住。导游在旁加了一句，这里原是吕洞宾像，现已移到靠近的一个小阁中去了。

我随即去瞻览那供吕仙的小阁，与高楼相配，颇协调。小阁正堂悬一醉翁画像，壶倾酒尽，犹举杯自赏，含义亦深。最近因听说电视观众喜看《八仙过海》和《济公传》，我才领悟到素乏法治的社会，不得不寄情于仗义的侠客和具有特异功能的神仙，实是深刻的讽刺和抗议。

将辞，强我留言。我趁感写下："天下忧乐出民间，肝胆肺腑见先贤。登临墨客诗千斗，世人偏爱醉后仙。"

从岳阳，经阮江，到常德，12日将返长沙，绕道桃源，游桃花源。陶渊明（365或372或376～427年）的《桃花源记》也是由于被选入了《古文观止》，在我这一代的知识分子中还有它的影响。这是篇记事文还是篇寓言文，聚讼莫断。诗人托实寓境，境主实宾。但世人却倾向于务实，不把意境化成实景总觉得不大甘心。于是桃花源究竟在什么地方，成了个问题。答案在陶文中已有指南："远近"总在武陵一带，小渔船可以通达之处，晋代的武陵即今常德。但由于陶文中描写得太细致，要找到一个地方完全符合文中所记却不容易。先要经过一条小河，两岸都是桃花，桃林尽头有个山，山脚有个洞，穿过有几十步长的洞，才见到一片平原，村舍落落，鸡犬相闻，这才是"桃花源"。看来按此蓝图，历代有不少人已经走遍了常德附近，结果似乎并不理想。当然沧海桑田，1600多年中怎能没有变化？河流可以改道，桃林可以兴废，山洞可以堵塞，留下只有一个"山"不容易变。这样想通了，桃花源也容易找到了。常德境内靠西和湘西山区相接处，要找个有洞的山是不难的。找到了这样一个地方，安上个地名，就成了现在选定的"桃花源"。为了更加突出，该洞所在的县名也改称桃源。这件事发生在什么朝代，我还没有查到。

我是能体会得到这地方的老前辈这番心意的。他们并不生长在"旅游"时代，说他们为了"向钱看"，弄虚作假，托古发财，那是冤枉了他们。至多能说他们认寅作实，未脱凡骨。但是如果不经过他们这番附会和苦心，我这次访湘行程中也不会有此一段插曲了。

田园诗人的意境恐怕市场已不大了。我们这一代的"书香子弟"还会向往桃源，低吟《归去来辞》，对我的孙子辈来说，该指为闭塞典型，悬以为戒了。在此青黄交替之际，一游桃花源也另有一番滋味。

我这次旅游没有去找渔翁引路问津，一直沿公路，让汽车送我到嵌着"桃花源"三字的牌坊前。过坊有一山，可无洞，循石板砌的山路上登，微雨方止，路滑。我在扶持下，拾级前行，战战兢兢，目不斜视，唯恐失足。两旁景色都未入目，约行百余级，有平台，原有庙宇已改造一新，可稍憩。同行者见我上气不接下气，力劝我适可而止。我回顾四周，青松翠竹，鸟语花香。乘兴攀登，又百余级，才见屋宇联楹，黄菊成行。这是新建的招待所。主人告我，从登山起已走了280级，我点头会意，应当满足于这个纪录了。据说再上几百级才有一洞，但洞已堵塞。即使到了洞口，洞后的超然世界也还只能想象。我想还是留此余地，不去追究为好。

午饭后，主人循当地风俗，以擂茶待客。先摆上各色小碟"压桌"，有花生、炒米、绿豆、藕片等，其中以油炸锅巴最为可口。然后用盖碗盛茶，色淡黄，味咸稍带辛辣，极爽口。问其制法，说是用茶、米、生姜、芝麻、黄豆在石臼里擂成泥浆，然后冲水加盐。传说汉代马援率兵南征过此，士卒不服水土，病瘫难动，当时有一老妪献此土方得治，俗称擂茶。千年传袭，至今擂茶待客仍是此地民间的特有风俗。

席散，主人又强我留言。我勉强写下了下面一首五言。

幼读陶令诗，今入桃花源。
拾级二百八，攀登君莫劝。
何怪不自量，安识老人愿？
雨止松涛静，客来鸟语喧。
翠竹情滴滴，黄菊意拳拳。
秦汉固已杳，魏晋亦渺远。
此世无可避，龙鱼跃深渊。
擂茶勤享客，丰收心自安。
不劳渔翁觅，遍地建乐园。

1986 年 11 月

海南曲

> 天涯仅咫尺，海角非极边。
>
> 沙细白且洁，水遥深自碧。
>
> 自古多骚客，直言南天贬。
>
> 椰林掩墓门，巨岩留文笔。
>
> 荒凉成故事，繁花写今篇。
>
> 海阔又天空，老骥频自鞭。

这是 1985 年 11 月 24 日我在三亚市天涯海角试写的海南小曲。天涯海角是个地名，坐落在海南岛的南端，一片形象奇特的岩石群，浸立在汹涛澎湃的海湾里，面对蔚蓝的大海，越远水色越深，澄碧一线，直贴天际。车停在公路旁，跨越铁路，拾级下坡，步入沙滩。岩石群即在滩外。沙细洁白，踏上去柔软细腻，步武着印。环视诸巨大岩石，前人刻铸手迹，均加红漆，遥遥可辨：有"天涯""海角""南天一柱""海阔天空"等。还有郭老所写诗篇，迫近才能摩认。

"天涯海角"言其遥远偏僻。这已成了过去的历史事实。现在从首都到三亚，如果安排得紧凑些，确已可早发夕至。说是近在咫尺也不过分。同样的距离，在一千二百年前的唐代曾被写成"鸟飞犹用半年程"；用现有的喷气铁鸟来载送，直飞的话，年字应改作日字了。这个海角在今天我国的版图上与南部国境线上的南沙群岛还远隔着一个广阔的南海，不再带有极边之意了。

人们对海南岛的空间概念看来还不容易迅速地赶上事实的变化。像我一样的人，提起海南岛，还是会引起苏东坡诗里所传达的"杳杳天低鹘没处，青山一发是中原"的意境，是一片离开中原多么遥远的荒凉之地！文艺的魅力竟使我们忘了这是近九百年前诗人的感受。我站立在白沙滩上，不免望洋兴叹：历史的痕迹为什么那么亲切，而历史的运转又为什么那么逼人！

时间和空间本来是那么浑然一体难解难分的，人们最习惯地是用人和事来划分它、记认它。因而海南岛总是和苏轼、海瑞等名字紧紧地织合在一起，而这些人特别容易引起人们同情的是他们的"硬骨头"。硬骨头也者，就是不考虑个人得失而不肯作违心之论的人，直言之士是也。为什么这些人又很多和这片土地结下因缘呢？这是出于海南是个岛屿，容易画地为牢，也就是说在交通不发达的时代，是个天然的监狱。这岛屿又处于亚热带，所谓瘴疠之区，用现代语言来说，地方性传染病特多，缺乏抵抗力的外来人不易生存。历代封建帝皇就看中这块可以借天杀人之地，作为对付反对他的直言之士的"牛棚"。远在唐宋，海南岛就成了贬谪放逐之所。得罪了皇帝或权臣的官员们被派遣到这个天然监狱里来当"官"。能生存到"平反""改正"回归大陆的人不多，苏东坡固然是其中之一，但是在放归途中，到了常州也就与世长辞了。

对像苏东坡那样在仕途上一生坎坷的人来说，贬谪的过程固然值得后世的同情和为他的遭遇不平，但是也应当看到东坡的成就未始不是得之于这种遭遇。正如陈老总过海口时写的"满江红"词里所说的"逆境应知非不幸，南迁每助生花笔"。我爱苏文诗词，在其神韵境界。他这支笔能像"行云流水""泉源涌地""行于所当行，止于所不可不止"那样地自由豪放，只靠他的天赋是做不到的。神韵境界来自经历。

三十六岁起就开始贬谪生活的人才会"把酒问青天，不知天上宫阙，今夕是何年"。他热爱这个纯朴的孤岛，所以说"他年谁作舆地志，海南万古真吾乡"。

暴君恶毒的手段固然应当受到万世的谴责，但从海南岛上的人民来说却真是坏事变成了好事。戍谪的陋规正是中原文化向边区传播的渠道。今天在海口市纪念东坡的苏公祠的正堂供着三个牌位，除了苏轼及其子苏过外还有一个是追随苏氏的学生羌唐佐，从姓名上就可以看出是个当地的少数民族。海南的文化就是靠不断送上门来的文人学士所培育起来的。到了明代才有可能出现海瑞这样称得上"南天一柱"的人杰。

海南人民饮水不忘掘井人。他们很早就采用建庙筑祠的方式来纪念这些开发海南文化的人物。现在的苏公祠，在南宋时就以"东坡读书处"的名义作为重点文物保存了下来。元代就在此处开设"东坡书院"，到明代建成苏公祠。东坡在海南岛的三个年头（1097～1100）主要住在现在的儋县[1]，我们这次访问没有到这个地方。苏公祠是在海口市，当年东坡渡海后，在此憩息，北归时又在此暂住，一共约二十余天，而海口人民却念念不忘这位文化传播者。人民的向往是有选择的。

与苏公祠相联的是五公祠。五公是唐朝的李德裕，宋朝的李纲、赵鼎、李光和胡铨。楼上大厅圆柱有一副楹联，上联总结了五公的共同特点："只知有国，不知有身，任凭千般折磨，益坚其志。"人民建祠纪念他们的就是他们一生所表现的这点"正气"。

我从五公祠出来，就去拜谒海瑞墓。海瑞是海南岛琼山县[2]人，别号刚峰。他反贪污，平冤狱，在民间有"包公再世"之誉。由于他

---

[1] 1993 年，设为儋州市。

[2] 2000 年，设为海口市琼山区。

刚直不阿，上疏敢谏，被罢官入狱，后平反复职，归葬海口。他的一生构成封建时代树立清官的模式。事情已过了四百多年，他的墓地早已列入供人凭吊的故迹。过去谁会预料到海瑞在二十世纪六十年代竟会成为家喻户晓的人物？历史上这样的事似不常有，说是离奇的偶然性却也不易服人。无论怎样，事实确是发生了。吴晗的《海瑞罢官》一剧不仅引起了三家村的冤狱，甚至成了神州一度失常的引子。我到达海瑞墓前，感到抑郁的倒不是四百年前的故迹，却是十年前的回忆。

海瑞墓是最近重修的。《海瑞罢官》一剧所引起的罡风，把安息了四个世纪的海瑞遗体从地下刨出，戴上高帽，陈尸街头。这种暴行的结果却反而证实了海瑞廉洁的品德，因为从他棺木里找得到的殉葬品只有几个明代的铜币。清官毕竟是清官，历史还是歪曲不了的。

谒墓回来，在车内我又写了一首诗：

南海多忠骨，令名身后昭。
五公谪贬日，早在唐宋朝。
粤岭梅花白，琼岛野卉娆。
地灵育刚峰，清风万民招。
孰料百年后，神州出人妖。
海瑞罢官剧，天震地动摇。
冤起三家村，挚友烈火蹈。
氛尽谒祠墓，呜咽听晚涛。
蛮荒成天府，视今怨应消。

1986 年 1 月 27 日

游青海湖

今年8月10日，即农历闰六月十六日。按预定计划访问海晏牧区，并顺道游青海湖。海晏是青海湖西北角的一个以牧业为主的近4万人的小县。行政上属青海省海北地区。

从西宁出发时，微雨。向西北行，雨中夹雪花，气温迅降。幸亏导游已为我们准备了从部队里借来的棉大衣。我不断擦去车窗上挡人视线的薄霜，凝视塞外风光。通过云雾，隐约可以看到四周山峰已经罩上了一层白雪。看来雪下得不小。导游看出我惊异的神色，提醒我说，在这里"六月雪，不稀奇。一天三个季节。我们到青海湖时是雪、是雨、是晴还难说"。

青海的公路路面平整，虽则不能说很宽阔。由于来往的车辆少，行驶稳速，不发生刹车、超车、挤车那些提心吊胆的场合。不仅公路上车少，公路两旁人烟也很稀少。离开西宁的郊区之后，就进入海北的草原。这里的草原并不像我在内蒙古呼伦贝尔所见到的广延无垠的平地，而很多是坡度不太陡的起伏丘陵。越向西行，海拔越来越高，我们是在祁连山的南麓不住向高处攀登。从海拔2300多米的西宁出发，越过金银滩，就是50年代名噪一时的同名电影的背景。车行不到两小时，驶近青海湖里时，已爬高了1000多米。突然导游叫停车。车停在一个标高牌前，牌上写着克土垭口海拔3299米。我高兴得叫了起来，我突破了前年的甘南纪录了。

我对"高山反应"怀着反感。这里有个历史原因。那还是 50 年代的事，当陈老总率领中央访问团去西藏时，我原来已列入团员名单。出发前，医生以我患哮喘病为理由，把我扣留下来。那时我还只有 40 多岁，应说是中年，竟错失了这个机会。于今老矣，看来此生上西藏的机会是十分渺茫的了。但这个标高牌却给我带来了希望。拉萨的海拔是 3800 多米，比树立这标高牌的地方只高 500 米。我一路并没有吸氧，这不是表明我的体质还承担得住这样的高度么？我倡议在牌前留影，实在的目的是想取得证件，以便今后向医生力争上西藏的签证。下车时，雨雪已止，寒气袭人。

　　青海湖离这个标高牌还有六七公里，没有公路直通湖边。在我的坚持下，舍公路，上土道，颠簸了有半小时，才到达青海湖畔。朋友们扶着我下车，在碎石滩上向湖边走去。不知怎的，两条腿有点不那么听从使唤，尝到了"步武维艰"的味道。我勉力踏上了堤岸，在一块大石上靠住。用力地呼吸还是觉得气量不足，频率也就随着提高。心跳似乎并不加速，只是有点微弱。我想这就算是"高山反应"罢。如果只是这些，我是顶得住的。

　　说起青海湖，它的面积有 4583 平方公里，是国内位列第一的咸水湖，我是在江苏太湖边上长大的。一直以 3.6 万顷（2425 平方公里）的湖面自豪。到了这里真是小巫遇见了大巫。可是据说青海湖这个内陆湖泊，是地壳上升时保留在低处的海水积成。它的容积不是靠汇集下流的河水来决定，而是在不断蒸发下，日益递减的，每年湖面要小一些。看来无源之水，依赖老本，即使像青海湖之大，它的首席地位，也是难于永久保持得住的。当然这是千万年后的事了。

　　雨停后，气温还是很低，披上军大衣，还要打战。导游说："在晴天湖里的水深青夺目，才能见到名副其实的青海。"我举目西望，只有淡淡的一些阳光，乌云未散。如果我先去牧场，再来游湖，就不致失去这一胜景了。到了青海湖，未见湖色青。

当我踏上湖岸时，有位穿着喇嘛袍服的藏族的同胞急忙伸手挽我。他身强力壮，祖着半肩，没有半点寒意。相对之下，我简直像个半残疾人。这两个月来我一直在内蒙古、甘肃、青海的少数民族地区走动。我越来越觉得一个民族在历史上能生存下来，不可能没有其特具的素质。穿着这样单薄的袈裟，孑立在青海湖畔，在雪后冷温的侵袭下，还能那样灵活地行动，健步如飞。这是藏族从千百年世世代代锻炼出来的真本领，在这方面比任何民族都强。可以肯定地说，今后青藏高原现代化的主力军必然是历史传给我们民族大家庭里的这些少数民族同胞。

从青海湖我们转去牧场，相距不过几十公里，但是到达时已一片灿烂的阳光洒满草原。我们受到藏族牧民的热情款待。日暮归来，在旅行车上，顺着车身的震动，吟成一首游青海湖的纪事诗：

水浮三千米，六月白雪飞。

艰步湖畔行，喘息倚石矶。

呼吸渐形促，心跳自觉微。

一日三季度，雨止迎夕晖。

烟波十万顷，屈指世有几？

草茂牧场广，秋来牛羊肥。

富源犹藏地，野旷人迹稀。

豪情忘寒栗，御风仗戎衣。

壮志驰千里，日暮毋嘘唏。

藏胞紧相扶，临别仍依依。

1987 年 8 月 20 日补记于兰州宁卧庄宾馆

152

孔林片思[1]

今天是北京大学社会学系建立的 10 周年，我本想借此机会总结一下我对社会学这门学科的看法，但没有时间准备，所以只能即席讲一讲我目前在思考的问题，谈谈自己的活思想。

10 天前我刚从山东考察回来。在山东考察了沂蒙山区，了解山区发展的情况是我此行的目的。另外附带还参观了曲阜的孔庙、孔府和孔林，又到泰安登泰山，靠缆车上了南天门，遥望十八盘，自叹年高难攀，衰老由不得人。我想了很多，从登山我想到了建设中国现代化的艰巨性，也想到了建设一门学科的艰巨性，哪里谈得到从心所欲。

10 年前重建中国社会学的时候，我就给自己规定了个任务，就是跟上中国农村变革和中国社会发展的步子，认识它，认识这种变革和发展，并将它们记录下来。应该说，这 10 年是我一生中最好的 10 年。我利用一切给我的机会，每年都出去跑，出去看。现在除了西藏和台湾没有去外，其他省、区几乎都跑遍了。西藏是医生不让去，怕我身体吃不消，台湾是时机还不成熟。10 年来，我马不停蹄地跑，越跑越觉得自己跟不上时代变革的步伐。

1989 年我在《四年思路回顾》中对珠江三角洲城乡发展模式曾做了初步分析，现在看来已经很不够，太简单了。于是今年 3 月初，我

---

[1]　本文是作者在"北京大学社会学 10 年"纪念会上的讲话。

又抽出 10 天时间，到这地区的顺德县（今顺德市）做重点访问。返程中顺便还在东莞和番禺停留了一下。对珠江模式有了一些新的认识，并写了《珠江模式的再认识》。

4 月下旬，我又到了浦东。龙是中国的象征。"龙的传人"已经进入歌曲。中国怎样才能真正变成一条龙？我看只有把经济全面发展起来，才能成为个名副其实的大国。这需要一个总体战略设想。这条经济上和文化上的大龙得有个龙头、龙身和龙尾。我看形势，或者可以说龙头就是上海。长江是一条可以带动整个内地发展的脊梁骨。龙尾有两端，长得很。一端在西南，以攀枝花和西昌为中心的南方丝绸之路；一端在西北，以兰州为中心，西出阳关的亚欧大陆桥。这是一个中华大龙的总格局。只能有了一个总格局，才能讲各地区的发展怎样配合，才能讲一个个中国人应当怎么办，才能讲每个人自己的位置和出路在哪里。

前两年许多外国朋友为了庆祝我 80 岁生日，在东京举行了一次研讨会，讨论我对中国社会的研究。我在会上宣读了一篇文章叫《人的研究在中国》，主要讲我一生研究中国农村中应用的比较方法，发表在《读书》杂志 1990 年第 8 期上。至于人的研究，内容很广，可以从人们的身体到人与人之间的关系，我所接触到的只是其中极小的一部分，说不到有多大分量。

这次到了孔庙我才更深刻地认识到中国文化中对人的研究早已有很悠久的历史。孔子讲"仁"就是讲处理人与人之间的关系，讲人与人之间如何相处。孔子的家族现在已经到了 76 代了，这说明中国文化具有多么长的持续性！"文化大革命"中有人要破坏孔庙，群众不让，被保护了下来。为什么老百姓要保护它？说明它代表着一个东西，代表着中国人最宝贵的东西，这就是中国人关心人与人如何共处的问题。

海湾战争之后人们已注意到战争造成了环境污染，认识到了人与地球的关系。这是生态问题。地球上是否还能养活这么多人，现在已经成了大家不能不关心的问题了。这是人与地的生态关系，但最终还是要牵连到人与人的关系上来，反映在人与人之间怎样相处，国与国之间怎样相处的问题。这才是第一位的问题。这个问题现在还没有很好地提出来研究，看来人类在这个问题上还没有足够的觉醒。

到泰安之前，我去了邹平县。邹平是梁漱溟先生当年搞乡村建设的基地。我去给梁先生的墓上坟，明年是梁先生100岁纪念。梁先生的墓建在半山上，视旷眺远，朴实如其人。这说明邹平的老百姓尊敬他。他为人民做了好事，人民会永远纪念他。梁先生在邹平7年，从事乡村建设实践，大力开展乡村教育、推广科学技术，改良农村经济，取得了一定成效。梁先生的主要观点之一是强调中国文化有它自己的特点，他把世界文化分成三种模式，西方文化、中国文化和印度文化。这三种文化造就了三种人生态度：西方人注重物质外界，力图改变环境，满足生活的物质需要；中国人不尚争斗，力谋人与人之间友爱共处，遂生乐业；印度人则纠缠在物质生活与精神生活之间永远调协不了的矛盾里。西方人讲了科学，促进了生产，发展了生产力。这是好的，但还有一面就是这种态度既可活人又可杀人。他们忽略了人与人之间应当怎样相处。

我们中国人讲人与人的相处讲了3000年了，忽略了人和物的关系，经济落后了，但是从全世界看人与人相处的问题却越来越重要了。人类应当及早有所自觉，既要充分认识人与环境的关系，更要明白人与人之间怎样相处才能共同生存下去，现在南北关系是很不合理的。第三世界中的中国，人口就占全世界人口的1/5。而发达国家在世界上同样占1/5的人口却占用了4/5的资源。这样的世界上人与人怎么能和平相处下去呢？21世纪是一个危险的世纪！这一点应当引起重视，如何进一步研究它，也值得考虑。

我从30年代开始研究的是如何充分利用农村的劳动力来解决中国的贫困问题。物质资源的利用和分配还属于人同地的关系，我称之为生态的层次。劳动力对于财富的占有就是人与人之间的关系了。我个人的研究到今天为止，还没有跨出这个层次。现在走到小康的路是已经清楚了，但是我已认识到必须及时多想想小康之后我们的路子应当怎样走下去。小康之后人与自然的关系的变化不可避免地要引起人与人的关系的变化，进到人与人之间怎样相处的问题。这个层次应当是高于生态关系。在这里我想提出一个新的名词，称之为人的心态关系。心态研究必然会跟着生态研究提到我们的日程上来了。

生态和心态有什么区别呢？我们常说共存共荣，共存是生态，共荣是心态。共存不一定共荣，因为共存固然是共荣的条件，但不等于共荣。

人们心态正在发生着变化，心态的关系及其变化由谁来研究？目前，文艺界正在接触这个问题，作家们用小说的体裁来表现人们的心态，但还没有上升到科学化的程度。怎样上升到科学化？弗洛伊德做出了尝试，但他却从"病态"来研究人的心态，这是从反面来探索的路子。我们需要从正面来研究，谁来研究？过去是孔夫子，他从正面入手研究心态，落入了封建人伦关系而拔不出来，从实际出发而没有能超越现实。他的背景是春秋战国时代，那是中国古代的战国时代。现在世界正在进入一个全球性的战国时代，是一个更大规模的战国时代，这个时代在呼唤着新的孔子，一个比孔子心怀更开阔的大手笔。

我们这个时代，冲突倍出。海湾战争背后有宗教、民族的冲突；东欧和原苏联都在发生民族斗争，炮火不断。这是当前的历史事实，在我看来这不只是个生态失调，而已暴露出严重的心态矛盾。我在孔林里反复地思考，看来当前人类正需要一个新时代的孔子了。新的孔子必须是不仅懂得本民族的人，同时又懂得其他民族、宗教的人。他要从高一层的心态关系去理解民族与民族、宗教与宗教和国与国之间的关系。目前导致大混乱的民族和宗教冲突充分反映了一个心态失调的局面。我们需要一种新的自觉。考虑到世界上不同文化、不同历史、不同心态的人今后必须和平共处，在这个地球上，我们不能不为已不能再关门自扫门前雪的人们，找出一条共同生活下去的出路。这使我急切盼望新时代的孔子的早日出现。看来我自己是见不到这个新的孔子了。但是我希望在新的未来的一代人中能出生一个这样的孔子，他将通过科学，联系实际，为全人类共同生存下去寻找一个办法。

这个孔子需要培养，我们应当学会培养孔子。要创造一个环境、一种气氛。这个时代在思想上理论上必然会有很大的争论，在争论中才能筛洗出人类能共同接受的认识。在这种共识的形成过程中中国人应当有一份。各国都应当有自己的思想家。中国人口这么多，应当在世界的思想之林有所表现。我在宜兴的新闻发布会上曾说过：中国是了不起的，中国的土地养育了50个世纪的人，50个世纪一共养活了多少人？现在活着的有11亿，还要盼望它再养活50个世纪的人。这不是值得研究的奇迹么？我们不要忘记了历史，这么长的时间里，我们中国人没有停止过创造和发展；有实践，有经验，我们应当好好地去总结，去认识几百代中国人的经历，为21世纪做出贡献。

这些都是我坐在车上穿行孔林时的飘忽的片片思绪。我想到我对人的研究花费一生的岁月，现在才认识到对人的研究看来已从生态的层次进入了心态的层次了。但在这方面，我还能做出什么成就呢？泰山十八盘，我只能望而兴叹了。

刚才社会学系的同志在发言中谈到社会学的发展要理论联系实际，教育与实际相结合。这都很对，但要落实，必须具体化，要善于研究发生在周围的变化。许多东西在我们的周围还在不停地发生着变化，我们却往往没有感觉到。只有紧紧抓住生活中发生的问题，多问几个为什么，然后抓住问题不放，追根究底，才能悟出一些道理来。

北大社会学经过10年的努力，我们大家在这个小小的园地中做了许多工作，我希望经过努力，在我们的新一代中出现几个懂得当"孔子"的人。

1992 年 6 月 21 日

游滕王阁小记

　　1997年秋，有事于江西，道出南昌。事毕，主人邀做滕王阁之游。王勃序文传世，已历1400多年。在我这一代的老知识分子中，大概很少不在早年就熟悉王序这篇骈文的。我在童年就受父命背诵此文，文中许多字还念不准，更谈不到理解文中的典故了。但是可能就因为这篇序文，使以这个名义建立的高阁，几经兴废，现在还屹立在赣江边上。阁以文存，不能不承认文学魅力的强劲了。

　　现在这座以钢骨水泥建成的滕王阁，是在民国末年军阀混乱时留下的该阁废墟上重建的。1989年10月8日落成，距今已近10年。但我还是第一次登临。新阁已有电梯，可直达顶层，但还必须拾级登台，始能享受现代设备之便。台高89级，我靠人搀扶，勉力随众攀登。到了88级，停了一下，因为我突然想到离京时刚过今年的生日，从那天起，我已进入88岁。这个年龄，日本人称作米寿，大概认为米字可以分解为"八十八"三个字而成。我希望一个人活到这个时间界限，可以不再论年计岁，统称老年了，以减轻寿命对老人的心理压力。当此之际，我突然想起童年时除夕晚餐，即俗称吃年夜饭，老祖母在端上最后一道菜时，总是喜欢指点着盘中的鱼，当着大家说一声"岁岁有鱼"。我是在座中年龄最小的一个，对这四个字一直莫明其意。有一年，我鼓足勇气要老祖母说出个道理来。我现在还记得她又加上四个我还是莫测高深的字，"留有余地"，她怕我还不清楚，更进一步说明

"做人做事不要做尽了"。想到这段突如其来的回忆，我在跨89级台阶时，大腿似觉沉重难举。当然最后我还是勉力踏上最后一级。

走完台阶，举足入阁。猛抬头，看到门额上有草书的"瑰玮绝特"四字巨匾。这四字取自韩愈公元895年重修时所写的《新修滕王阁记》中对该阁的神韵做出的概括评语，看来至今还可适用。王序之后加上韩记使该阁更为生色。

进得阁来，在基层正堂后厅，壁上砌有苏东坡所写的王序全文石刻。说着流利普通话的导游，指点碑文，为我介绍了一段段掌故，从"马当神风"说到序文的末句"诗空一字"。我原本是个苏迷，其文其字都是我仰慕的神笔。王序苏帖，更是珠联璧合，我有点陶然忘机了。接着随着导游指引，进电梯，升至顶层，观赏了一场唐代的音乐舞蹈表演之后，绕栏环视四周赣江和西山云水景色，沉醉于王序这篇千古奇文所启迪的意境之中，一生难得，实在不忍下楼。下得楼来，又被引入一间接待来宾的憩息室。室内已布置下一书桌，桌面上堆着一张宣纸，导游央我为滕王阁题字。这真是难为了我。我是何许人物，怎敢在这个场合留下墨痕？半晌我还是急中生智，一想，过去来过的人不少，有些聪明的过客，在这种窘境，找到一条出路，就是从序文中摘一些能借来发挥当时情景的句子，聊以塞责。这样一想，我心头就冒出了"老当益壮"四字。但我老矣，下半句却在记忆中跟不上来了。导游看我停笔苦思，就见机翻出手头苏帖的印行本，查出了这一联，递给我扶我过关。我一看，苏帖上接下去是"宁知白首之心"。我急急按帖写完这一联，向导游道谢辞行。

下得楼来，回到宾馆，晚餐后，忽然想到下午之游，翻出导游送我的不具出版者出处的旅游赠品《晚香堂苏帖》拓印本，内有苏氏手书王序全本，附有用铅字排印的王序全文及注释，署名徐进。我想夜来无事，正好重读一遍童时就顺口背诵的王序全文，这时才看到苏帖后有康熙五十一年（1712年）梅溪姚士的跋中有"东坡先生初学颜鲁公，故多刚劲而有韵，自儋州回，挟九海风涛之气，作字如古槎恢石，如怒龙喷浪"。（因我不大懂草书，"恢石"二字系根据字形句意猜得。若误，请方家指正。）这个小跋说明两点，姚氏是从书法上看出这是苏氏真迹，是他凭主观的认定，这本石刻拓本是苏氏真迹，而且又推定是苏氏平反后从海南岛回乡时所写的，推算起来应是东坡回常州时路过南昌所留下的字迹，是他去世前不久，已经是白发苍苍的年岁。

我接着再读铅字排印的序文，到"老当益壮"时我怔住了，因为接下去不是"宁知"而是"宁移白首之心"。我怔住的原因是我记得我是从导游手中接过苏氏拓本，没有思索，跟着写下来的，写的是"宁知"，而不是"宁移"。我自己是绝不敢改动王序本文的。知和移，是两个字，我写"知"时，完全是跟着苏帖拓本。但怎么出了个"移"字呢？我发现二字之别，是在我上床之前。因此我折腾了一夜，最初我打算起床后应当就去滕王阁，索回题字。加上一行"从苏帖"小注，以免留下我狂妄篡改王序之讥。起床后，想起昨日游阁时购得江西人民出版社出版的《滕王阁志》一书，翻到该书所收的王序，第144页上，"宁移"下面括弧加上"一作知"三字。意思应是原文是"移"，"知"是后人的改作。但表明不作断语，且用"一作"含糊其词，以免表态。这是类似我在起床前所拟采取的态度。

但是问题也就越想越多，根本问题是王勃当年究竟用"移"还是"知"。大概这问题是很难正面答复的。因为我想，王勃当时的原文如果已经写出，当在都督阎公之手，轻易不会给人。人已去，文章则已成了口传之品，要追根已不可能找到原本了。第二个问题是谁开始用"知"字而不用"移"字。现在可以推知而且有凭据的是苏帖，而苏帖是不是真迹还是疑案。如我在上引姚跋中所记，他并没有苏帖是真迹的确证，所谓"如怒龙喷浪"，严格说只是后人从书法中得来的印象，不能认为是苏氏所独有。

我捉摸这个"移"改为"知"的问题，第一是否出于苏东坡之手。

160

我跟着这个线索延伸，觉得有此可能。第二是如果苏轼到了南昌，有兴手写王序，他不大会要个本本来抄写。过去受过传统锻炼的文人一般都是凭早日诵读时留下的记忆背诵的，背诵的过程中就不免会把自己的体会窜入进去，发生篡改原作的结果。我反复细嚼"宁移"这一句，似乎感觉到有点别扭。首先是王勃写这句话时年纪还轻，他并无"白首之心"的经历，因之也不可能有此心的体会，所以很可能是以青年之身观察老年表达的行为去猜测"白首之心"。他在下一句"穷且益坚，不坠青云之志"中下半句是有切身体会的。上半句也不可能是亲身经历，因为他究竟是世家子弟，是吃皇粮长大的，哪里会有穷人的直接体会？如果他原文是用"移"字，似乎更近乎情理。他是个年少志高的人，具有青云之志是写实，从这个基础去推测老年还要继续上进，才得出老当益壮的想法。

我这样想下去就要怀疑到苏老是"知"字的创改者了。首先是他已经饱经风霜，有资格可以"知白首之心"，何况他这时刚过了"万重山"，快回到常州时，渴望有知己的人了解他的心境，背诵王序时，很自然地流露出了这种心境。不去用"移"字而改成了"知"字。我从这一种境界去猜测，这是苏体而不是王体。

再进一步，我想如果用对仗来表达一个作者的意境，用"知"字似乎比"移"字超出了一着。移字还停止在"青云之志"的层面上，要求老人不要改变青年时候的心志。实事求是说，人老了，体质和心境自不能停止在青年的境界上。要老和壮相统一固然不能在物的层面上，提出白首之心是到了点子上，但是如果用"移"字，那就成了要从不可能转化为可能，这是不切实的。如果用个"知"字，就跳出了当事者的本身，超越了第一身的地位，也就得了统一的可能。因知的内容是不必做出肯定的，可以这样或是那样，但总是不从第一身来表达了，进入了另一境界。我从苏拓本，不愿回到移字，当然我也不再站在"不表态"的地位了，想到这里，我就放弃了回滕王阁索回题字加注的打算。这件事也就告一段落。

在饭桌上我又向同行的几位朋友说了我这一夜和一晨思想上的折腾。不料一位年轻人认真地打电话回家找他的父亲，告诉他我在"移"字和"知"字上的反复思考。他的父亲原是我的学生，在电话上补充了一些资料，说据他记忆所及，明代人所编《王子安集》中是用"移"字，这个信息可以支持我"知"字出于苏氏之猜度。但电话里又说他查了中华书局1950年的新版，却已改为"知"字，但不知谁出的主张。

以上这篇小记是我1997年11月18日在无锡市太湖边上的一家宾馆里，抽了一个上午写下的，文气似乎没有写完。但是我又投入了其他任务，无心再写了。当时正有一位朋友从北京来加入我这个研究队伍。他就是写有关我一生主要经历的《乡土足音》一书的作者，是从大学中文系毕业的。我在这篇小记里提出的"移还是知"的问题，原是个中国传统文学上的问题，我这个外行不应置喙。所想到的也只是从"心态"研究角度的思考。这位朋友既然到了身边，我觉得这是他的本行业务，不妨由他接下去写完这篇小记，也不妨作为我近年来一向提倡用对话来提高学术的主张的实践，而且也可看作我遵守"留有余地"的遗训的一个实例。

1997年11月18日

访天一阁

　　天一阁，是一个创建于明朝嘉靖四十年至四十五年间的著名藏书楼，在我国古代民族文化遗产保存史上占有重要地位。说来惭愧，虽然我早已知道天一阁这个地方，却一直没能走到它跟前，实地看看它的模样，领略一番它的书卷气息。作为一个读书人，这总是件憾事。

　　今年5月下旬，我访问宁波的时候，有机会得访天一阁，实现了多年来的一个愿望。

　　藏书楼坐落在宁波市区月湖西面。阁为明兵部侍郎范钦所建。范钦号东明，字尧卿，是浙江鄞县人。他入朝做官颇有硬骨，敢抗权臣，敢制服严嵩之子，有海瑞之风。此外他又有雅好，酷爱书籍，每到一地，无不留心搜求。也许是命运厚爱，范钦曾在湖北、江西、广西、福建、云南、陕西、河南等省做过20多年地方官，足迹几乎遍及当时半个中国，这使他有机缘广收书籍。据说，范钦的藏书最多时曾达5万余卷，这么多书，自然需要妥为存放。这也许就是范钦建阁的初衷罢。

　　当然，范钦的过人之处，不是建阁藏书，而是创制了一套严密的建筑格局与严格的家法，使天一阁经历数百年沧桑而保存至今。

　　在宁波月湖一带，曾有过许多藏书楼。如宋代有楼钥的东楼，史守之的碧沚，史书有"藏书之富，南楼北史"之说。还有元代袁桷的清容居，明代丰坊的万卷楼等，都曾盛极一时，如今却都灰飞烟灭。

考其缘故，火灾是藏书楼遭毁的首祸。从史书可知，宋代叶梦得、朱常山的藏书均在 3 万卷以上，可惜两家藏书俱毁于火。绛云一炬，可怜焦灰！清代学者黄宗羲由此感叹道："尝叹读书难，藏书尤难，藏之久而不散，则难之难矣！"

为使自己的藏书能长久保存，范钦动了不少脑筋。他用心最多的就是书楼防火问题。为藏书楼取名时，他根据古书上"天一生水"的说法，取以水制火之意，移"天一"二字为阁名，暗含祥水。建楼时，楼的正前方即造一个大水池，蓄水备用。我就是坐在这口池塘边上听工作人员讲述天一阁历史掌故的。相传这个水池与月湖暗通，源头是活的，可用之不竭。

阁名有水，阁前有水，真是明也有水，暗也有水。但范钦觉得这还不够，在建筑形制上，他也赋予水的含义，为此不惜打破历来建筑忌用偶数的规矩。他根据"地六成水"的意思，把书楼分建六间，而不用三、五、七、九之数，他又在东西两侧筑起封火墙，楼下中厅上面的阁栅上还绘有许多水纹作装饰图案。这些做法，都表示了阁主希望书楼免去火患的愿望，可谓用心良苦。

建筑设计上的用心，加上"火不入阁"的家规，确实保证了天一阁自建成到今天的几百年间未罹火患。家规亦是阁规，对家人如是，对外人亦如是。据说光绪年间宁波太守到天一阁看书，也不能逾越"火不入阁"之规。向我介绍天一阁历史的工作人员说，这个规矩一直到现在还保持着，为此书楼内至今不入电线，不装电灯，以防万一。为保护古代文化遗产，不得不拒绝现代文明成果。这倒是一个挺有意思的现象。

防住了火，能不能防住失散，这又是个问题。范钦为确保藏书能传到爱书的后人手上，拿出万金让其次子受金而去，使长子范大冲得有全部藏书。范大冲从此立下"代不分书，书不出阁"的严规。子孙各房分掌锁钥，互相制约，非各房集齐，锁便无法全开。这既防止了个人占有，也避免了藏书星散。我们今天还能得访天一阁宝藏，一份功劳要归范钦长子范大冲及所定家规。

巨量藏书之事，费神之处甚多。除去火患和散失，还有一害要防，就是书虫。想到这里，我联想起 60 多年前我进瑶山做调查的时候，听说过金秀瑶山里有一种香草，放在书橱里边能防书虫侵害。天一阁用什么防虫？用不用香草？若用，是不是广西金秀产的？可惜我想起这问题时已是告别天一阁主人之后，没能及时问一声。嘱助手落实此事，得知天一阁果然使用金秀山中的香草。但我没得到当面印证。且待有机会再访天一阁时向主人当面请教罢。

1997 年 12 月 10 日

岁末访中山

自从改革开放以来，珠江三角洲"四小虎"之一的中山市就出了名。我曾于 1995 年和 1997 年两次到那里访问学习。这几年，中山市的经济一直保持着稳定、快速的发展势头，居民已经过上了富裕的日子，同时，随着城乡一体化正在变成现实，广大农民也已享受到了现代化的生活。

最近，有朋友告诉我，中山市在小城镇建设和精神文明建设方面又取得了新成绩，先后获得"国家卫生城市""全国造林绿化十佳城市""全国科技兴市先进城市"等称号和联合国颁发的"人居奖"，以表彰中山市政府在人类住区可持续发展和管理方面所做出的突出贡献。

这些年来我经常想，小康水平是我们实现社会主义的基础，所以小康之后，除了还须克勤克俭，努力发展生产之外，还应该重视另外一面，就是进入小康之后的人，怎样发展现代化的精神文明。中国有句老话：衣食足而知荣辱。就是指生活有了保障以后，人们就有条件考虑怎样提高生活质量，考虑做什么样的人，人生的价值问题就提到必须解决的议程上来了。富裕起来的中山人是怎么干的？

恰好，今年底到南方开会，离中山已经不远，于是抓住会议间隙，抽空去了一趟。虽然只是"蜻蜓点水"，却学到了不少中山的好经验。

中山的朋友告诉我，现在他们在抓城市的全面工作时，已经从最初偏重于物质积累，逐渐转向关注人、社会、经济与环境的协调发展。

比如更多地关注城市的建设、绿化、美化；市民居住环境的卫生、舒适；全市的环境保护等。特别在建设社会主义精神文明、培育市民的现代文明素质、促进思想观念的转变上下了不少功夫。

他们说，为了保住家乡这片碧水蓝天，这几年，除了对有污染的工厂实行关停并转迁外，还治理了岐江河，并投资 3 亿元兴建日处理 10 万吨的污水处理厂。市里甚至还放弃了十多个年产值超过亿元的有严重污染的项目。

为了提高居民的现代文明意识，他们坚持开展文明小区、文明镇（村）、文明户的评比；加快镇区文化设施的建设，普及提高农村文化；利用群众喜闻乐见的形式，开展各项健康的活动……中山人就是这样在逐步实现他们提出的"洗脚上田"和"洗脑进城"。

中山的朋友知道我对小城镇建设中如何保护和改造旧区的问题很感兴趣，就要我去他们的"步行街"上逛逛。

中山市是个侨乡，旅居海外的华侨和港、澳、台同胞有 60 多万人。长期以来，许多华侨把在海外辛辛苦苦赚的钱带回来，沿着现在叫孙文西路的街道两旁，按照他们所在国的建筑风格，建起了具有浓厚异国情调的店铺，形成了一条商业街。

市政府在市政建设中，执行"保护旧区建新区，建好新区改旧区"的方针，于 1996 年，经过认真研究，决定把这条有 800 多年历史的老街，改造成集商业、文化、旅游为一体的步行街，并且要做到"整旧如旧"尽量保持老街的风貌。

12 月 2 日，在主人的陪同下我来到步行街，走在两旁具有本世纪初欧式柱子、券廊结构和带有南洋风格的骑楼、装饰的街上，花岗石铺的路面洁净如洗，只见三三两两的游人，悠闲地散坐在廊柱下的长凳上。此刻，我宛如漫步在新加坡热闹的、华人聚居的小巷里。然而，临街那新建的小广场、漂亮的绿地和精美的雕塑小品，又使这条古老街道洋溢着现代化的气息。征集来的 300 多幅历史照片，镶嵌在街上的柱子上，让来这里的人了解这段历史。

主人告诉我，现在步行街不仅是商业中心，也是人们休息、举行活动的场所。比如每年阴历大年初七"人日"这一天，中山人聚集在这里，开始"慈善万人行"的活动。这一为救助老人和残疾人募集善款的活动，已经办了11个年头，累计收到捐款2亿多元。政府把这笔钱用到实处，先后兴办了启智学校（弱智、残疾儿童学校）、红十字中心血站、颐乐楼、博爱医院、120急救中心等公益设施；还资助了一些需要帮助的人们。

"人日"是个什么日子呢？《中国民俗辞典》的解释是，"人日"又称"人胜节"。时在农历正月初七。唐代李百药《北齐书·魏收传》："魏帝宴百僚，问何故名'人日'，皆莫能知，（魏）收对曰：'晋议郎董勋《答问礼俗》云：正月一日为鸡，二日为狗，三日为猪，四日为羊，五日为牛，六日为马，七日为人。'"每逢人日，人们以七种菜做羹，用彩布剪成人形，或镂刻金箔为人状，贴于屏风，戴于头上，象征祥瑞。是汉族传统的节日。

魏收没有回答"何故名人日"，依我看，人日就是古人提倡注重做人的工作的日子。中山市的朋友们在这个传统的老本上，嫁接了新的内容，把古老的节日搞活了，把它作为现代社会里人们增进团结、改善人同人关系的质量的一个活动；用老百姓喜闻乐见的形式，提高了他们的精神文明素质，并且取得了很好的效果。我觉得这是一个值得推广的好办法。

三天来，中山人给我上了生动的一课，他们正以日常的工作和生活，回答我心里的问题。

1998年即将过去，我衷心祝愿中山人以一个崭新的面貌，迈向新世纪！

1998 年 12 月 30 日

第四辑

文化之思

知识分子的早春天气

　　我想谈谈知识分子，谈谈我所熟悉的一些在高等学校里教书的老朋友们的心情。所谈的无非是一隅之见，一时之感；写出来还是杂文之类的东西而已。

　　出门半年，回家不久，接到一个通知，是劳动干部学校邀我去参加一个座谈会，讨论陈达先生的一篇有关人口问题论文的提纲。陈先生是我的一位老师。提起他，很多朋友是熟悉的；他是个几十年如一日的学者，社会学的老前辈，桃李满门墙的灰发教授。解放以来，一直还是手不释卷，但是报纸杂志上却很少见他的名字，书店里也已经找不到他所写的书，同行老朋友见面时常会互相打听陈先生近来怎样了。这个通知是一个喜讯。他老人家的科学研究工作又活跃起来了。

　　还有，到家刚逢春节，次日在《人民日报》上看到了李景汉先生写的《北京郊区乡村家庭生活的今昔》。这篇文章连载了三天。李先生又是一位同行的老前辈，30 年前出版的《北平郊外之乡村家庭》一书的作者。我记得大概一年多前，在一个民盟召集的关于知识分子问题的座谈会上，李先生曾说起过他自从院系调整后，三年多来已准备过三门不同的而都没有上堂机会的新功课。尽管他用了极为幽默的口吻，很轻松地道来，在座的朋友却半晌接不上话头。那时谁也想不到，他今年春节会献出这份珍贵的礼物。在我看来，他不仅报了乡村家庭生

170

活改善的喜讯，同时也报了知识分子政策胜利的喜讯。

春到人间，老树也竟然茁出了新枝。

这个感觉并不是回到了北京才有的。去年暑假，我初到昆明，曾会见过不久前为了笺注杜诗特地到成都草堂去采访回来的刘文典老先生。去年年底，张文渊先生邀我去吃小馆子送行，大谈他正在设计中的排字机器。这半年多来，知识分子的变化可真不小。士隔三日怎能不刮目而视？

这自是情理之中的事。几年来，经过了狂风暴雨般的运动，受到了多次社会主义胜利高潮的感染，加上日积月累的学习，知识分子原来已起了变化。去年1月，周总理关于知识分子问题的报告，像春雷般起了惊蛰作用，接着百家争鸣的和风一吹，知识分子的积极因素应时而动了起来。但是对一般老知识分子来说，现在好像还是早春天气。他们的生气正在冒头，但还有一点腼腆，自信力不那么强，顾虑似乎不少。早春天气，未免乍寒乍暖，这原是最难将息的时节。逼近一看，问题还是不少的。当然，问题总是有的，但当前的问题毕竟和过去的不同了。

前年年底，我曾到南京、苏州、杭州去走过一趟。一路上也会到不少老朋友。在他们谈吐之间，令人感觉到有一种寂寞之感：当一个人碰到一桩心爱的事而自己却又觉得没有份的时候，心里油然而生的那种无可奈何的意味。这些老知识分子当他们搞清楚了社会主义是什么的时候，他们是倾心向往的。但是未免发觉得迟了一步，似乎前进的队伍里已没有他们的地位，心上怎能不浮起了墙外行人的"笑渐不闻声渐悄，多情却被无情恼"的感叹。

去年下半年，我一直在西南一带东跑西走，在朋友中听到的这种感叹是不多的。周总理的报告对于那些心怀寂寞的朋友们所起的鼓舞作用是难以言喻的，甚至有人用了"再度解放"来形容自己的心情。知识分子在新社会里的地位是肯定了，心跟着落了窠，安了。心安了，

171

眼睛会向前看，要看出自己的前途，因此，对自己也提出了新的要求。有的敢于申请入党了，有的私下计议，有余钱要买些大部头书，搞点基本建设。这种长期打算的念头正反映那些老知识分子心情的转变。不说别人，连我自己都把"二十四史"搬上了书架，最近还买了一部《资治通鉴》。

知识分子这种心情是可喜的，这是积极因素，孕育着进步的要求，也提出了新的问题。

这些知识分子当前主要的要求是什么呢？

要概括地答复这个问题是有困难的。我只能就比较熟悉的一部分朋友们这个范围里来捉摸捉摸。新年里报纸上曾发表过一些知识分子的新年愿望。武汉大学校长李达先生说得很干脆：要做一个专任教授或专任研究员。做了教授之后要什么呢？在成都工学院的一次座谈会上康振黄教授总结了在座许多朋友们的心愿："一间房，两本书"，意思是要能静静地做做功课。

要体会这些要求，得说个由来。一年多前知识分子苦恼的是有力使不上，一年来这个问题基本解决了，现在感觉到自己力量不足，要求提高。

周总理报告之后，各地学校在知识分子问题上都做了不少工作，改善了他们的生活条件和工作条件，二者比较起来，生活条件似乎改善得更多一些。比如工资提高了，过去许多只够衣食的教师们现在可以买买书了，就是子女多，家属中有病人的困难户也大多得到了特殊照顾。生活上的问题总的说来基本上是解决了。知识分子是满意的，甚至有点受之有愧。而且过去这一段时间里，很多学校里对高级知识分子照顾得也非常周到。比如为了剪发、医疗、买菜等排队费时间，给高级知识分子优先待遇，甚至看戏都可以预定前排座位。高级知识分子对于这些优待自然是领情的，但是这也使他们过分突出，叫别人看来不很舒服，甚至引起了群众的反感。这些办法是否妥当还值得考虑。我自己就没有用过这些优待券，因为拿出来怪不好意思的。

应当说生活条件的改善是基本的，但是现在这已不是重点了。针对知识分子的要求来说，现在主要是要帮助他们。先谈谈他们的业务情况罢。在教学改革初期，教师们曾经紧张过一阵。那是由于要学习苏联，很多教材都要新编，又由于经过思想改造运动，许多教师们把原来学来的一套否定了，而新的体系没有建立，有些青黄不接。所以突击俄文，翻译讲义，显得很忙。这两年来，是不是学习苏联已经学通了呢？是不是新的学术体系已经建立了呢？我想并不都是如此。但是上课的困难似乎是比较少了。那是因为一方面教师已有所提高，另一方面讲义也编出了一套，上堂照本宣读，问题已不大。但是到了去年，却又发生了新的情况，反教条主义的结果，对教师提出了新的要求。要培养能独立思考的学生，老师自己先得要独立思考一番。过去和教本不同的说法，不论自己信与不信，可以闭口不谈，现在讲讲各家的异同，那免不了要批判批判，如果自己没有钻研过，道理也就说不明白。过去可以口头上复述一些心里不太同意的理论，现在心口不一致，连自圆其说都有难处了。过去可以根据权威对那些自己连原书都没有见过的异说，跟着大加驳斥，现在别人一追问就会露马脚了。总之，现在没有一点真才实学，教书这个行道是不容易搞了。反教条主义能提高教学质量的道理在此，引起教师们业务上的紧张的道理也在此。

我所接触到的许多朋友们，对反教条主义是拥护的，对自己提高业务的要求也是积极的，他们要求帮助也是真实的。要"一间房，两本书"静静地做做功课就是指这个。说得具体一些，他们要求开展科学研究，要有机会出席学术性的会议，甚至要脱离生产进修一个时期，和出国留学，等等。这种要求是好的，应当说是可贵的。

现在让我们看看实际情况，帮助教师们提高业务的科学研究开展得怎样了呢？有的学校好些，有的学校差些，总的说来，我认为并没有满足教师们的要求。

如果研究一下科学研究工作开展得不够令人满意的情况，关键问题是什么呢？是不是工作条件不好呢？我看并不如此。教师们工作条件在过去半年中是有很大改善的。首先说过去吵得最凶的时间问题。自从规定5/6的业务时间之后，各地高等学校想了很多办法来贯彻，效果是不坏的。去年上半年，北京的高等学校里大约已有3/4的教师得到了保证，8月里我到昆明，听说云南大学里只有不到1/5的教师还不能保证业务时间。今年年初我知道有些学校业务时间得不到保证的教师比例已降到1/10以下。这个问题虽则不能说全部解决，而且像李达先生在新年愿望中所提到的情况还是存在，这些业务时间得不到保证的人又多是有能力搞科学研究的，但是一般说来时间问题已不是开展科学研究的主要障碍了。其次，图书、资料、仪器、设备的条件怎样呢？这些条件各地、各校是不平衡的。过去一年中，各校购置图书一般都有增加，现在的问题主要不是书少，而是编目慢，流通难，分配还不够合理。仪器方面在生产、供应、修配、使用上问题还多，特别是内地和边区的学校困难不少。但过去一年中，我们在这些方面的工作还是做得不少的。除了特别的专题外，一般还没有发生有人因为这些方面的条件缺乏而不能进行科学研究的。

那么现在高等学校里的教师们在开展科学研究上最重要的问题是什么呢？我认为是具体领导不够。在这半年的旅行中，我看到：凡是加强了对教师们科学研究工作的领导，这些学校里的教师们也就安心工作，业务有提高，学生也满意。凡是放松了这方面领导的，教师们彷徨苦闷，情绪也多。这种区别是可以理解的。教师们当前积极要求提高业务，一有奔头就心安理得。如果积极性起来了，有了要求，不能满足，看不到用力的方向，心就乱了。

全国各高等学校里科学研究工作开展得怎样，我不清楚，但是我知道没有把科学研究工作认真领导起来的学校还是不少的。有些学校把"向科学进军"当运动来搞，做了号召性的动员报告之后，发表格要教师们填题目，造计划，甚至过了一个时候就伸手要成果。在高等学校里究竟应当搞些什么研究？科学研究和教学怎样结合？各科抓些什么问题？教师之间又怎样组织起来，分工合作，互相帮助？进行研究时要什么具体条件？工作中遇到了困难怎样帮助克服？怎样组织讨论来提高学术思想？这一系列的问题显然不是任何一个教师能单独解决的。在这些问题上都需要具体领导。如果学校领导上不深入实际，依靠科学研究上有经验的教师，逐步地跟着工作的发展，解决这些问题，教师们尽管主观上怎样积极，科学研究工作不是开展不起来，就是搞得有些混乱。我就遇到过已经填过几次科学研究计划表的朋友，见了我还是说科学研究方向不明，题目难找，甚至有些连自己在表上填过些什么都不大清楚了。对于这些朋友，向科学进军真像一阵风，只"吹皱了一池春水"。另外还有些朋友，急于赶世界水平，对实际条件考虑不够，一动手首先和已有的教学任务碰了头，时间冲突，精力兼顾下来，发生了矛盾。我又注意到有一些学校领导上对第一种情况倒并不焦急，按兵不动，但求完得成当前教学任务就满意了，而且科学研究表格已汇报了上级，交了卷了。他们对于第二种情况却相当敏感，唯恐教学任务受到影响。他们不去分析怎么会发生这种情况的，更少自觉到这正是缺乏具体领导的结果；反而大叫教学和科学研究有矛盾，教师们名利心重，轻教重研。好像为按兵不动，填表了事，找到了正当理由。这种叫喊对教师们的积极性是不利的。上推下拉，进退两难，他们思想上怎能不混乱，情绪上怎能不受波动？高等学校里怎样开展科学研究的问题进一步明确一下是必要的。如果真的在高等学校里科学研究和教学有矛盾，不能放手开展科学研究，也得拿出个提高教师们业务水平的具体办法来。我对这个问题没有深入研究，但总觉得解决的办法，不是在冻结科学研究、保证教学，而是在加强对科学研究的具体领导，密切和教学的结合。高等学校里科学研究搞得太多了还是太少了？我想这个问题是值得检查一下的。

知识分子提高业务的积极要求反映了他们已自觉到业务水平不足以适应社会主义建设急速发展的需要。这种自觉表示了他们政治觉悟已有了提高，是过去几年思想改造和学习的效果。如果他们还是自认为是社会主义事业的旁观者，他们为什么要不到午夜不上床的自苦如此呢？我想强调知识分子搞科学研究是为名利双收，是个人打算是不好的，因为和事实不符。

接着想谈谈百家争鸣。

百家争鸣实实在在地打中了许多知识分子的心，太好了。知识分子的思想改造是从立场这一关改起的。划清敌我似乎还比较容易些，一到观点、方法，就发生唯心和唯物的问题，似乎就不简单了。比如说，拥护党、政府，爱国家、人民，对知识分子来说是容易搞得通的，但是要批判资产阶级唯心主义思想体系，就有不少人弄不大清楚什么是唯物的，什么是唯心的那一套。唯物和唯心的界线弄不大清楚，只有简单地划一下，说凡是资产阶级国家里讲的学术都是唯心的，凡是社会主义国家里讲的学术都是唯物的。如果这条线划对了，事情是容易办些。英美的书本占书架，当废纸卖掉；俄文来不及学，就买翻译的小册子来读。写文章，上讲堂多几句引经据典的话，找几个英美学者骂上一番。这些都好办，而且很多人是这样办了。但是学习了一些辩证唯物主义之后，逐步会觉得这样简单的划法，似乎是很成问题的，觉得有一点像小孩子看草台戏，剧情看不懂，就看白脸还是红脸，白脸挨打了就叫好。他们逐步明白过去那样以为哪些人说的话一定是唯物的，哪些人说的话一定是唯心的想法不很对头。他们开始要求从学术思想本身来辨别唯心还是唯物。我想这应当可以说是学习上进了一步，但是这步一进，问题却多了，心情也跟着复杂起来了。他们很希望把官司打清楚，自己的学术思想里究竟哪些是唯物的，哪些是唯心的。但是在百家争鸣的方针提出之前，却没有这个条件。

积极的东西搞得不好会变成消极的东西。要求搞清楚唯物唯心的界线应当肯定是积极的，但是如果条件不具备，这种要求不能满足，别人还是红脸白脸地来对待他，他心里就会不服气，会产生情绪。我体会到学习苏联这个问题上就有这种情况。最初确是有人反对学习苏联，本质上是立场问题。但是最近又出现一些对学习苏联的态度不满的情绪，如果不加分析，会觉得立场又不稳了，其实性质是和过去不同的。在过去一段时期里确有一些地方把学习苏联简单化了。有些苏联传来的东西不一定是正确的，有些人提出了怀疑或不同意见，反而受到批评，于是搞出了情绪。这些情绪并不是从立场问题上发生的。但一有情绪，消极因素也跟着滋长，那就不好了。

百家争鸣恰好解决当前知识分子思想发展上发生出来的这些问题。据我的了解，百家争鸣就是通过自由讨论来明确是非，即是知识分子进一步的思想改造，在观点、方法上更进一步地接受辩证唯物上义。现在绝大多数知识分子是有接受辩证唯物主义的要求的。他们希望具体地弄清哪些是唯物的，哪些是唯心的，唯心的为什么不对，口服心服地在思想上进入工人阶级。他们欢迎百家争鸣，因为百家争鸣可以保障不会冤屈任何一点正确的东西，而且给任何一点可以长成为正确的东西充分发展的条件。这样，可以防止积极转化为消极，而使知识分子的潜力充分发挥出来。

"百家争鸣"的方针贯彻得怎样了呢？和"向科学进军"来比较似乎又差一些。先从知识分子方面来说：他们对百家争鸣是热心的；心里热，嘴却还是很紧，最好是别人争，自己听。要自己出头，那还得瞧瞧，等一等再说，不为天下先。依我接触到的范围来说，不肯敞开暴露思想的人还是占多数。这一年来，情况是有些好转，在一定场合之下，有些人是肯吐露些知心话了，但是还是相当腼腆的。向科学进军可以关起门来进，而百家争鸣就得抛头露面来鸣，腼腆了就鸣不成。

究竟顾虑些什么呢？对百家争鸣的方针不明白的人当然还有，怕是个圈套，搜集些思想情况，等又来个运动时可以好好整一整。这种人不能说太多。比较更多些的是怕出丑。不说话，抱了书本上堂念，肚子里究竟有多少货，别人莫测高深。抛头露面，那就会显原形。说穿了这里还有个"面子问题"。面子问题并不是简单的。我记得有一次座谈会上有一位朋友说得很生动。他说，我不是怕挨批评，我们以前还不是大家有被批评的，学术论战还是搞过，现在可挨不得，因为一有人说自己有了唯心主义，明天上课学生的脸色就不同，自己脚也软了。面子是很现实的东西。戴上一个"落后分子"的帽子，就会被打入冷宫，一直会影响到物质基础，因为这是"德"，评薪评级，进修出国，甚至谈恋爱，找爱人都会受到影响。这个风气现在是正在转变中，但是积重难返，牵涉的面广，也不是一下就转得过来的。"明哲保身""不吃眼前亏"的思想还没有全消的知识分子，想到了不鸣无妨，鸣了说不定会自讨麻烦，结果是何必开口。

另一方面是具体领导知识分子工作的人对于百家争鸣的方针是不是都搞通了呢？也不全是通的。有些是一上来就有的担心。"中央定的方针当然是正确的，但是我们这里具体情况还没有条件。"接着有些人想把这个方针圈个范围：先圈在学术里，再圈在教学之外，这样一来就可以不出乱子了。等到鸣了起来，闻到一些唯心主义的气味，就有人打起警钟："唯心主义泛滥了"，"资产阶级的思想又冒头了"。大有好容易把妖魔镇住了，这石碣一揭开，又会冲出来，捣乱人间的样子。对这方针抗拒的人固然不算多，但是对这方针不太热心，等着瞧瞧再说的人似乎并不少。

"草色遥看近却无"——这原是早春天气应有的风光。

知识分子的早春天气意味着他们的积极性是动起来了，特别表现在提高业务的要求上，但是消极因素还是很多的。他们对百家争鸣还是顾虑重重，不敢鸣，不敢争；至于和实际政治关系比较密切的问题上，大多更是守口如瓶，有点事不关己，高高挂起的神气。比如说：

波匈事件发生时，我正在边区旅行，没有直接听到当时高级知识分子的反映，但是去年年底回到城市里和朋友们谈起了这些事，我的印象是这样大的事情在高级知识分子中引起的波动却是不大的。一方面这是好的，说明我们的这些知识分子立场是稳的；但另一方面，如果仔细了解一下，可以看到他们并不是思想上是非辨别得很清楚所以很稳，而是没有深刻地动过脑筋，古井没有生波，不很关心。

我想，对世界的和国家的大事不很关心可能是当前许多高级知识分子的一般情况。这种情况当然不是新发生的，由来已久。有一次我和几个朋友一同聊天，谈起了为什么很多朋友不很关心政治。有一位朋友说得很有意思。他说大概有四个原因：第一是有一种相当普遍的想法，认为国家大事自有贤能，自己可以不必操心。大家的确相信共产党的领导是错不到哪里去的，很放心，只要好好跟共产党走，把自己岗位工作做好了，就是了。其次是很多人对自己缺乏信心，不必等别人批评，自己常常会问问自己是不是旧思想又在冒头，所以对于世界大事或是国家大事自己没有个看法和主张，等《人民日报》发表了社论才动脑筋。第三，对世界大势，自觉很孤陋寡闻，不要说别的，连很多外国人的名字说起来都觉得绕口。情况不熟悉，要动脑筋也没有资料。第四，年来养成了没有布置就不学习的懒汉习惯。我们曾经想替这些思想配个帽子，但是配来配去头寸都不很合。说信任党、接受领导不对？当然不可以这样说。但是怎么会信任得成了依赖了呢？虚心些也是好的，但是怎么搞得没有了主张了呢？不论怎样，总的看来，对国家的事情关心不够总是消极性的东西。

为什么会发生这些思想情况呢？这些思想情况又说明些什么呢？我们在 起聊天的朋友，白认水平不够，说不清楚。我们似乎觉得这里是不是反映着这些知识分子觉得问不问国事对国家对自己都没有什么区别呢？自己有个主张和没有个主张又有什么关系呢？是不是他们觉得积极来提出意见似乎也没有什么必要，别人也不见得考虑，不赞一词，国家的事还是办得很好呢？如果真是这样想法，是不是说这些知识分子的政治积极性还没有很好发挥呢？那么怎样能把他们在这方面的积极性发挥出来呢？——说到了这些问题，我想可能会超过我这篇杂文的范围。那是春暖花开时节的事了。

1957 年 3 月 24 日

"早春"前后

寒暖之间

4 月 17 日离京，24 日下乡，5 月 15 日回到苏州。路上和乡间，不容易看到北京和上海的报纸。到了城里才坐下补看。在这一叠旧报里，也有不少提到了我 3 月 24 日在《人民日报》上发表的那篇《知识分子的早春天气》。文章早已过时，回想起关于"早春"一文前后的一些琐事，倒也颇有意思。

2 月初从西南回到北京，民盟中央要我做一次口头汇报，谈我离京半年中在各地看到有关知识分子问题的情况。我提到了两个盖子的话："百家争鸣"揭开了一个盖子。这个盖子一揭开，知识分子的积极性是冒起来了，表示在对科学研究的要求上，还有一个盖子要等"互相监督"来揭。这个盖子一揭开，开出来的是知识分子对政治的积极性，他们会改变过去对国家大事不大关心的那种消极情绪。但是，我接着说，第一个盖子开得还不够敞，许多领导同志不大热心。第二个盖子似乎还没有揭，有点欲揭还罢的神气，我是主张揭盖子的，因为盖子总是要揭的，迟揭不如早揭，小揭不如大揭，揭开比了冲开为妙。

大约过了一个星期，民盟的文教委员会又召开了一个座谈会来讨论我这个汇报，希望比较全面地来估计一下当前知识分子的情况。在这个会上我用了"春寒"两字。但一经讨论，我感觉到"春寒"两字用得还是不妥当，因为这样说，没有把知识分子冒出来的积极性托出来。春意是主要的，加上了个寒字，未免走了拍。于是想到"早春"两字。"早"是个正面的字眼，和过去黄昏思想对得上，刚好道出了这个转机。

有人从我这篇文章里感到寒意，认为是吹冷风，其实细细看去，我在这个温度问题上是用过心思的。比如我起初想引用李清照的"乍暖还寒"一语，后来一想，这句词，基本上是寒，暖是虚的。因此，我不直引，改了一字，写成"乍暖乍寒"，一字之改，提高暖的地位。当时，我嘴上也屡次念到"满园春色关不住"的句子，念来念去总觉得还是用不上。

后来有人说，暖寒是同一天气的不同感受，于是牵出了感受者的体质问题，一若寒暖的感觉可以当温度表来测验进步和落后的程度了。我当时并没有想得这样深，推论也没有这样远。我想到的只是那两个盖子"盖住"和"揭开"的矛盾。其实就是现在大家已用惯了的"收""放"问题，"收""放"用到"天气"上，也就成了"寒"和"暖"了。

回想起二三月间，"收、放"，"盖、揭"，"寒、暖"确是插得进两个"乍"字的。不说别的，就是我这"早春"一文就"收、放"了好几次。

民盟的两次会鼓励我为知识分子说说话，所以决定写这篇文章。2月中，初稿已经写成，但是文章提出的问题分量不轻，没有勇气送出去。反复修改了几次，又复写了好几份，分送给民盟的朋友们研究提意见。大约是2月底，我正想发稿时，来了一位朋友，和我说："天气不对，你还是再等一等，这样放出去，恐怕不妥当。"原来这位朋友听到了一个传达文艺方针的报告，说是毛主席批判了王蒙那篇《组织部新来的青年人》的小说，赞成陈其通的短论，他又加了一句："我看形势是要收了。"潘光旦先生住在我隔壁，他一听我转述了那位朋友的话，就说："这可怪了。我在城里也听到有人说起毛主席召集过一次谈话，不是收，而是放呀。"这一下我们弄糊涂了。

过一天，又遇见了一个杂志社的记者，谈起了另外一个正在外地采访的朋友。他说："寄回来的文章，口径不对。暴露太多。现在不准这样写了，必须考虑后果，百家争鸣鸣出了问题了。"我因为手上就有着这篇可能会出问题的文章，所以特别关心。追向他："谁说的。"回答是"传达下来的"。

虽然这阵冷风是没有根据的，是阵空谷来风，但却吹冻了我的"早春"。

有几位看了我底稿，而且又肯定不是收，而是放的朋友，又一再鼓励我把文章送出去，甚至使出了激将法。我夹在寒暖之间，欲说还休，欲罢不能，结果是又从头改了一遍。在这种心情下改写实际是磨角。有人说我写得过分含蓄，不懂诗词的人，还是少装作假斯文的好。我听了只好苦笑。

毛主席在最高国务会议扩大会议上讲话的那天上午，我把"早春"送出去了。那天因为有外宾来参观，要我招待，我又不知道毛主席要讲话，所以没有进城开会。晚上潘光旦先生听了讲话回来，兴冲冲地来找我，揭开了谜底。

下一天一早起来拿出底稿，把后半篇重写了一道。从修正稿送去，到文章见报，又是两个多星期。原因说是被政协会发言挤后了。不管怎样，当这篇收收放放的"早春"出世，早春确是已过了时了。

有些朋友为我惋惜，说早一个月发表多及时，天气变了，不是个马后炮了么？又有些朋友为我告幸，说早一个月泄露了春光，怕担待不了，说不定会被围剿一阵。我想迟乎早乎都不是偶然的，既反映了天气，也反映了体质，我原本是处在这个大变动的时代的一个平常的知识分子罢了，话是想说的，勇气是有限的。

三个问题

朋友们看到了这篇文章，很多是同意我的，还有些人觉得没有说畅，有点遗憾。关于这些我在这里不多说了。要说的是不同的意见，归纳起来大概不出乎下面一些问题。

第一个问题："天气说对了没有？"不同的意见是说我没有摸准或是摸错了。有些说早春天气是曾经有过的，只是已经过去了，未免说得迟了点，不合于4月份的情况。这是由于我这篇文章压了一个时间，我指的原是过去半年的天气。我很同意4月初已不能再说是早春天气了。但是也有人认为早春天气的说法是错误的。知识分子解放时就已经到了春天。如果最近半年还是早春天气，前几年是什么天气呢？这不是明明暗射思想改造是冬天么？这又不是有意要否定思想改造的成绩么？再往下说，问题更大了。因此早春天气的说法根本就不对头。说得轻一些也该自己检查检查这是什么思想。

从这里引出了第二个问题："天气呢还是草木？"百花开不了，是由于天气不够暖，还是由于草木本身体质不健全？反对提早春天气的朋友们认为：自从解放以来，天气一直是明朗的，温暖的。党对知识分子政策早已确定了的，而且一直是贯彻了的。明朗的天气，花不开出来，自然是草木有问题：腐朽了，蛀蚀了。自己不成器，还要怨天！说得明白些，知识分子要发挥积极性关键是在自我改造，不应当去批评领导。

这种看法和我的意见是有出入的。关键是在对知识分子的估计。我认为在1956年的下半年，知识分子的积极性是显著上升的，那是由于党对知识分子政策贯彻的结果。但是上升了的积极性要体现出来，就要求创造许多条件，而这些条件跟不上要求，表现出了领导落后于群众。党和知识分子之间存在着的内部矛盾突出了。这种矛盾不及时解决，已经上升的积极性也就难于持久，有可能转化为消极情绪。这就是我所想以早春天气来做比喻的实际。

知识分子是不是应当继续进行自我改造呢？我对此是肯定的，并没有怀疑。但是在当前的情况里，要解决上述的内部矛盾却不能单单强调知识分子的自我改造。内部矛盾的解决固然必须双方共同努力，但是以每一段时期来说，按当时情况的特点，也必然有主要的一方面。和事佬式的两边规劝，听来似乎是很公平，很全面，但事实上是推动不了矛盾发展，因而也不能帮助矛盾的解决。以当前知识分子问题来说，我认为，多要求领导党检查贯彻政策中存在的缺点是做得对的。我提出"早春天气"的确是有意识地强调了天气这一方面，而没有多谈草木本身的问题，我想这样写法也是有理由的。

没有多谈草木本身的问题并不是等于说草木本身已没有问题。我同意：天气尽管好，如果草木体质不健全，还是开不出花，结不出果来的。我不同意：中国那些旧知识分子都是腐朽了的，都被虫蛀蚀坏了的。但是说他们都很健旺，那也不能。先天不足是一个重要的原因。于是提出了第三个问题：整风已经开始，天气是在转暖了。花开是不是有保证呢？早春天气一过，草木本身的问题也一定会逐步提出来的，提出来的就是知识分子的改造和培养问题了。

在这个问题上，有不少朋友因为我提到了有人要求"一间房，两本书，静静地做做功课"，认为我是在支持"两耳不闻天下事"，进而批评我不应当重业务，轻政治。这正如有人因为我说了今后教书要有些真才实学才吃得开，而说我留恋了教条主义一样，叫人辩白都难出口。

"一间房，两本书"和"两耳不闻天下事"有什么必然的联系呢？房里不一定没有报纸和收音机，书本上讲的又为什么不能是天下事呢？"静静地"一语是不是又惹起了反感？是不是一静就不能成为积极分子了？是不是要表示关心天下事，要表示政治上的积极性，必须天天热热闹闹地开会，激昂慷慨地发言么？是不是这种热度，这种动率才是评德的标准么？我看安静一下，把紧张的空气缓和一些，多读读书，才是壅土施肥的工作。为了开花结果，不做做这些基本建设是不成的。

避免纠缠，敞开来谈，还是这个老问题：知识分子要求提高业务是政治积极性提高的表现呢，还是下降的表现？提高业务和提高政治是互相排斥的呢，还是互相助长的？一个有专门知识的人通过什么方式来表示他的政治觉悟才是正常的？——对于这些问题的看法，现在许多朋友中还是不一致的。我的看法是这样：现在知识分子思想改造已进入了细致的观点和方法问题，不通过实践是搞不通的，实践就是各人的学术思想工作，那就是业务。国家的社会主义建设要求于知识分子的，已不是空口宣传，而是在具体的岗位工作上用专门的有效的知识来服务于人民了。这又是业务。通过业务来改造，通过业务来服务，其中无处没有政治，而也必须有了政治才能这样做。因此，当我说到"一间房，两本书"的时候，我肯定是积极性的表示，其中就有政治，并没有脱离。但是在一个认为业务和政治原是两回事的人，一听到别人谈业务就会推想到一定不是政治了，于是有点恐慌，好像那些要求提高业务的人全是开倒车，用手按耳，不闻天下事了。这是不是对现在的知识分子估计又太低了些了？

"早春"之后，来日方长，暂时说到这里为止罢（写于洞庭东、西山）。

1957 年 5 月 31 日

土地里长出来的文化

要明白中国的传统文化，就得到乡下去看看那些大地的儿女们是怎样生活的。文化本来就是人群的生活方式，在什么环境里得到的生活，就会形成什么方式，决定了这人群文化的性质。中国人的生活是靠土地，传统的中国文化是土地里长出来的。

知足常乐与贪得无厌

"知足常乐"是中国传统文化的基本精神。这和现代资本主义文化里的精神——"贪得无厌"刚刚相反。知足常乐是在克制一己的欲望来迁就外在的有限资源；贪得无厌是在不断利用自然的过程中获得满足。这两种精神，两种人与物的关系，发生在两个不同的环境里。从土地里生长出来的是知足常乐。

种田的人明白土地能供给人的出产是有限度的。一块土地上，尽管你加多少肥料，用多少人工，到了一个程度，出产是不会继续增加的（即经济学上的土地报酬递减率）。向土地求生活的人，假若他要不断地提高收入，增加享受，他只有一个法子，那就是不断地增加耕地面积。有荒地时，固然可以开垦，但是荒地是要开尽的，而且有很多的地太贫瘠，不值得开垦。人口一代一代的增加，土地还是这一点。

187

如果大家还是打算增加享受，贪得无厌，他们还是想扩充耕地，那只有兼并了。把旁人赶走，夺取他们的土地；但争夺之上建筑不起安定的社会秩序。如人们还得和平地活下去，在这土地生产力的封锁线下，只有在欲望方面下克己功夫了。知足常乐不但成了个道德标准，也是个处世要诀。因为在人口拥挤的土地上谋生活，若不知足，立刻会侵犯别人的生存，引起反抗，受到打击，不但烦恼多事，甚而会连生命都保不住。

科学冲破了土地的经济封锁

西洋在农业的中古时代何尝不如此？《圣经》上的教训是要人"积财宝在天上"，"富人进天堂比骆驼穿过针眼还困难"。勤俭是这时代普遍的美德，是生存的保障。但是科学冲破了土地的经济封锁，情形完全改变了。蒸汽力、电力、内燃力，一直到原子力，一一地发明了利用的方法，使人实在看不到在经济上人类还会有不可发展的限界。这是人类的大解放。机会，机会，到处有机会，只要人肯去开发。在这机会丰富的世界里，妒忌成为不必需了。种田的怕别人发迹，因为别人发了迹会来兼并他的土地。在现代工业里，各门各业是互相提携，互相促成的。铁矿开得好，铁器制造业跟着有办法；铁制的机器发达，其他制造业也得到繁荣。这时代，自然已不像土地一般吝啬，它把人的欲望解放了。享受、舒适，甚至浪费、挥霍，都不成为贬责的对象；相反的，生产力的提高必须和消费量的提高相配合。二者之间有一点龃龉，整个经济机构会脱节麻痹。于是以前所看不见的"广告"也成了经济活动的重要部门。广告是在刺激欲望，联结生产和消费，甚是提倡挥霍，赞美享受。回想起在乡下被人贱视的"卖膏药"的走江湖，真不免为他们抱屈了。同是广告，而在人们眼中的价值竟相差得这样远。时代的距离！

中世纪：从权力去得到财富

知足安分是传统的美德，但是即在农业社会里也并不能完全应付人类的经济问题。知足有个生理上的限度。饥饿袭来时，很少人能用克己功夫来解决的。有限的土地上，人口不断地增加，每个人分得到的土地面积，一代小一代，总有一天他们会碰着这被生理决定的饥饿线。土地既已尽了它的力，挤也挤不出更多的粮食来。喂不饱的人，不能不自私一点，为自己的胃打算要紧。贫乏的物资下，为了生存，掠夺和抢劫，成了唯一的出路。掠夺和抢劫要力量，这力量却因为无法用来向土地去争物资，只有用来去剥削别人了。这是人类的悲剧，在这悲剧里不事生产的力量发生了生存和享受的决定作用。有了匪徒，保镖也来了，这样把剥削的特性注入了权力。窃钩者诛，窃国者侯。合法非法，原是一套。暴力也好，权力也好，都成了非生产力量获取别人生产结果的凭借。"从权力到财富"——那是桑巴特给中世纪经济的公式。

现代：从财富去争取权力

贪污是这时代的经常官务。被剥削的人民恨官吏，但是他们并不恨贪污，恨的是为什么别人有此机会而自己没有。他们所企求的是有一天可以"取而代之"。在这种文化里谁诅咒过贪污本身？草台戏开场是"跳加官"，接着是"抬元宝"，连城隍爷都喜欢这种连结。权力和财富是不能分的，这是土地封锁线内的逻辑。

官吏变成公仆，衙门变成政府，是中古变成现代，农业变成工业的契机。西洋的历史写得很明白，工业开了一条从生产事业积累财富的大道，形成了一个拥有财力的资产阶级。这个阶级是现代化的前锋，他们拿钱出来逐步赎回握在权力阶级手里的特权。他们的口号："没有投票，不付租税。"这样财富控制了权力，产生了现代政治。

自土中拔出　建立新的文化

中国一身还是埋在土地里，只透出了一双眼睛和一张嘴。你看国家的收入还不是靠田赋？民间的收入还不是靠农产？即使有人不直接拖泥带水的下田劳作，但有多少人不直接或间接靠土地生活？我们还在土地的封锁线内徘徊。

眼睛是透出了地面，看见了人生是可以享受的；眼红了。他觉得知足常乐是多可笑和土气？他露在地面上的嘴学会了现代社会的口味和名词。口味是摩登的，名词是时髦的。可是从肩到脚却还埋在土里！

若是我说："把头也埋下去罢"，这是不可能的。可是生活和文化是一套一套的，生活在土里，文化就该土气。土气的文化确是令人不顺眼，但是你得全身从土里拔出来啊。现在这种半身入土的情形是会拖死人的。享受、浪费、挥霍视为应当了，而自己并不能生产给自己享受、浪费、挥霍的物资。于是"从权力去得到财富"的需要更加重了。传统文化中对贪污既没有道德的制裁，于是在享受的引诱下，升官发财怎会不变本加厉？从这官僚机构集中得来的财富，无底地向物资的来源运送。这个贫血的国家哪里还有资本去打破土地的封锁线，建立现代工业呢？齐肩的躯体深深地陷在土里，拔出来的希望也愈来愈少。

自拔，新文化的建立，似乎是件困难的事；但是除了自拔，只有死亡。我们现在正在向死亡的路上跑，那是事实。

1946 年 6 月 20 日于昆明

大理历史文物的初步察访

去年 8 月我到云南来参加民族社会历史调查研究工作，正逢许多朋友在热烈讨论白族历史问题。我有机会参加了各种座谈会，并拜读了《云南日报》上所发表的有关这个问题的许多论文。这些都给我很大的教育和启发。11 月在下关参加大理白族自治州的成立大会，遇到了许多自治州的人民代表，他们要求早日开展这地区民族社会历史的调查研究工作。在他们的督促之下，我更深切地认识到了大理地区在云南各民族社会历史研究上的重要性。

简单地说来，从南诏开国（公元 738 年，即唐开元二十六年，皮逻阁建南诏国）到大理国灭亡（公元 1254 年），大约有 510 多年的这个时期里，大理地区是祖国西南的一个重要的政治、文化中心。这地区的人民不但在祖国历史上做出了重大的贡献，而且在发展云南的经济、文化上起了重要作用，对云南各族社会的发展都有重要影响。因此，在研究云南的民族社会历史时，首先把大理地区各族的历史搞清楚是有必要的。

应当肯定，大理地区民族历史研究并不是一个新的课题，《史记》《唐书》等对于这地区的民族情况都有系统的叙述。其他如樊绰的《蛮书》、杨慎的《南诏野史》等，以当时的史学水平来衡量都是优秀的著作。我们的前人为我们留下了许多宝贵的知识，给了我们进一步研究这地区各族人民所创造的历史的良好基础。但是我们现在所要了解的历史问题却比过去提高了。比如最近半年来关于白族历史问题讨论中所提出的白族族源问题，白族作为一个部族共同体的形成问题，白族社会性质变革问题，以及白族和汉族相互关系问题等都是前人所没有论列过的问题，在这些问题上并没有现成的答案。不但如此，用前人给我们留下的许多历史资料来研究这些问题时，常常会感觉到有含义不明，材料不足之苦，结果会使得不同的人从相同的史料中引申出不同的论点来，最近《云南日报》所发表的许多论文可以说明这种情况。当然，我们并不应当因此低估已有史料的价值，但是为了进一步推动这方面的研究工作，也不应当满足于已有的资料。

为此，我们考虑要开展大理地区的民族社会历史研究，除了继续整理、考证已有的汉文资料外，最好能有计划地搜集凡是可能搜集到的各式各样能说明这地区历史的资料。充分掌握资料是科学研究的必要前提。

搜集什么资料

首先要解决的问题是搜集些什么资料？大理地区有没有这些资料？如果有，在哪里？怎样去搜集？为了要解决这些问题，云南民族社会历史调查组在 11 月下旬派出了一个调查小组到大理一带地方进行历史资料的初步察访工作。参加这个小组的有李家瑞、李一夫、杨毓才和我四个人。

察访的意思是通过实地察看和访问去探索历史资料，为系统发掘和搜集做出计划。和开矿一样，先得勘查一番。我们这次工作时间很有限，所以只能说是初步察访，找些线索，并不要求这个小组立刻着手去系统地搜集文物。

察访之前必须有所准备，就是熟悉有关文献，把要察访的地区历史沿革搞清楚。比如根据文献所传，原来的白国是在白崖，蜀汉曾帮助张氏建立的建宁国也就以白崖为中心，后来就在这地方张乐进求让位于细奴逻。白崖现在是弥渡的红岩。南诏最初的根据地是蒙舍川，在现在的巍山。洱海东南凤仪一带地区，一般认为是白族早期的聚居区，首先并入南诏。后来南诏的势力向洱海西部伸张，逐走了一部分原在的居民，占据苍洱之间的坝子和坝子里的太和村，并筑太和城，太和村就在今大理太和村附近。更北进兼并了当时所称"三浪"人的地区（就是现在邓川、洱源、剑川一带）统一了六诏。我们这次初步察访只能有重点地进行，照着上述的线索，到了大理、邓川、洱源、剑川、丽江、凤仪、巍山、弥渡等八个县。

每到一县我们首先查阅地方志，并向熟悉当地掌故和情况的父老和干部们请教。把那些有历史价值的古迹记下来。然后挑选重点分别去实地察看，对证一下书上所记的或口头所传的遗址是否可靠；发现了历史文物，轻便可带的遗物，便搜集回来作为证据；笨重的，照下相带回来，如果是碑，把碑文拓下来。有传说的，把传说记下来。

从这次察访中，我们觉得下列五个方面都有很丰富的历史资料可以搜集。1. 地下的遗物。2. 地面上的碑碣、石刻、木雕、壁画、建筑等实物。3. 民间的文献，包括家谱、日记、书信、诗文、契约、经卷等，特别是少数民族文字的记载。4. 口头的传说、神话、唱本、歌曲等。5. 语言。

让我用这次察访所得的资料，分别从上述的几方面说明一下。

地下遗物

大理地区的石器

地下遗物方面首先应当提到的是石器。大理地区最早发现的石器是 1939 年吴金鼎在马龙峰，俗称白王城的附近发现的石斧和石凿等磨光石器即新石器。吴氏根据出土的陶器，认为这些东西可能是汉唐之际，南诏以前的遗物，这种古代人所用的石制工具在民间原是常有发现的，但是由于缺乏历史知识，人们叫它作"雷楔子"，认为是"雷公"使用过的神物。农民挖地时得到了这种东西，有的送到庙里去，有的给巫师收去，有的给孩子们做玩具，也有的用来舂盐巴。我们所到各县，和老乡们一谈到"雷楔子"，很多是知道的。这是说这种石器是很普遍的。这次察访中见到实物的有剑川和巍山两县。

从南部进入剑川坝子的地方，甸尾村附近正在挖海尾河，在我们察访这地方前约一个月，挖得了十多件石器。工人们不认得这些是什么东西，觉得好玩，分别拿了回家。我们访问到了这件事，搜集到了四件新石器：三把磨光石斧和一把有孔的月牙石刀。我们又去察看了出土的地层，是在熟红土层底，估计当是两三千年前的遗物。巍山的石器是毕副县长到老乡家里去要来的，还知道出土的地点，在山达上村孔明洞附近。鹤庆中学的教师同志来下关参加人民代表大会，带来了他在鹤庆搜集到的新石器的相片。从这些已经得到的资料来看洱海周围在比较早的时期曾经有一种人居住过。这种人分布可能是相当广的。至于这种人和现在居住在这地区的各民族具有什么关系，我们还说不出来。但是如果进行有计划的系统发掘，看清楚各时期遗物的关系，历史线索是有可能建立起来的。

南诏前的古城

在察访过程中，我们曾特别注意有没有汉代文化的遗物。在传说中有不少关于诸葛亮的故事。在这个地区能不能有些实物来证实当时和中原文化的关系呢？结果并没有找到什么可靠的证据。只是在邓川德源城废址的庙宇附近有许多刻有图案花纹的砖，有可能是比较古代的遗物，但老乡说是从对面山脚那边搬来的。为什么老远地去搬运这些砖呢？也不清楚。这是一个疑案，我们没有时间去追查。砖存邓川县文化科。庙宇的附近还有。

我们到弥渡听说在红岩古城村有个白王城。我们想这可能是白崖国的古城。老乡还指得出古城遗址，现在是一片整齐的豆田。我们在田垄里反复察看，发现不出任何文化层。如果传说有据的话，埋得一定更深了些。也可能传说没有根据，或是地址传错了。

其次是建宁国的古城。据传诸葛亮南征封白子国王后代龙佑那做酋长，改姓张，在白崖筑建宁城。据当地传说建宁城就在今县城北门外螺山上，俗称紫金城，现在这片高地上有许多庙宇。又据说当时弥渡坝子低处都是水，这片高地地势正适宜建城。但是我们在这上面四处找碎砖破瓦，却看不出一点古代遗迹。总的说来南诏以前古城在这次察访中我们并没有找到实据。

南诏大理国的古城

其次说说有关南诏和大理国的古城。

细奴逻所建立的蒙舍诏都城在蒙舍川的峎岠山，即今巍山县。峎岠山是坝子边上的一个山冈，传说有细奴王金殿的遗址。我们到山上察看，果然在地面上还留着许多瓦片，这些瓦片上还有文字，但和汉字不同，而略似大理、姚安出土的有字瓦片，足以证明是南诏时代的遗物。因此这个古城遗址大体上是可以肯定的了。

大理的太和城和羊苴咩城等遗址是大家所熟知的，在这里我们可以略去不谈。

大理以北大体上可以肯定的南诏古城有邆赕诏的德源，在邓川县东北两公里多公路旁的高地上。由于传说中把火把节和德源城联系了起来，所以这个古城的名字也是云南人民所熟悉的。传说是皮逻阁要统一六诏，把其他五诏的王骗到大理，在松明楼里烧死。其中有个邆赕诏的王，临走时他的妻子慈善夫人知道有危险，所以用一个铁钏套在王的臂上。王被烧死了，慈善夫人找到戴有铁钏的尸体，迎回归葬。皮逻阁又要威逼慈善夫人嫁他，派兵围城，城在高地上，水源断绝。夫人自杀后，称这城作德源城，纪念慈善夫人的美德。我们去察看德源城的遗址，可巧当地部队操练挖了许多壕沟。在沟内很清楚地可以看出离地面约1米有一文化层，层内许多瓦片，有迹象可认为是南诏的遗物。沟内还有比较完整的陶器。我们因为怕掘坏了，没有动。陶器旁有炭灰炊烧遗迹。

更往北是剑川。剑川是南诏和吐蕃势力接触的前线，曾经一度被吐蕃占据。地方志上还载有吐蕃所据的罗鲁城，初唐所筑。我们多方打听，最后知道现在还有个罗鲁村，和记载合得上，附近白族称他们说的话为"蕃语"。但是限于时间，没有去察看。

剑川之北，是丽江的九河，是白族聚居区。我们听说有白王城，在九河甸头乡坝子西边山坡上。我们找到老乡带路，走近白王庙废址，在田沟里找到有字碎砖，一部分是梵文，一部分是汉字，记着高氏和段氏字样，还有一些不像是汉字，可能就是白文。高氏、段氏是大理国的统治者，所以可能是大理国的遗物。这个山坡上砖很多，而且字形和质料很有差别，不像是一个建筑物上的东西。

这些古城遗址无疑是考古的宝库。其中一定埋藏着许多可以表明当时人民生活的实物。但是发掘遗址是一项科学工作。没有专家现场指导，如果随意挖掘，反而会破坏这些遗址的历史价值。比如我们得到的新石器因为出土时没有把同时出土的砖瓦或其他东西保存起来，没有把这些新石器在地下的原来情况记录下来，使我们无法确定它们的年代，更无法正确地和其他地方发现的古代文化相比较，看出它们之间的关系来，这不是一种永远补偿不了的损失么？因此，我们这次察访并没有进行发掘。只把察访得来的线索提供考古工作者考虑，是否有发掘价值；如果有发掘价值的，将来由他们有计划、有系统地去发掘。作为一个研究大理历史的工作者，当然盼望地下的历史资料能早日发掘出来。

应当指出，如果不早些做出发掘这些古城的科学工作计划，也就保不住不受到破坏。农民为了扩大耕地面积，过去弃废的土地正在陆续开垦。以往工具简单，土翻得浅，现在用了新式农具，更容易深入下层，破坏文化层的可能性也更大。我们在大理农村里就看到最近出土的全副明代火葬碑罐，罐内还有当时用作货币或装饰品的贝壳。这些都是垦荒得来的。这些东西因为不值钱，又好玩，所以农民们带了回来。如果是铜器，就很可能成为废铜买走了。早一些进行科学的发掘，对国家的历史遗物保障可以大一些。

地上的历史文物

现在谈谈地面上的历史文物。这些东西比起地下的文物更容易遭受损失。在过去一段时间里，党和政府执行保护有历史价值的文物的政策，因而取得一定成绩，但是由于宣传教育不够细致，损失是不少的。抢救这些文物还是当前的急务。

在这次察访中，我们发现了许多有意义的东西。

先说碑碣：由于过去的文人相当重视金石之学，和党的文物保护政策起了一定的作用，大理古碑一般是保存下来了的。比如大理太和村的德化碑（即南诏碑），西门外的元世祖记功碑等具有重要历史价值的石碑现在都保存了。德化碑还造了房屋加以保护。但是由于有人迷信这碑的石末可以治病，所以过去没有盖屋保护前，碑面已经给求医的人剥蚀得很多。现在还可以认得出的碑文字数已不太多。幸亏早年的拓本现在还有，留下了极可宝贵的史料。

墓葬和墓碑上的记述

这次察访中我们在这方面得到的资料有两点可以提出来一说：第一是关于墓葬的问题。明代白族已实行火葬是可以肯定的了，因为我们看到不少明代大理石的火葬墓碑，有"杨观音榜"等字样，说明是白族人的名字。我们在剑川去石宝山路上看到一块可能是元代的墓碑，已要求该县文化科掘出来保存。碑文还没有研究。在大理雨铜观音祠墙角里看到一个火葬墓顶子，刻有"至正四年"（公元1344年）的年号，这墓系杨和胜的墓。杨可能是白族，因为杨是白族的大姓。如果这个墓是白族的，那么白族实行火葬的时期也就提早到元代了。另一方面我们并没有见到有古代棺葬的古墓。火葬和棺葬的问题是由于樊绰《蛮书》里提出的，他说这是乌蛮和白蛮的区别之一。因此如果在这个问题上找到更多的实物资料，对樊绰所提白蛮和乌蛮区别的意义可以更明白些。

残砖断瓦上的白文

第二是关于白文问题，上面已提到在巍山细奴王金殿遗址得到的瓦片上有着一些字样，显然不是汉字，而和大理、大姚出土的相似，疑是早年的白文。在大理三塔寺里的两个副塔的砖上，还能看到烧砖时印在砖边的符号，其中有些像汉字如"仲""甫"，有些是汉字的反文如"氐""卦"等（这是由于正文的戳印，打在砖坯上所致），还有些完全不像汉字的。这次察访中又在邓川西山拓得元代刻在岩石上段信苴宝舍田记碑文，和大家已熟知的大理明代的"山花碑"都是用汉字写的白语。下面还要提到在凤仪见到的明天顺五年（公元 1461 年）用汉字写成的白语注释经卷抄本，又是一件例子。用汉字写白语至今还流行，白族喜唱的大本曲的手抄本都是这样的。这里提供了白族文字发展的线索。

价值很高的石刻

再说石刻。剑川石宝山的石刻是早已著名的。我们这次也去察看了。但限于时间，我们只到了石钟寺，钟山山下的石刻没有去看。就是以已经看到的来说，这些石刻的历史价值是很高的，特别是阁罗凤和异牟寻两窟把当时服式和仪式的形象遗留了下来，比如《蛮书》上所提到的"头囊""雉髫"，头盔上的"猫牛尾""吐蕃所赠伞""铎鞘"等在石刻中都可以找到模型。其他许多有关婆罗门教、佛教的石像也提供了当时宗教信仰的材料。此外还有一个称"阿姎白"的石刻，可能是早期居民生殖器崇拜的遗物。

我们初步印象，石宝山的石刻，就是以石钟寺所看到的来说，在题材和作风上都不像是同时期的作品。"阿姎白"的雕刻是很简单的，使我们推想在这一带曾有过一个早期文化。如果容许我们做一些不成熟的猜测，这个文化可能还包括我们已见到的新石器工具。甚至和许多地方看到的大石崇拜的遗迹（如大理的大石庵、支锅石和剑川的三棵石，巍山盟石等）有关。其次是有关南诏王的石刻。这些石刻都是在岩石上凿出约1米多长方形的石窟，采用浮雕的手法，以人物作题材，刻画出宫殿的场面。第三是那些佛像，有些并不是佛雕，而是完整的人体。佛像中还有不同教派，一部分是属于婆罗门教的。这些不同风格、不同题材的石刻很可能是不同时期的作品。

我们还注意到山上有许多没有完成的石刻。没有完成的程度不尽相同，给我们一种印象，像是正在进行这些石刻的时候，发生了某一种灾难或战争，迫使当时的人放弃了这个地方。我们又在石钟寺对面的山坡上，就是石刻"酒醉鬼"和"波斯人"之间的地方，发现许多古代瓦片，可能是唐宋时代的遗物。我们因此推想，在这个山坡上曾有过建筑。而且就在这些地方，又看到倾倒在地上的石刻"狮子"和"梵文经刻"。这些石刻很凌乱，也表示在历史上曾受到重大的破坏。

根据前人的记载，还有些石刻至今没有发现。所以我们觉得还应当在这个山上全面检查一下，很可能找到更多的石刻。

石钟寺的石刻已经建筑了房屋加以保护，但是在建筑时，添上了一些丑恶的，或是很不调和的石刻，如一个庸俗的弥勒佛等。我们认为修理古代文物时，这样随意添加艺术上极为拙劣的东西是不好的。

石刻艺术不限于石宝山，而且时代也不限于南诏大理。最近剑川丁卯城村出土了一块"卫国圣母建国梵僧"的浮雕石刻，是明成化六年（公元1470年）遗物，在风格上虽则较石宝山南诏国王石刻简单些，但还保留了一定的继承性。因之，还有希望在别处发现类似的石刻。

艺术造诣极高的木雕和塑像

木雕和塑像也是重要的艺术品。我们在这个地区所见到的那些木雕和塑像有些在艺术造诣上是很高的，特别值得提出的是凤仪白汤村董氏"金銮宝刹"和家祠里所保存的许多佛像，有些是木雕的，有些是泥塑的，在样式和风格上，有些和石宝山的石刻极相似。石宝山的石刻有很多已经遭受损坏，将来要修补时凤仪这些佛像正可以作为模型。

　　木雕和塑像原来是民间很普遍的文物，在白族地区很多村子有它的本主庙。本主庙里以前都有本主像。这些本主像中有些是雕得或塑得极美的，而且有民族的特殊风格。但是解放以来，群众的观念有了改变，本主庙又有很多改作别用，有些干部同志单纯地把这些雕像看成迷信象征，没有重视它们的历史和艺术价值加以保护，很多已经找不到了，从保存下来的这些雕像来看，有些是有很高艺术价值的。比如邓川德源城庙里的慈善夫人像还保存了南诏衣冠（和石宝山阁罗凤的石刻相似）。剑川甸尾村本主庙里的护甸神，穿着清初白族服装，是一个现实主义的雕刻，弥渡铁柱庙侧殿的两个塑像是生动的少数民族的形象。看到了这些少数民族的艺术品，不由得我们不想到被破坏的许多雕塑。在我们去大理前，有朋友要我们到大理喜洲去把中央皇帝庙内元世祖的雕像照个相，因为过去就有很多人认为这是一件极有历史和艺术价值的文物。但是我们到喜洲一看，庙宇正在改建成为合作干部训练班的教室，所有雕像已全部毁完了。有一个铜像还是最近背走的，我们曾设法追查，毫无结果。又如剑川龙门邑村的本主庙里的木雕，已经由政府通知保护，但是当我们去察访时，却已不知去向了。至于铜器可能损失更大。贸易部门没有重视保护文物的政策，特别需要注意。我们在巍山和邓川两地的收购站里都发现了元明的铜钟。如果迟些日子去，这两口钟就可能成废铜回炉了。这些说明，各地很多有历史和艺术价值的文物，很可能在无意中遭到破坏，希望文化部门注意这种情况。

民间文献

我们这次察访中在民间文献方面搜集得不多。主要是因为时间太短，接触的面不够广，其次可能是纸张的东西更容易遭到损失。土改时期在这方面注意得不够，应没收的地主们所收藏的书籍没有集中起来加以保管，很多流散和糟蹋了。但是尽管这样，我们还是访求到一些极有价值的文献。特别应当提出的是凤仪董氏"金銮宝刹"大殿角里的两大柜经卷，我们没有时间去系统翻阅，但随手拾来，就有宋刻和元刻的经卷，其中还有一大卷手抄的经卷，卷末写明是保天八年（约相当于公元 1136 年），是大理国时代，也就是南宋时代的手抄本，此外还看到一个用汉字写成白语的经卷，是明代的遗物。这两大柜杂乱的经卷中是否还有更有价值的手卷，我们不敢说。董氏家祠正壁上刻有家谱，这个家谱本身当然有很重要的历史价值，同时也告诉我们，这家人从南诏起到明代一直是这地方被封为国师的阿吒力教主。明代（永乐十年）曾去京师，当时的皇帝替他造了这个所谓"金銮宝刹"。后来又屡次进京，带回了中原的经卷。现在这两大柜经卷，就是他家藏经的一部分。上面所提到的许多雕塑的佛像也是这"国师"家的遗物。这些文物对于这地区宗教的研究提供了丰富的材料。

丰富的口头文学

大理地区有着丰富的口头文学。我们知道传说、神话在历史研究上也有一定的价值，特别是在研究文字材料比较少的民族历史时，口头传说更值得重视。我们这次察访中，特别注意搜集有关各地本主的传说。大部分白族地区，特别是大理，几乎每村有一个本主。这些本主有些是历史人物，有些是传说中的人物，既不同于拜物的巫教，又不同于拜神的佛教。比如传说中杀蛟牺牲的勇士段赤城，救缅回兵的段宗榜，杀身殉夫的慈善夫人（又称柏洁圣妃，白姐夫人等），还有征南诏败死在大理的唐将李宓和他的部将们，明代征南的傅友德都是本主（以李宓、傅友德等作为本主可能表示这些村子是和当时被俘的或落籍的军队有关）。每个本主都有一段传说，有些编得很美，而且常反映出人民的感情，甚至他们的来历。各本主间还有一定的关系，也反映出各村人民间历史上的关系。对于历史研究是有帮助的。

比较各地区的传说也提供许多值得研究的线索，比如观音和罗刹的斗争传说就以大理为最多，如果联系起传说中细奴逻和观音的关系，观音和水利的关系，可以提供佛教进入和当时经济和政治变革的联系，而且这种斗争已达到苍洱之间的坝子里。白姐夫人的传说主要在洱海北部流行，到了大理却和吐蕃酋长、唐朝大将结合了起来。如果把这些传说的变化搞清楚，也可以反映出白族形成的复杂过程。

当然，利用传说、神话来进行历史研究是需要很细致的分析。现在还缺乏足够的资料。上面所举的例子，只是想说明传说、神话可以成为研究历史的资料罢了，至于所提出线索是否有考虑的价值还是成问题的。同时却也说明，研究各民族的口头文学绝不能离开历史，因为只有和具体历史相联系，才能看出这些传说和神话的意义。

语言的比较研究

语言的比较研究对于历史研究也有很大的帮助，在族别问题和在各族历史上的关系问题上，比较各族语言可以提供重要的线索。但是大理地区各族的语言到现在还没有全部研究清楚，特别是白族语言研究得不够，各家的意见出入很大。我们这次察访小组中没有语言学的专家，因此并不能深入这个问题。但是我们也注意到几点，愿意提出来希望今后在这地区进行语言调查时做参考。

1954年民族识别研究组基本上已把大理地区具有不同自称的民族成分划分成几个系统，主要是根据他们的语言，特别是词汇相同程度和语言对应规律来加以划分的。现在可以在这个基础上进一步去研究他们分化和融合的历史过程。在词汇方面不但要注意基本词汇所具的特点来研究他们的族源，而且要注意借词的来源和时期来研究他们和他族的接触。比如研究白族语言，如果能从基本词汇的特点确定它们和汉语前身的古语有没有关系固然对白族起源问题有极重要的意义，同时也应当注意不同时期白族受到他族影响所引起的在词汇上、语言上和文法上的变化。举个词汇的例子，白族有关粗粮的名词大体上和现代汉语不同，而有关细粮的名词却大多借用现代汉语，这就说明了白族在农业上接受汉族的影响的程度和时间。如果进一步比较白族各地区方言上存在的差别，也可以看到不同地点不同时期所受他族影响的区别以及白族本身发生变化的线索。

在这次察访中我们曾经注意到白语和汉语在不同地区的变化。在历史上曾是白族主要地区的弥渡和巍山，现在说白语的人已经很少（少数白族是近代迁入的），我们疑心有许多原来是白族的人现在已经改变成了汉人。相反的在大理到剑川一带有很多具体例子，说明有许多汉人改变成了白族。同时各地也还有一些汉人的村子，迁入已有几百年而语言上依旧不改变。在凤仪我们就遇到过已有好多代居住在当地而现在还不会白语的人。不同的情况启发我们要求对各族语言的变化做深一步的研究。这些情况也提示我们在对于人数较少的民族成分的识别工作中利用语言资料时必须十分审慎，如果不从历史中入手去进行研究很容易发生错误的结论。

以上是我们根据这次察访工作中的体会来说明，为了进一步为开展大理地区民族社会历史调查研究工作创造更好的条件，应当从上述五个方面去搜集更多的资料，并且想说明在这个地区上述五个方面的资料是十分丰富的。

还须进一步察访研究

我们这次察访所得的资料是很有限的，以现有资料来说对于已经提出的若干有关白族历史问题还不能提出任何重要的意见，但是我们相信如果有系统、有计划地从这几个方面搜集更多的资料，对于这些问题可能得到比较正确的论点。

我们这次察访中也深切感觉到当地各族人民对社会历史调查研究工作的热情支持。我们又一次看到一个现代民族形成过程中，群众对自己民族历史的要求。他们已不能满足于神话式传说的历史，而要求科学的历史。现在需要具有专门科学知识的人和各族群众结合起来，共同来解决各族的历史问题。这样的结合不但可以保证科学研究进一步的开展，而且也应当是今后科学研究的一个方向。

但是怎样组织考古、历史、社会、艺术和语言学的各种专家更好地和各族群众结合起来进行研究工作，将是今后开展这项科学研究的具体问题。对于这些问题，我们希望不久能得到解决。

1957 年 2 月 8 日

乡土教材和社会调查

　　家乡来信要我为他们正在编写的乡土教材写几句话。编写乡土教材的目的是在使本乡人熟悉本乡事,培养热爱家乡的感情,立志为家乡建设出力。这是一项很有意义的工作,我愿意支持和参与。其实我几十年来在家乡做社会调查就是在编写乡土教材。现在将有更多的同志从不同角度来介绍家乡不同方面的情况,乡土教材一定会更丰富更充实,我感到十分高兴。

　　提到乡土教材,我不能不联想起我在小学里沈校长给我们讲的"乡土志"。我1910年出生在松陵镇,当时只说是吴江县城。1916～1920年在吴江初等小学里念书,因为校址是原来供奉雷神的雷震殿,所以一般就叫作雷震殿小学。几年前我还去看过,庙已没有,学校还在,旧校舍改建成了大楼,面貌已更新。

　　大概在小学四年级的时候,有一门课叫"乡土志"。当时我不大明白这三个字的意义,衍声附会,讹成了"香兔子"。这个荒唐的误会,留下的印象很深,至今我还喜欢把它作为笑话来讲。我幼年在动物中最喜欢的是兔子,在小学课程里最喜欢的是乡土志。这也许是把二者联系在一起的心理原因。

　　讲这门课程的老师是这个小学的校长。我记得他是姓沈,名天民。我很敬重他,不怕他。他不像有些老师那样老是绷着脸流露着讨厌我们这些孩子似的。他会拍拍我的小脑袋,微微带着笑容问我这一阵身体可好些了？原因是我这些年常常生病请假，大概在他的眼中我一直是个怪可怜的病娃娃。他对我的关心抚慰使我感到亲切温存，每一想起还是音容宛在。

我敬爱沈校长，也喜欢听他讲的乡土志。他在课堂上讲给我们听的，都是些有关我们熟悉的地方，想知道的知识。他讲到许多有关我们常去玩耍的垂虹桥和鲈香亭的故事。至今我每每想起"松江鲈鱼肥"这句诗时，这些桥亭的画面，悠然在目，心旷神怡，同时浮现着沈校长那种摇头吟诵的神态，更引人乡思难收。

我还记得当时课堂上贴近着我坐的那位同学，他名叫沈同，是沈校长的儿子。跟我相好，说笑在一起，课堂上还会忘乎所以地在下面搞起小动作来。小学毕业后，我们就分手了，没有料到1933年在清华园里我们又聚在一起，我是研究生，他是助教，两人不但口音都没有变，性情脾气也都未脱童年本色。从此几次同事直到老年。从他口上，我听说他父亲在我1920年离开吴江后不久就去世了。家道清寒，但从不言苦。他一生的精力全都花在家乡儿童的身上。他播下的种子是有收获的，在我前后几班的同学里后来至少就有五个，包括他自己的儿子，在大学里教书。我写下的各地社会调查也应当归功于他的启发，这是我不敢忘记的。

当然，我也不敢忘记自己的父亲给我做出的榜样。我在吴江小学里读书时，我的父亲是江苏省的视学，视学是教育督导员。他一年中大部分时间在江苏省境内巡回视察各地的学校。回家期间忙于写视察报告。我常见他书桌上堆满了各地收集来的材料和笔记。有时为了好奇，趁他不在时，我偷偷地去翻阅这些材料。我虽则很多看不懂，现在还记得的是他随班听课的记录，还有评语，某某教师讲解扼要明白等。他的视察实在就是在做有关当时教育的实地调查。他并没有料到在他的儿子中后来会有人继承了他的调查工作。他并没有在我面前讲过要了解社会必须亲自去看去问的道理，但是他做出了身教，身教显

207

然比言教更起作用。

我父亲写完了视察报告就请本乡的一位书法很端正的先生抄写，我的两位哥哥的任务是做校对，一人念原文，一人对抄本。我因为年纪小，只配在旁陪坐。这也许是我父亲有意教我们这几个孩子怎样认真写作的方法。校对过后他自己还要阅读一遍，如果有没有校对出来的错字，就要责备我两位哥哥，说他们校对得不够认真。看来我哥哥后来自己写文章时，字迹清楚，反复审读的习惯是这样训练出来的。而我这个陪坐的孩子却没有学到这一手，直到现在甚至已经印成书的文章里，还是错字常见。在旁边听他们校对，对我也有教育，我后来喜欢写文章，写调查报告，不能说与此没有关系。

对我影响更大的也许是父亲每次出差回家总带有几部新的地方志。地方志就是记载各地方地理、历史、名胜、人物和风俗的书，其实也就是沈校长所讲的乡土志和现在正在编写的乡土教材。我父亲在视察过程里收集到江苏各县的地方志装满了一书架。我也常翻看看，其中如人物传记、风俗节令等也还可以看得懂一些，至少对这类书已不生疏。我在大学毕业时作的论文就是用全国各地方志里有关婚姻风俗的记载做材料写成的。

我从1935年清华研究院毕业后就开始做社会调查。1936年回家乡在庙港的开弦弓村养病，天天同乡亲们谈家常，了解他们的劳动和生活，以及有关生老病死的风俗习惯，后来去英国留学，用这次调查的记录写成了一篇论文，出版时书名《江村经济》，实际上是一本开弦弓村的乡土志。我最近十多年里每年回家乡了解情况，发表过多篇访问记。今年春天我又到盛泽、北厍去转了一圈，把我在这10年里所看到家乡在经济上的发展，做了个初步总结，称作《吴江行》，也可以说是一份乡土教材。

下面是这篇文章的结语，写下了我写这篇乡土教材时的心情："我在写这篇《吴江行》时，回溯了故乡10年的变化。这是我们祖国在这不平常的 10 年中的一个镜头,它给了我安慰,也给了我勇气。我故乡的父老乡亲没有辜负这大好年头,为今后进一步发展打下了基础。这个基础我相信是结实的,因为它的根深深地扎入了千家万户,它会生长,它会结果。再有 10 年,就进入 21 世纪了。尽管我不一定能再写《吴江行》,我的故乡一定会更美好,更可爱。这不是梦想,应当是故乡人的共同信念。信念会带来力量——创造的力量,前进的力量。"

愿我今后还能为家乡亲友多写一些乡土教材。

1991 年 9 月 16 日

对美好社会的思考 [1]

非常感谢这次英迪拉·甘地国际学术讨论会为我提供今天这个机会，能在素来尊敬的学者座前陈述我对"美好社会"的一些思考，并听取各位的赐教。

在 20 世纪行将结束，21 世纪即将来临的时刻，提出"重释美好社会"的课题，让赋有不同文化背景的学者交流见解，是一件对今后人类发展具有重要意义的事情。我能参加这次讨论感到十分荣幸。

我是来自中国的人类学者。由于我的学科训练，我不善于从哲学或伦理学的立场来探讨今后人类应当对"美好社会"做出怎样的理解。我只能从人类历史发展的事实出发，对具有不同文化的人和集团所持有的"美好社会"的意念，就其产生、变化和引起的社会效果，并对今后在全球社会形成过程中这种意念会怎样发生变化试做初步思考。

事实上，自从人类形成群体以来，"美好社会"总是群体生活不可缺少的意念。它是表现为诸如神话、传说、宗教、祖训、哲学和学说等多种多样形式的价值信念。总之，它是人类社会意识中必备的要素。它不仅体现了组成群体的各个人生活上追求的人生导向，而且也是群体用社会力量来维护的人和人相处的规范。它是个人的主观意识和群体社会律令内外结合的统一体。

---

[1] 本文是作者在印度新德里"英迪拉·甘地国际学术讨论会"上的发言。

"美好社会"的内涵是各群体从不同客观条件下取得生存和发展的长期经验中提炼出来，在世世代代实践中逐步形成，因之它属于历史的范畴。所以，不同的群体对"美好社会"可以有不同的内涵，各自肯定群体共同认可和相互督促的理想。"各是其是，各美其美"。它是群体的社会行为准则的基础，是各群体社会生活所赖以维持的价值体系。具有"美好社会"的意念是人类社会的共相，而所认定的"美好社会"的内涵则是各群体不同历史条件所形成的个性。

　　在群体能够在自给自足的封闭状态下生存和发展时，各个不相关联的群体尽可以各是其是，各美其美，各不相干。但是，在人类总体的发展过程中，这种群体相互隔绝的状态已一去不复返了。群体间的接触、交流以至融合已是历史的必然。因此在群体中不仅人和人之间有彼此相处的问题，而且群体和群体之间也有彼此相处的问题。价值观点的共同认可使人和人结合成群体成为可能，而群体之间价值观点的认同使群体相互和谐共处进而合作融合，却是个更为复杂和曲折的过程。价值观念不同的群体之间相互往来中，协作是经常的，而且是历史的系统的，人类只有不断扩大其分工合作的范围才能进步。但是矛盾甚至冲突也是不免的。当任何一方触及对方的生活以至生存的利益而发生冲突时，双方都会利用其价值信念对内作为团结群体的凝聚力量，对外作为指责对方的信念为异端以形成同仇敌忾的对抗力。因而，意识形态上的相异被卷入了群体冲突的场合。这类冲突甚至可以发展到兵戎相见。历史上群体之间以意识形态中价值观念的歧异为借口而发生的战争世不绝书，至今未止。当前世界依然面临这种危险。

　　在这里简单地回顾一下人类的近代史也许是有帮助的。500年前，意大利人哥伦布发现了一个过去没有欧洲人到过的"新大陆"。这个发现不仅是欧洲人新的地理知识，而实际上是欧洲甚至世界进入了一个新的历史时期的标志。以欧洲的文艺复兴、宗教革命带来的现代科技和经济的发展，把整个地球上的各个大陆都紧密地联系了起来；原来分布在五大洲广大地域的无数人类群体却从此不再能相互隔绝，各自为生了。但是它们在这500年里，并没有找到一个和平共处的秩序，使他们能同心协力来为人类形成一个共同认可的美好社会。相反，从海上掠夺，武装侵略，强占资源开始，进而建立殖民统治和划分势力范围，形成了以强制弱，争霸天下，战争不绝的形势，这都是过去500年里的历史上的事实。在这段历史里，人类科技的发展固然一方面加强了人利用自然资源的能力，同时，却也出现了人类可以自我毁灭的武器。以上这短短几句话里所描述的局势，此时此刻正引起广大人士包括在座同人的困扰和忧虑。

我个人在20世纪里生活了有80多年，从出生不久即发生的第一次世界大战起到现在，可以说一直生活在大大小小的战争的阴影下。两次世界大战给人带来了严重的灾难，我们这样年纪的人都记忆犹新。这使我感觉到，全球性的世界大战可能就是这个20世纪在整个人类历史里的独特标志。在它之前，群体间的战争是常有的，但没有过包括整个世界那样大的范围。在这个世纪行将结束的时候，我相信世界上没有人会还不明白，如果20世纪的这个经历继续进入21世纪，再来一次世界规模的战争，已有的人类文明，甚至整个人类，将告结束。但是怎样使人类在21世纪里走上一条能和平生存下去的新路呢？我认为这就是这次为纪念甘地夫人而举行"重释美好社会"讨论会共同关心的主题。

我总是认为各群体间价值观念和意识形态上存在一些差别不应成为群体冲突和战争的根据。如果用比较方法去具体分析人类各群体所向往的美好社会，基本上总是离不开安全和繁荣这两项基本愿望。这两项基本愿望只有通过群体和平协作来实现，没有引起你死我活相对抗的理由。因此我总是倾向于认为历史上群体间所有意识形态之争，不论是宗教战争、民族冲突以至结束不久的"冷战"，实质上都是群体间物质利益的争夺，意识形态的水火不相容原是物质利益争夺的借口和掩饰。

我也承认意识形态的歧异之可以被利用来作为其他实质的矛盾的

借口和掩饰而上升为对抗，也有人类常有的心态作为基础。那就是各个"各美其美"的群体在相互接触中，发生了"唯我独美"的本位中心主义，或称自我优越感，排斥和自己不同的价值标准。中国古书上就记下了早期人类本位中心的信条，即"非我族类，其心必异"，那就是说凡是和自己不属于同一群体的人不能会有一条心的。本位中心主义必然会发展到强制别人美我之美，那就使价值标准的差别形成了群体之间的对抗性矛盾。我们古代的孔子从根本上反对这种本位中心主义，提出了"有教无类"，"己所不欲，勿施于人"，意思是在可以接受教化上，人是不分类别的，凡是自己不愿接受的事，不要强加于人。人的价值观念可以通过教育取得一致，但是不能强加于人。

在这里可以回想起结束还不久的"冷战"时代。过去一般总是把这个时代看成是意识形态对抗的时代。事过境迁，现在是否可以说有识之士已开始明白，冷战的实质还是两霸对势力范围的争夺。不久前没有通过公开的战争，一时西风压倒东风，在旦夕之间结束了冷战。如果冷战的实质是意识形态之争，意识形态绝不是旦夕之间可以改变的，必须经过长期的群众自觉思想转变才能实现。

再看我们中国在解决香港顺利回归祖国的问题上提出"一国两制"的原则。这个原则的实质是从正面来说明以不同意识形态为基础的两种社会制度是可以在统一的政治体制下，一个主权国家之内，并行不悖，而且可以相互合作取长补短，促进共同繁荣的。那就是把意识形态和经济政治予以分别处理，求同而存异。

20世纪最后的10年中所发生的这些新事物值得我们深入地进行理解，其中是否可以得出一种看法，人类大小各种群体是可以各自保持其价值体系而和其他群体建立和平互利的经济和政治关系，只要大家不采取唯我独美的本位中心主义，而容忍不同价值信念的并存不悖。在群体间尚没有通过长期的交流达到自觉的融合之前，可以在求同存异的原则下取得和平共处并逐步发展为进入融合一致的大同世界准备条件。

作为人类学者，入门的第一课就是要设身处地地从各群体成员的立场去理解各群体人们的实际生活。我们要学会"美人之美"，像各群体自己的成员那样欣赏和领悟他们所爱好的价值体系。"美人之美"并不要求"从人之美"，而是容忍不同价值标准的并存不悖，但要求摆脱本位中心主义，而采取了多元并存的观点。应用到经济上，是不要阻障有利于双方的竞争，不采取只图单方面的短期利益的保护主义，而坚持相互开放和机会平等；应用到政治上，首先是不要干涉别的主权国家的内政，不以力服人，而以对话代替对抗，平等协商来处理国与国之间的矛盾。这是在人类的各群体还没有融合成一体，而政治和经济已经密切联系的现阶段，也可能就是即将来临的 21 世纪，我们可以力求做得到的现实态度。"各美其美"和"美人之美"并不矛盾，而是相成的。只要我们能更上一个认识的层次，大家在求同存异的原则上完全可以建立起亲密的共同合作相处。

这些作为群体之间共处的基本守则，是为一个完全繁荣的全球大社会的形成做出必要的准备，也是避免在这大社会形成之前，人类历史进程受到灾难性的挫折，而倒退回到不文明的状态，或甚至使人类让出其主持这个地球发展的地位。

作为一个人类学者，我也坚信人的信念，群体的社会意识形态是不断变化和发展的，我们永远是一个从不够美好追求更为美好的过程中，分散独立的人类群体经过了百万年的历史演化，到目前已可以遥望到一个囊括全人类的协作发展的全球性大社会。这个全球性大社会我们中国古人称为大同世界的共同道德秩序，怎样实现和什么时候实现，在目前还活着的人也许尚难以做出答案。但是又只有在当前人类的努力追求和不懈探索中，这个最后的"美好社会"才会出现在这个地球上。

以上我冒昧地如实表达了我个人的一些看法，请多予指正。

1993 年 7 月 14 日

我从家庭入手认识社会

"家庭是组成社会的细胞"这句话说明了家庭在我们社会中是多么重要，因为细胞健康了，我们整个机体就健康，细胞出了毛病，整个机体就会出现问题。

"家庭"在一般人看来，就是人生出来，长大了，和异性结婚，组成家庭，然后又生孩子，结婚……老了要别人照顾他，最后免不了一死。养生送死，这一套在中国历来主要是在家庭这个社会细胞里进行的。这个过程使我提出了"人为什么要生"这样一个问题，并且引起了我对"家"的兴趣，对家庭的观察，对人类生育制度的研究。

我是学社会学的，可以说我就是从家庭入手来研究社会的。因为它是人类社会里最基本的生活单位。从家庭入手研究社会，不仅有自己的生活体验作为观察的基础，也便于我们从最基层的角度去认识社会。

我对家庭的观察是采用比较的方法，为了比较而观察，在观察中进行比较。从比较中可以看出，不同文化背景的民族、不同国家的人，对家庭的看法，和他们的家庭生活既有不同，又有共同的地方。生活中的一切现象都是相互关联的，所以在观察比较的时候就要把这些客观存在的，又时常变动着的现象搞清楚，从中找出客观的联系和运动，由此得出一个正确、符合事实的结果。

1935 年，我和新婚的妻子王同惠到广西大瑶山调查花蓝瑶人的社会组织，每天要到老百姓家里访问，晚上一齐讨论搜集来的材料。不幸的是在调查中出了事故，我受了重伤，同惠为救援我而牺牲。但是这次调查使我对家庭、对社会形成了一些基本观点。

负伤后我回到家乡的一个小村子休养，这期间我注意观察村子里一些家庭包括些什么人，他们之间是什么关系；家庭成员怎么分工、工作的内容是什么；然后把观察范围扩大到由许多家庭组成的一个整体的社区结构；再联系起这个社区里的农业、手工业、流通、财政金融，最后把看到的这些和土地关系结合起来，从纷繁的事物和现象中间抽取出它们内在的联系。由此我分析了中国的农业问题和农村的各种关系，提出了"被土地束缚住"的社会的特点：那就是"中国农村真正的问题是人民的饥饿问题"；并且指出在地少人多的中国农村，必须大力发展家庭副业和手工业的主张。后来我把这一套想法和主张写成《江村经济》一书。这本书里关于"家"的分析占了相当多的篇幅。

我们都知道，社会是由一个个的人组成的，然而人总是要死的，可是社会却不会因为个人的死亡而消失，它要不断有新生的成员来代替死亡的人，这就是社会的新陈代谢。人之"生"并不只是一个自然现象，还是一个社会现象。这些新生的人一出世，就进入了一个先于他存在的社会里，他从小就要学习怎样做人的一套"规矩"，学会了这一套规矩，才能进入社会。他不仅自己学会了，而且还要把这一套生活的本领教给他的孩子，一代一代地传下去。而生殖、抚育这些任务，在中国过去的社会里主要是由家庭来负担的。

我把社会怎样新陈代谢，以及几千年来中国社会怎样维持世代之间的关系的一套比较完整的看法，写在《生育制度》这本书里了。

在社会学里，"家"是指夫妻以及他们未成年的子女，这样一种三角结构关系。所以作为科学用语，家庭指的是这样一个由夫、妻、子女基本三角所构成的基本单位，即使有各种变化，比如"多夫""多妻""多子"等，但总是从这个基本三角变化出来的。它是组成大社会的基本单位，是人们经营共同生活的社会团体。

不同社会、不同文化的家庭具有不同的形式和特点。比如过去我们有"四世同堂"的说法，认为这样的大家庭是有福的；我们又有父母养育孩子，孩子赡养父母的一套传统。我称这种传统为"反哺模式"。在父母眼里成年的儿女总是孩子，要受父母的管教。而现代西方社会与我们不同，他们的习惯是孩子在成年以前，父母有责任、有权利管教他。但是到了成年这条线，孩子就成了社会的一员，有了自己的法律地位，父母对他的抚育责任也就完了，儿女也无须赡养父母。每一代只管下一代。我称这是"接力模式"。这两种模式各有长处和短处。

改革开放以来，我国经济有了飞速的发展，社会主义市场经济不断完善。同时对外交往日益频繁，中西方文化交流不断加强；世界上科学技术日新月异，特别是像交通、通信、"因特网"等这样的先进技术，把世界连成了一片。世界变小了，人类就像住在一个地球村里。中国社会在这样的一个大变动中必然会引起家庭各方面的变动。这些变动应该引起我们的重视，并很好地加以研究。

近20年来，我有机会经常到农村访问，我注意到，在实行家庭联产承包责任制后，家庭有了生产自主权，农村经济一下子搞活了。为什么家庭作用这么大？我还看到进城打工的大量农民，一旦找不到工作，就回到乡下的家里，我看，这个"家"就如同保障他们基本生活的"保险"一样，家总给人一种安全感。还有，不论在城市还是在乡村，一对夫妻和他们未婚子女构成的小家庭越来越多，已成了数量最大的家庭模式，这种家庭结构的变化也引起了我的兴趣……总之，家庭的变化是丰富多彩的，我们研究它的变化，就得从实际出发，既要看到实际情形的改变，义要看到是什么力量促使它发生变化。

由于种种条件的限制，我已不可能再有机会亲身参加我60多年前就关注的家庭问题广泛的实地调查了。但是我高兴地看到，这个问题已经引起了越来越多的人们的重视。日前，我在报上看到有关第九届

"北京·东京城市问题学术研讨会"开幕的消息，会上中日两国专家，就本国的青年、家庭、婚恋、子女教育、夫妻关系等问题发表了各自研究的成果。专家们认为，进入现代化以后，两国青年对上述问题的观念，都有较大的变化；同时，都面临着外来文化的冲击，出现了值得关注，甚至是一些消极的问题。

我希望今后有更多的人关注"家庭"问题，培育出健康的"社会细胞"，使我们的"机体"更加结实、完美。

1998 年 6 月

中国文化与新世纪的社会学人类学

——费孝通、李亦园对话录

费：今年春天全国人大换届的时候，我从原来的工作岗位上退了下来，但是退而未休。你也到了退休的时候了。我们有这点共同的地方。我想我们找这个机会见见面，谈谈我们今后的打算。我的生命大概还有几年。我们是老朋友了，我也想听听你的意见，看我们今后做点什么事情好。

前些天在北大研讨班上的讲课插话里，我讲到了自己最近几年的一个感觉。85岁以前，我天天在那里忙着做事，不觉得自己老，有点"不知老之将至"，这是确实的情形。过了85岁，感觉到自己有点老了。做事情吃力了，力不从心了。要做的事情做不成了，要走的路走不动了，想写文章力量不够了，写一阵就要休息了。感觉到自己衰老之后，对生物性的个人同社会性的和文化性的个人之间的不同，看得比过去清楚了。生物性的个人是会死的，这是自然规律，是天命，在这个问题上只能听天由命。

我们在社会上生活的过程中，同别人打交道时真正接触和发生作用，实际上不是个人的因素，而是社会性的因素，文化性的因素。这些因素是超越了人的生物性的个体存在的。人可以死，可是人所处的这个人文世界却是长存的。人文世界的延续过程不但比我们个人的寿命要长，而且它的意义也更大。一个人从进入这个世界到离开这个世界，最长不过百年。在这段时间里边，我们从前人那里继承过来已经创造的文化成果，在这个基础上又做了一些事，为人文世界增添了一点东西。这点东西会留在这个世界上，不管好事还是坏事，抹不掉，也改不了。作为当事人，在老而未死的时候，回过头来想一想，自己在世界上留下了点什么。这是一种老来的心态，很有意思。年轻人不大想这个问题，还想不到这个问题。我今年已经88岁了，算高寿的人了，想到这个问题了。今天你来，我想对你说说我心里的打算，同时也想听听老朋友的意见，希望我再做点什么事。这会影响到我今后几年的生活。这两年我出去走走，感觉身体还可以。医生做检查，也说没有什么大毛病。在生命的最后这段时间里，我想做点人家希望我做的事情，也是我自己愿意做的事情。所以我想趁我们聚谈的机会，交换一下看法。

李：我很高兴有今天这样一个机会。您说是聚谈，这是您对我的客气，我应该说是请教。我是从今年7月份开始退休，也想学着费先生做人做事的办法，退而不休。虽然离开了正式的职位，但是学术研究工作还要继续下去。清华大学（新竹）要给我一个荣誉讲座的工作，每年还有一笔经费，可以做研究用。我在中央研究院（台北）还有一个最近确定下来的研究主题，跟养气有关。题目叫《文化·气·传统医疗》。中国文化和西方文化在认识客观世界上的一个最本源的区别，是用身体与心灵的内在体验的方法来了解世界。这个课题需要进行好几年，希望能通过研究来解释这样一种中国认知和传统的根源是怎么样的。我就要开始下一段的研究工作的时候，能有机会向费先生请教，我感到很难得。

费先生很客气，在计划今后几年做事情的时候，想听到我的意见。我首先想说的是，您在此前所做的事情，比别人多得多。虽然现在年纪老了，但是您正在思考的问题，正在发展的思想，对整个学术界还是具有很重要的意义。我昨天晚上还想，您对于人类学、社会学的贡献，既有理论上的一面，又有实际上和实用上的一面。这是一般的学者很不容易做到的。您有一个"志在富民"的愿望，把学术研究作为实现这个愿望的工具，开辟了很多具体的研究题目，使田野调查既产生了理论的学术成果，也收到了具体的富民效果。一般做研究的人，大半不难想出一个很理论的东西，但是未必实际可用。我在最近的一篇论文里边就辩论了这一点。我认为一个好的学者不一定纯粹是理论的，在应用上面做出实际的贡献，也许更重要一点。所以我觉得您的"志在富民"的学术实践非常重要。您从对乡村的研究到小城镇，到对整个大的区域的格局和战略性的研究，不仅具有促进国家生产力发展的实际意义，而且在人类学、社会学领域具有重要的方法论上的开拓意义。过去人类学家研究的多是一个很小的村落，不大容易跳得出来。而您实现了从村落到小城镇又到大区域的跨越，这是人类学本土化的一个非常重要的成果。"志在富民"这四个字，我听着是响当当的。一个读书人读到了"志在富民"这样的境界，而且真的做出了实际的贡献，确实难得。

我昨天读到了您赠送的新书的序言。您在讲《从小培养二十一世纪的人》这个题目时所表达的思想，又是非常之重要。对整个人类的发展前途做出分析，提出设想，主张不但"各美其美"，而且要"美人之美"，在人类为进入 21 世纪而做的各项准备当中，这一点也许是最为重要的。世界已经形成了一个地球村，容忍多样性应该是大家在互相交往当中的一条基本的共识。亨廷顿写《文明冲突与世界秩序的重建》，就是认定西方文明和东方文明、回教文明一定会有冲突，怎么避免这种冲突是重要的。对这个问题，人类学家的主张似乎要更积极一些，不仅是避免冲突，也不仅是容忍别人，而且还进一步到欣赏别人。您提出的主张，是人类学家面对世界问题而做出的积极性、建设性姿态的一个证明。

我想，在我上面说到的两个方面，一个是在实践的方面，怎么使中国的经济和社会更进一步地发展，成为一个强盛的国家；一个是在理论的方面，怎么使整个人类和平共处、相互合作、走向天下大同的发展前景，这是我在您的著述当中体会到的两个最重要的主题。您为这两个主题已经花费了大量的心血，写出了很多重要的篇章。但是从更久长的历史来看，也可以说是刚刚破题。您离百岁还有十多年，还有机会也有力量进一步思考。这十多年里，在这样两个主题下面的社会发展还会提出新的问题，推动您进一步思考。您的文笔实在是漂亮，思考得又深入，可以不断地加一点，再加一点，把更加厚重的东西留给后人。我有一个书柜，专门放您的书，台湾出版的也都完整。前些天我又翻了翻，总的感觉以上面说的两个方面最为突出。我希望看到您在这两个方面的思考有更进一步发展。

费：我昨天送给你的这本书，书名叫《从实求知录》，"从实求知"这四个字表示了我的科学态度。一切从实际出发。"实"就是实际生活，就是人民发展生产、提高生活的实践。从"实"当中求到了"知"之后，应当再回到人民当中去。从哪里得到的营养，应当让营养再回去发挥作用。中国人讲"知恩图报"，我图的"报"就是志在富民。我写过一篇文章，讲"人生的天平"，这是吴泽霖先生提出来的。我们从社会所得到的投入，和我们为社会所做的事情，是天平的两端。拿我来说，从小受到比较好的教育，并不容易。我父亲只是一个普通的公务人员，全家靠他一个人的工资生活。我的母亲很节俭，目的就是要让孩子都受到教育。母亲去世后，姐姐供养我念书。清华毕业后，出国留学用的是庚子赔款，是人民的血汗。这些都是社会花在我身上的投资。社会对我有这么多的投入，我自己产出多少，这个问题不能不想。我觉得自己的产出远远不够，这不是虚话，是实情。

我最近准备写跟 Park 学社会学的文章。我在大学时期学他的社会学，可是没有学通，现在感到需要重新看。我把自己上大学时候读过的教材找出来重读，包括 Park 的书，有些地方还是看不大懂，还要细细地想。这也是从实求知。有了几十年的学术工作实践，再回到提供早期学术训练的基本课程里边，进一步体会实践知识怎样接通书本知识，书本知识怎样推动受教育者更自觉地进入学术实践。

说到教育问题，我们这一代算是好的了，下一代人的条件比我们要差，主要是基础教育差。讲起来很有趣，我父亲是最后一代的秀才，科举制度在他那一代取消了。改变办法以后，在考取的秀才中挑出比较好的，送出去留学。我父亲被送到了日本，学教育。他留学回来就搞新学，办了一个中学。后来他到了南通，张謇请他去那里教书。我名字里这个"通"字就是这么来的。我母亲创办了县里第一个蒙养院，我从小就是在这个蒙养院里边长大的，所以我没有进过私塾，没有受过四书五经的教育。连《三字经》《百家姓》也没有念过。"人之初，性本善"，这话很有哲理，可是我从小没有念过。我念的是"人手足刀尺"，是商务印书馆出的小学课本，是新学的东西。我父亲是处在文化变迁时期的一个人物，他主张新学，不要旧的一套，在儿女身上不进行旧式的教育。所以我缺了从小接受国学教育这一段。最近我在看顾颉刚、傅斯年、钱穆这样一些人的传记，他们都是从私塾里边出来的，是我的上一代人。我和上一代人的差距的一个方面，就是国学的根子在我这里不深。

李：我这一代就更没有了，完全是新学了。

费：因为缺少国学的知识，我也吃了很大的亏，讲中国文化的时候，我不容易体会到深处的真正的东西。看陈寅恪写的书，我想到了两个字：归属。文化人要找的安身立命的地方，就是在找归属。我从小没有进到旧的文化教育里边去，所以我的归属是在新学教育的基础上形成的。陈寅恪的归属是过去的时代，他写《柳如是别传》写得真好，他能同明清之际的知识分子心心相通。我同上一代人比，在中国文化的底子上差得很多，这是真的。可是这又不是我一个人的事情，是历史的变化造成的，是不能不如此的。但是也要看到一代人有一代人面对的问题，一代人有一代人的长处。我这一代人的长处是比较多地接触了西方的东西。

李：您是先有了一个西方的架构，再倒过来看自己，思考问题。

费：Arkush 为我写了一本传记，用一个西方学者的眼光来看我，缺了一段，就是我的中国文化的底子。可是我的中国文化底子既不是顾颉刚那样的，也不是钱穆那样的……

李：他们是纯粹从大传统里边、从经典里边得到的传统文化，您是从一般人的实际生活里边得到的中国文化。这不一样。他们也许没有对实际生活的系统观察和体验，您是经常性地接触实际生活，面对生动的现实进行思考，提出问题，发表意见，这一点是他们所没有的。

费：我是自觉地把自己放到农民里边去的。可是实际讲起来，还不是真正的农民的心理。

我的本质还不是农民，而是大文化里边的知识分子，是士绅阶级。社会属性是士绅阶级，文化属性是新学熏陶出来的知识分子。最初我是从教会学校东吴大学出来的，有西方文化的基础。后来到了英国留学，就更进一步接触了西方的文化。回国之后，我自己有意识地投入到中国农民和少数民族里边去。我对旧的大文化的了解不深，对新的农民小文化的了解也不深。在这样一种底子上进行学术研究，我觉得自己的知识很不够。这样一种分析很有意思，代表了我一生的经历。这不是我自己造出来的经历，而是历史决定的。我这样一个人，生在这样一个家庭，这样一个时代，经历这样一番变化，回头看看，的确很有意思。

李：像陈寅恪、顾颉刚他们那样一种学术研究，没有办法提出一套可以供全世界的学者了解的人们如何相处的理论。您一开始就提出的"差序格局"的想法，是从旧学出来的学者很难提出来的。您提出的理论，是一个有了一番国外经历和西学训练的中国学者提出的对自己民族的看法和理论。这个理论架构是有长久生命力的，直到现在，研究生们还经常引用这个理论。我在想，在您这样一类理论观点的基础上，能不能再追进去一层，看看在中国人的生活经验当中，在中国的文化秩序当中，哪一些可以提供给将来在 21 世纪生活的人们，有益于他们懂得容忍别人，谅解别人，欣赏别人，形成一些大家愿意共同遵守的基本原则，超越东西方的界限。如果中国文化里边确有这样的值得挖掘出来的东西，也只有您这样的长期思考、深入思考，并能提出全局性主张的人，才能把它挖出来。

费：实际地讲，这确实是我一直在考虑的一个问题。社会上的文章里边经常讲"有中国特色的社会主义"，马克思主义到了中国变成了毛泽东思想，现在又变成了邓小平理论，这也是中国化，同德国的马克思，已经有了很大的差距。这说明有一个中国文化里边的东西，也可以说是中国特点，在那里影响外边进来的东西。这个现象值得我们好好研究。总是在那里讲"中国特色的社会主义"，特色是什么？特色在哪里产生出来？现在还没有人能把它讲得很清楚，原因就是并没有好好研究。西方的学者，像 Durkheim 那样的，他就可以把西方资本主义的特点讲出来，像 Weber 那样的，他就可以把资本主义精神的特点和文化背景讲出来。在我们这里，马克思主义进来后变成毛泽东思想，毛泽东思想后来又发展成了邓小平理论，这背后有中国文化的特点在起作用。可是这些文化特点是什么，怎么在起作用，我们却说不清楚。我觉得，研究文化的人应该注意这个问题，应该答复这个问题。

李：您提出一个命题，做出一个暗示，可能会引导后人跟上来，接着往前走。关于这个问题，最近几年，您有时候也谈到过一点想法，以后还可以继续思考，把思考结果提供给大家。年轻人没有您这样的身世，没有您这样的经验，一时还不具备您的思考深度，所以既需要您点题，也需要您破题，需要您把想到的写下来。虽然不一定很成熟，但是可以暗示他、刺激他思考问题，也许就能上路，逐渐地发展起来。我看您最近写的文章，都还是很有意义。忽然就提出一个人家想不到的事情，忽然就提出一个人家想不到的问题，启发了人家的兴趣和思考。一个人的生物性生命是有限度的，他的文化思想的生命却是可以长久地延续下去的。您的学生，或者是别人，看了您的文章，再把其中的思想发挥下去，文化的生命就这样延续下去了。我们常讲的 Durkheim，他的思想经过 Strauss 等人的发展，学术的生命就延续了一个多世纪。

费：看到历史发展的继承性，前有古人，后有来者，这大概就是中国文化思想的一个特点。我有一次和胡耀邦在一起谈话，他表现出一种重视家庭的思想，把家庭看成是社会的细胞，他的这个思想是从实际里边出来的。我是赞同注重家庭的重要作用的，这个细胞有很强的生命力。我们的农业生产在人民公社之后回到了家庭，包产到户，实行家庭联产承包责任制，生产力一下子就解放出来了。我从这个事情上再推想一步，我们的农村工业化，恐怕也离不开家庭力量的支持。最近我又到浙江、福建、山东等地的农村里去跑了一圈，亲眼看到了真正有活力的就是家庭工业。家庭工业规模很小，一家人在一起搞，心很齐，肯出力，不浪费，效率很高。当然它的技术水平还不高，但是劲头很足。一回到家庭，怎么干都行，甚至能发挥出超常的力量。如果整个国家能把这个力量发挥出来，那我们就不得了。

胡耀邦讲过家庭的重要性之后，我就在想这个问题，我的《生育制度》的话题还没有讲完，中国社会的活力在什么地方，中国文化的活力我想在世代之间。一个人不觉得自己多么重要，要紧的是光宗耀祖，是传宗接代，养育出色的孩子。把这样的社会事实充分地调查清楚，研究透彻，并且用现在的话讲出来，这是我们的责任。要让陈寅恪、顾颉刚这一代人做这样的事情，恐怕不行。我们这一代人的长处是接触了这个现代化的世界，我们的语言可以 communicate with the world（联通世界），可以拿出去交流，人家可以懂得。我叫它 Cross-Cultural Communication（跨文化交际），我们这一代接受新学教育的人才能做到这一点。这是我们的长处。上一代人的长处是对传统文化钻得深。为了答复中国文化特点是什么的问题，上下两代人要合作，因为要懂得中国文化的特点，必须回到历史里边去。我们这一代人中还要有人花工夫，把上一代人的东西继承下来。不能放弃前面这一代人的成就。这条线还要把它理清楚，加以发挥、充实。陈寅恪、顾颉刚的成就是清朝的考据之学，它是有根的。我们要保住根根。这也是中国思想的一个特点。傅斯年多少接下来了一点，胡适已经近于我这一代了。我们要接下上一代的好东西，发扬下一代的新精神。在这个文化的传承过程当中，自己要找到自己的位置，明确在这条线上我处在哪个地方，该做点什么事，做到什么程度。我在想这些问题，想得很有趣，可是能讲这个话的人已经不多了。我们下面这一代人，像我的女儿，她就不大能懂我的意思了。不能怪他们，教育破坏得太厉害了，接不上啊。看来继承性应该是中国文化的一个特点，世界上还没有像中国文化继承性这么强的。继承性背后有个东西，使它能够继承下来，这个东西也许就是 kinship（亲属关系），亲亲而仁民。我一时还讲不清楚，但是在慢慢想这个问题，希望能想清楚，把想法丰富起来，表达出来，讲明白，使人家能容易懂得。表达可以有各种办法，我喜欢写散文，最近写了一些散文，在《读书》杂志上发表，文章有长有短。长文章写我思考时间比较久的话题，短文章容易表达临时来的一些灵感。

李：您为这次学术演讲做准备的这一篇学习马老师文化动态论的体会，也很重要。您讲到，马老师看到了非洲殖民地上的本土文化面临着解体和消失的困境。现在我们倒过来看中国，我们虽然没有被殖民，但是受到的压力是很大的。可见非西方文化与西方强势文化接触之后所处的情况大都是一样的。不过，我觉得目前的情势应该是有转变了，虽然 Samuel Huntington[1] 还在讲他的文化冲突论，但是如您前面所说的，现在应该是讲究 Cross-Cultural Communication 的时代了。21 世纪即将来临之时，人类的各种族各文化应该讲究互相容忍、互相沟通了解，以至于互相欣赏的时候了，也就是您前面所说的"美人之美"的意思。您所说的"美人之美"的确是道出人类学家对人类文化存在的真谛，在当代的人类社会里，最重要的目标就是容纳多元文化的共存，要容纳多元文化的共存，就是要"美人之美"，也就是要能欣赏别人。以至相互欣赏，人类的世界才能永续发展。

从人类学全貌性（holistic）的观点而论，文化多元的理念并非一种口号而已，这是人类学家从人类的生物性推衍而来的理论。生物在演化过程中大致都要保持其基因特性的多元化，避免走入"特化"（specialization）的道路，以免环境变化而不能适应。很多古代的生物种属，都是因为"过分适应"而走上体质特化的死胡同，最终走上绝灭的道路。人类是生物的一种，不但其生物性的身体要保持多元适应的状态，即使人类所创造出来的文化，也是受生物演化规律严格的约束，必须尽量保持多样性的情况，以备有一日环境巨大变化时的重新适应之需。西方文化的发展已有"特化"的趋势，今天面临的能源危机、核子扩散危机等都是其征兆，因此保持其他族群的生活方式与文化特性，就如保护濒临绝灭的稀有种属一样，是为了人类全体文化的永续存在而保存，这也就是提倡容忍别人、了解别人、欣赏别人的多元文化理论的真实意义，也就是费老您所说"美人之美"的根本原意了。

费：现在我正在想这套问题。

李：您在这次系列演讲中提出的那一篇文章，虽然讲的是别人，但是暗示的是我们自己。这一点，我想我是看出来了。暗示的意思，

---

[1] 塞缪尔·亨廷顿（1927～2008），美国国际政治理论家。

是要考虑我们自己应该怎么样再往前走。在 21 世纪快要来临的时候，中国文化应该发展的道路可以是怎么样的，这是个大问题。这一点不一定现在就展开全面的讨论，但是不妨有机会就讲一点，平时也不放松思考，多想一想。

费：你刚才讲的话让我想到一个新的话题。我最近在想"一国两制"这个事情。"一国两制"不光具有政治上的意义，它本身是一个不同的东西能不能相容相处的问题，所以它还有文化上的意义。这个试验很重要的，很有意义，在人类整个历史里边，是一个很重要的创新。人家认为，资本主义和社会主义是对立面，可是到中国来，它们可以并存，"一国两制"。邓小平想到这一点，不一定是从理论上边想，他是从实际生活里边感觉可以这样做，后来实践也证明可以这样做。这就伟大了。我不是把他看成一个神仙，能够预先知道后来的结果。我是看到了文化在里边发生作用，中国文化骨子里边有这个东西。在他身上，在一个特定的时候，这个东西发生了作用，他来了灵感，可以"一国两制"啊，为什么一定要斗来斗去呢？这样想了，这样做了，结果是好的。把对立面合了起来，和平共处，而且作为一个历史事实摆出来，让大家看，可以这样做，这样对大家有利。我们应当这样去理解这个事情，看到在世界文化的发展过程中，不同的制度有和平共处的可能性，可以出现对立面的统一，再进一步去看它的来源，有一个中国文化的本质在里边，它可以把不同的东西合在一起。没有这样一个本质，那就不会有今天的中华民族和中国文化，也不会出来"一国两制"。

当然我们现在对中国文化这个本质还不能从理论上说得很清楚，但是它确实是从中国人历来讲究的"正心、诚意、修身、齐家、治国、平天下"里边出来的。这里边一层一层都是几千年积聚下来的东西，用现在的语言不一定能很准确地表达它，可是用到现实的事情当中去，它还会发生作用，这一点很了不起。这一点可以通过"一国两制"的实现得到证明，我们中国文化里边有许多我们特有的东西，可以解决很多现实问题，可以解决很难的难题。现在的问题是我们怎样把这些特点表达出来，让大家懂得，变成一个普遍的信息，从中找到一个西方文化能接受的概念。这个工作很不容易做，但是不能不做。我相信中国人有他的本领，这个本领是从文化里边积聚出来的。你讲大文化小文化讲得很好，大文化是在吸收小文化的过程中出来的，小文化就是实践啊，就是几千年里边从中国这块土地上出来的东西啊。实践的经验不断提高，形成原则性的东西，这样大文化就出来了。大小文化的关系，我们还可以进一步发挥一下。在讨论大小文化的关系当中，找到中国文化的特点。

李：在 21 世纪的人类生活当中，您认为中国文化应该怎样扮演更积极的角色？

费：现在是一个很重要的时刻。去年我去香港参加政权交接仪式的时候，感受很深。我在现场不是看热闹，而是在想"一国两制"这个问题。我希望大家想这个问题时能提高一点来看，沉下去想一想，再提高到理论上分析，就可以有一个新的看法。这的确是一个创造，也是中国文化对当今世界的一个贡献，会影响到今后东西文化并处共存的问题。我们可以容忍不同，如果大家都可以容忍不同，多元一体的局面就有条件了。多元一体是中国式的思想的表现，包含了各美其美和美人之美。要能够从人家和你不同的东西中发现出美的地方，才能真心地美人之美，形成一种发自内心的、感情深处的认知和欣赏，而不是为了一个短期的目的，为了经济利益。

李：您的这些想法可以一段一段地整理出来，慢慢地加以深化，好好地发挥。您提到中国文化中的多元一体思想，也是很值得再发挥的部分。近代文化人类学理论流派中有所谓"族群理论"者，他们主张族群（ethnic group）的认定不应用客观的文化特质为标准，而应以主观的文化认同为依据，换而言之，族群理论的提倡者认为客观的文化特质如语言、风俗习惯、文物制度，甚至身体特征都是易于变换的，不足以作为族群认定的标准，只有自我认同的意识才是族群存在的真正准则。这种理论实际上最早提出的是费先生您的老友Edmund Leach[1] 教授，他认为他调查的北缅甸克钦人在客观的种族文化上与邻近的掸族人实无太大差距，只是克钦人主观地自认为是另一个族群，所以克钦就成为是一个有别于掸族的族群了。这一种主观认同的族群理论自 1969 年 Fredrick Barth[2] 编的 *Ethnic Groups and Boundaries*（《族群与边界》）一书出版以后，就在人类学界大为流行，成为一种新的典范理论。这一新理论确很有其可取之处，但也有其弱点，同时也常被有意无意地误用或延伸解释，例如很多人类学家和民族史家就对我们"中华民族"，甚至"汉族"的存在，以族群理论提出很多质疑。

我自己对族群理论也能欣赏，但也有一些批评与疑问。首先我认为所谓客观文化特质，不应该只限定于那些可以看得见的特质，如语言、服饰、风俗习惯以至于体质特征等，我觉得把"文化"限定在这些"可观察"的特质是误解了"文化"，"文化"应该也包括很多看不见、"不可观察"的思维部分，或者就是人类学家所说的"文化的文法"那一部分，例如一个民族的价值观、宇宙观、人观，甚至于逻辑架构等。这些抽象不可观察的文化特质经常是较难变化的，却也是一个民族的文化核心，实在是不可忽略的。自然有人要说既是抽象思维的部分，应该是属于主观的范畴了。但是那些内在思维的深层文化结构难道不是文化研究者客观分析，并且认定是一个民族文化特性的部分吗？从这样的立场去看，所谓"客观"与"主观"的界限岂不是已经很难于再分辨了。

---

[1] 埃德蒙·利奇（1910～1989），英国结构学派人类文化学家。

[2] 弗里德里克·巴斯，挪威人类学家。

在这里我要特别提出的是有关中国民族的内在文化特性的问题。我认为自古以来中国文化中一直有容纳、吸收不同文化成分于其中的主体观念存在，也许就是费先生您所说的多元一体的想法，这不是中国文化中可观察到的特性，却是理解中国文化深层结构的人类学家、民族史家所共同体会得到的。这种容纳、吸收的多元一体基本思维体系，也许是几千年来不断综合环境调适与资源互补所形成的所谓"和谐均衡"宇宙观的长久作用所致。换而言之，在中原区域中居住的中国民族文化基调中一直是一种容纳、吸收居住于边缘民族的"主旋律"在发生作用，因此几千年来，整个中国境内许许多多不同的族群都是笼罩在这一"融于一体"的主旋律之中而做旋转，每一历史阶段、每一历史过程的剖面，都有可看做是接受这一主旋律的一个阶段或过程，在每一阶段中我们都可观察到周边民族一方面接受了"融于一体"的基本观念，但又在做某一程序推拒徘徊的状态，这种情形显然与缺乏"融于一体"主旋律的西欧民族国家不一样，他们的文化思维中只存在如何分辨"你群"与"我群"之别，而忽略掉别的文化中却是一直在思考如何成为一群的"另类"想法。因此用这种不知有"另类"想法的族群理论来看中国民族文化的过程与现象，就觉得是格格不入，而认为有背常规的行为，这是强调发现文化偏见的文化人类学家所不该犯的过错。换而言之，族群理论的主观认同模式，假如只用欧洲人的观点去解释，仍会犯了以偏概全的毛病，假如能无偏见地体会中国民族文化的特性，其解释能力就将有更大的空间了。

总之，我觉得费先生您所说的"多元一体"的民族观，并且如前面所说的依此而伸展出来中国文化的"和谐均衡观"，应该是一个值得再加发挥、再加深入探讨的重要题目，可以使中国民族文化在 21 世纪的人类共同生活中成为很有贡献的一个重要成分。

费： 看来世界必然会出现一个互相依赖的格局。首先是经济方面的互相依赖，这次亚洲的金融风暴表现得很清楚。风暴一起，谁都逃不掉，"看不见的手"把大家弄到了一起。所谓"看不见的手"，我体会就是经济、文化、社会的综合力量。虽然看不见，可是它的确存在，存在于文化的基本原则里边。

李：在这次的东亚经济危机当中，中国就扮演了一个从来未有过的特定的重要角色。人民币不贬值，成了一个稳定东亚经济的强大力量。这样一个角色，中国自从进入 20 世纪以来还从来没有过。过去，是日本在东亚经济中占据一个稳定全局的地位，但是在这次危机当中，它成了一个变数，中国成了一个稳定全局的角色。在这样一个转换当中，是哪些因素使中国的重要性在一夜之间凸现了出来，值得大家深思。其中会有经济的因素，有财政的因素，等等，但是在这些因素之外，还会有文化的因素……

费：能想到人家，不光是想自己，这是中国在人际关系当中一条很主要的东西。老吾老以及人之老，幼吾幼以及人之幼，设身处地，推己及人，我的差序格局出来了。这不是虚的东西，是切切实实发生在中国老百姓的日常生活里边的，是从中国文化里边出来的。"文化大革命"对这一套的破坏太厉害，把这些东西否定了。我看不能否定，实际上也否定不了，这些好的传统还是会有人接下来，还会在现实生活里边起作用。我们这些研究文化的人类学家，应该把这一套讲出来，讲明白，让人家懂得。中国文化天天在现实生活里边发生作用，实际得很，我们要从实求知，从实际生活里边学，再把学到的东西讲出来，这是我们知识分子的责任，尤其是研究文化问题的知识分子。司马迁有两句话，叫"究天人之际，通古今之变"，搞研究的道理就在里边。就是要从实际当中"究"出来学问，再把它"通"到实际当中去。面对金融危机，可以这样做，也可以不这样做。人家贬值，我也可以贬值嘛。为什么中国人选择不贬值呢？有对人的关怀在里边。中国人之所以这么做，因为他是中国人，他有一个文化的根子在发生作用。

最近几天我看世界杯足球赛，给我一个很大的启发。人同人即使是在竞争激烈得不得了的情况下，也是可以和平相处的。不同的球队放到同一个球场上争胜负，冲突和竞争一直在发生。可是大家有一个共同的 law（规则），有公认的体育精神，就可以在竞争中友好相处。我写汤佩松的文章时，在《清华人的一代风骚》里边就讲到体育精神，sportsmanship（体育精神）和 teamwork（团队合作）的精神，可能是社会生活里边所需要的一种普遍的精神。说到底，我们还是要相信，中国也好，外国也好，这么多人在这么长的历史中走过来，必然会有好的东西积聚起来。现在人类世界希望有一个天下大同的前景，需要我们这样一些研究文化的人出点力量，把各个文化中积聚起来的有利于人类和平共处的东西提炼出来，我们中国的人类学家有责任先把中国文化里边的推己及人这一套提炼出来，表达出来，联系当前的实际，讲清楚。现在做这个事情的人还不多，至少可以说还没有形成风气。我们的社会科学、人文科学要造成一种好风气，承认我们中国文化里边有好东西，当然也不是一切都好，这就需要提炼，把好的提炼出来，应用到现在的实际当中去。在和西方世界保持接触、积极交流的过程中，把我们的好东西变成世界性的好东西。首先是本土化，然后是全球化，communicate to the world。能够做这个事情的学者队伍现在还没有形成，还要培养。从现在起的几十年里边，培养这样一批人是一件很重要的事情，也很不容易。我们在北大开高级研讨班，就是努力在做这个事情。

我们曾经有过一段反面的历史，要把传统的东西统统打倒，"文化大革命"达到了顶点，连我们自己都怀疑，中国文化这套东西是不是好的。现在，这一段历史过去了。去年是个转折点，香港回归，"一国两制"，全世界都看到了中国的地位。中国人又有了自信心。我们要发挥自信心，先要沉下去想问题，想明白我们今天在国际上的地位是怎么来的，接着努力下去，我们要警惕自我中心主义。现在又出现了东方中心主义，觉得中国多么了不起，好像关起门来也可以成大事了。

说到这里，我想起了自己感到忧虑的一个问题，就是潘光旦先生常讲的民族整体的素质，从知识分子这个群体来看，是比不上上一代了。从抗日战争开始到改革开放之前，动荡得太厉害，破坏得太厉害，一直没有停，年轻的一代没有条件向做学问的方向走。没有良好的教育，怎么可能出来高素质呢？所以现在我觉得首先需要安定，大家有时间喘口气。国家有心情办教育，学生有心情学知识，把今后的世界所需要的人培养出来。这些人有比较高的文化素质，不忘人类发展的大目标，懂得不同的文化怎么相处，而且善于把中国文化中的好东西发扬出来，补充到世界现代化的过程里边去。

李：您讲到这里，我们是不是可以把话题回到刚才谈起来的"志在富民"上面去。您最近对于区域发展问题的调查和研究，有没有新的题目和心得可以谈一下？

费：我今年已经开始做起来的一个题目，是想利用京九铁路穿成一根"糖葫芦"。意思是利用铁路干线的交通条件，促进一连串中等城市的兴起，通过这些中等城市对周边农村地区的辐射和带动，形成一个位于东部沿海地区和中部地区之间的经济发展速度明显提高的区域。能够说明这个想法的一个例子，是现在已经比较发达的沪宁铁路。南京到上海之间就有苏州、无锡、常州、镇江等等一串中等城市。我希望在京九铁路上也促进各地加快发展起一串中等城市来，所以把这个题目说成是"穿糖葫芦"。但是不应吹大话，而应具体去做。

我沿着京九铁路一站一站去看，有没有切实的基础，有没有条件，已经有什么条件，还缺什么条件。这条线上的有些地方我曾经去过，这一次再连起来全部走一遍。傅斯年的家乡聊城我也走到了，实地一看，很不错，有一定的实力。那里造的双力牌农用汽车，适合农村的需要，很实惠。乡镇企业的产品，不仅在国内畅销，而且销到了南美和非洲。这个事情很有意思，是世界已经开始进入洲际经济时代的一个例子。

我前不久在《读书》杂志发表文章，提出了"洲际经济"的题目和自己的一点想法。聊城的农用汽车又给我新的启发。开拓洲际经济是我们的方向，我们的对外贸易不一定都要集中在美国、日本这样的地方，可以向南美、非洲这样的发展中国家和地区开拓市场。我们的劳动力便宜，吃苦耐劳，这是我们的长处、优势，把这个优势发挥出来，学习新技术，抓住适用技术，生产出适合发展中国家需要的产品。这是个很大的市场。如果中国中部地区有更多的企业能进入这个市场，增加农民收入的问题就解决了，中部地区就起来了。农民手里有了钱，国内市场也出来了。这是一箭双雕的做法，我们在开拓了国际市场的同时，自己也富了起来，国内市场也有了。

　　我经常说，市场就在农民的口袋里边。农民有了钱，要买电视机，买洗衣机，这个市场大得不得了。就是要多搞这样的东西，适合农民需要的，农民买得起的，能使农民进入现代化生活的产品。这是我在许多地方都看到过的例子。过去北方农民都睡在炕上边，冬天冷的时候，就在炕下边烧点柴火取暖。现在住楼房了，堆柴烧柴不方便了，取暖也想更干净、更方便，所以要用暖气片了。暖气片不难造，又有那么多农民需要，所以成了一些乡镇企业发家的一大门路。

　　最近一次我到农村去，看到农民在这方面又提高了一步。他们在想办法利用过去废弃掉的庄稼秸秆，制造类似于煤气的生物气。一个村子只需要几十万元的一套设备，就可以提供全村人烧饭、烧暖气所需要的能源。农民自己在那里找现代化生活的出路，我看到这些一样一样的发展和提高当然高兴，就鼓励他们，并且把他们的做法值得推广的道理讲给他们听，他们也很高兴。我现在正在做这个事情，沿着京九铁路走了一半了，还要接着走完。我一路把看到的情况记录下来，准备到最后向领导提出一份建议，关于促进京九铁路沿线地区发展的设想和实际操作的办法。我一路走，经过的地方的农民和基层干部都很欢迎我，县长、市长也很欢迎我。我为他们致富出主意出得对，可以帮助他们改善生活，自己心里也很舒服。我确实感受到，中国农民的确有本领，吃得起苦，有办法，干起来没有人挡得住。只要相信农民，放手让他们去发展生产，就可以维持一个比较好的局面。如果能这样稳定下去，我们就会有几十年的时间，把中国文化好好研究研究，从理论上边提高一下。这个路子大概可以这么走。当然我的力量是不够了，你现在可以独当一面，可以更多地发挥作用。台湾这一面，我们的力量达不到，你可以把这里的信息带回去，鼓励他们想大问题，不要只看到一个小天地。站得高一点，一个大天地在那里等着我们，大家将大有作为，这个前景真是太美了。我们现在有条件，真正把祖宗的梦想实现出来，天下大同。

Malinowski[1] 在《文化动态论》里边讲的一段话，可以使我们得到一个很好的启发。在殖民主义的情况下进行的文化接触，里边是霸权主义的做法，结果是破坏文化。霸权搞不得，不能再走这条路。文化接触要得到一个积极性的结果，必须要在平等的基础上进行。平等相处，相互理解，取长补短，最后走向相互融合。用我们的说法讲，就是天下大同。我们还是要将心比心，推己及人，老吾老以及人之老，幼吾幼以及人之幼。这样想问题，就是希望不要出现太大的曲折，不要因为使用核武器解决冲突而使人类文明再来一次。这两天中美两国首脑会谈，从积极的方面看，是建设性的。两个大国能和平一个时期，就不得了。我们还是从和平共处上想办法，不光是共存，而且要共同繁荣，把人类的发展水平提高一步。

李： 我很高兴今天下午有这样一个机会，来听听费先生在这些问题上的想法。我想，费先生谈到的这两个主题非常之重要。一个是从理论上看中国文化的特点和它可以对人类的未来发展所能做出的贡献，主张相互容忍，相互理解，相互欣赏，寻找人类在 21 世纪实现共同繁

---

[1]　马林诺斯基（1884～1942），英国社会人类学家。

荣的道路，为天下大同准备思想的和物质的条件。能够做出很有深度的思考的人，到底是极少数。您能把中国文化中深藏的好东西挖掘出来一些，提出几点重要的思想，帮助后来的学者进入题目，学术的生命就可以得到延续和发展。再一个是实用的这一面，"志在富民"这个主题也非常有意思。在一般情况下，人的思考方式容易集中到一个方面去，着重于理论的大半就忘掉了实用，能够做到实用的又往往回不到抽象的理论的方面去。您在一生的学术活动中能够兼及两面，一面是理论的思考，一面是努力把知识转化成物质财富。京九铁路完成以后，您能够马上想到要"穿糖葫芦"，这里边又会出现将来的人可以看到的地区发展的事例，而且应该可以提炼出来"糖葫芦理论"。我看费先生的身体很好，头脑的思考也非常敏锐。说不客气的话，我今天有一点考您的想法。平时读您的文章，您的文字有很感人的力量。今天听您谈话，又在现场感受到了您思考问题的力量。我很感动，也很为您高兴。还有很多年的时间可以利用，您可以逐步把想法一点一点整理出来，我希望有更多的机会读到您的文章，听到您的想法。

费：那你就多来几次。你可以提出一些问题，我们共同研究。我们都退出事务工作了，老来求知，多几次"有朋自远方来，不亦乐乎"？多几次"学而时习之，不亦悦乎"？

1998 年 6 月 28 日下午于北京北太平庄

关于文化交流

听了今天研讨班的讨论，有点想法，给大家讲一讲。首先是李亦园先生提出的"本土化问题"。

社会学中国化是从吴文藻先生开始的，他提出的这个主张，意思其实并不奥妙。那时，燕京大学在社会学课堂上讲的不是中国的东西，而且是用英文讲课。所以要中国化，首先就是语言中国化——用中国话讲课。吴文藻先生就不用英文讲课，而是用中文讲外国的社会思想史。从孔德开始到斯宾塞，一路讲下来。可是用中文讲课发生了很大困难，要当堂一下子把英文翻译成中文不容易，因为许多外国的概念在中文里是没有的，怎么才能把它翻译出来讲清楚。所以课堂上讲的是 bilingual，是多语言式的。像我讲到文化接触时就有"洋泾浜"的现象，比如上海人第一不说第一，说"那摩温"；广州人打的付钱叫"fee"，这是把英语变成了中国话。社会学中国化首先是要把一个外国的概念用中国语言讲出来，让没有在外国生活过的中国学生，能够懂得是什么意思。

刚才 Charles 先生用中文讲课，很不容易，因为有很多术语用中文不好表达，他要想尽办法，把想表达的东西讲清楚。他是跨了两种文化、两种语言的。就是这样，我们听的人还不一定能完全懂得。王斯福讲的 ethnicity（种族）、nationality（国籍）都是英国的 ideas（观念），不是中国的东西，中国没有这一套。所以要讲，用英文讲容易懂一些。举个例子："民族"一词应该怎么翻译？我把"民族学院"

翻译成 Institute of Nationality，这是不通的。因为 nationality 是国籍的意思，这样就成"国籍学院"了。那么，民族学院到底应该怎么翻译呢？我想不出来。但是我们就这样用了，这就是文化交流上的困难。跨文化之间进行 communication，要互相懂得，不容易。因为每一种语言里的每一句话、每一个字都有它的历史，而各个民族的历史是不一样的。因此，社会学中国化说起来容易，做起来不简单。我们要把什么是社会，社会是怎么形成的，为什么把社会翻译成 society 这些问题讲清楚，就很不容易。有人问我"社会"一词的来历，对于这个问题，考据很多，我没有专门研究过。依我看，这个词大概是日本人想出来的。在中国最早是严复从日文翻译过来，他把这个词翻译成"群学"。群字英文是 group，group 不完全是 society。群和社会还不同，群里面互相发生一定的关系，又有分工合作，才能够成为一个社会。当然，要把社会这个问题讲清楚，话就长了。

这样就发生了一个问题，人们见了面，互相接触，应该要彼此能了解，不要你讲的话，我听了以后会发生误解。这是跨文化交流的第一个要求。现在有不少国外留学回来的人，学到了许多东西，掌握了很多概念、名词。但是，怎样把这些外国的概念用中文准确地表达出来，这是个相当困难的任务。比如 ethnicity 或者史禄国所说的 ethnos（民族），这个字的含义很深，至今我还翻译不好。更别说我们同外国人进行文化上的接触、交流，那真是个难题。这几天，大家从报上看到了江泽民同志和克林顿的谈话，这是个 cross-cultural dialogue（跨文化对话）。他们谈到"人权"，人权是什么意思？它里面有了政治含义，这就发生了问题。对于 human rights 这两个字，中国人有中国人的讲法，西方人、美国人有他们的讲法。所以江泽民同志在对话里说，这是个文化问题啊。看来，怎么能让大家对问题有个共同的认识，互相理解，语言是十分重要的。说出一个字，大家认识相同，这就是跨文化的交流。这里面更深一层的问题是语言学上的问题。事实上没有一个人能完全懂得另一个人说的话的意思。

现在中国有些年轻人写的东西，老实讲，我看不懂。他们开口闭口讲 post（传递），比如 post-modernity（后现代性），我看不懂，你们大概也不懂，外国人也看不懂。写这些东西的人，用了各种各样的名词，他认为看的人应当懂，不懂就说明你落后了。这些人写文章的目的，不是要你懂得他的文章，而是要表示我写的东西你不懂，我就比你强。搞得别人不懂，显得比别人高强，他是权威，就要听他的。背后是一个 power（力量）。他的权威建立在你的无知上。实际上全世界都在搞这一套。美国的一些人，认为他们讲的很多话，中国人不懂，所以中国人就得听美国的。世界上的确有一套游戏规则我们还不大懂，他不要你懂，不懂就说明你不行，不够 post-modernity。这种现象的发生有一个很深刻的思想背景。人类是一个单线发展，你迟一步就落后，落后了，在社会里地位就低。

我们回到"中国化"这个问题上来，这句话是有历史背景的。中国化这个字眼，我们一直在用，天天讲有中国特色的社会主义，什么是中国特色？我们说邓小平理论是中国的马克思主义，这就是马克思主义中国化。那么，什么是中国化特色？我们还没有讲清楚。可是大家又不能说不懂，不懂就不行，你得冒充懂。这是特色，那是特色，其实每个人都在搞自己的特色。等于大家都在讲 post-modernity 一样。现在大家在讲后现代，什么是后现代呢？又不懂，可是大家还都在讲。这背后是有道理的。我们搞社会学和人类学的人要理解、要懂得为什么会发生这些现象，我们自己应当说清楚什么是中国化特色。

马林诺（夫）斯基讲过"社会学的中国学派"，弗里德曼也讲过这句话。他们究竟指的是什么？说老实话，我们还不清楚，可是大家以为清楚了。现在我们得把它弄清楚，这很重要，因为作为一个社会科学家，要用科学的态度来应付今后人类生存的问题，大家必须要有共同的认识和共同的语言，共同的 symbol（象征），要提倡共同的理解。

刚才王斯福讲了很多如何重新解释人类学的概念和认识的问题，从nationality 到 ethnicity，弄得大家糊里糊涂，懂得的人不多。可是我们不能再糊涂下去了，因为人同人的接触多了，不同的文化碰了头，不清楚彼此就没有一个共同的语言，行为上也难于配合。

最近我常常在想，不同文化的人能不能互相理解呢？我想是可以的。我们不是经常在电视里看到国际足球赛吗，不同国家的球员在同一个球场上踢球，遵守同一个规则，谁输谁赢大家都知道，全世界的人都能欣赏这个比赛。能做到这一点很不容易，说明共同性是存在的。更有意思的是，即使裁判判错了，球队还要服从，因为比赛还要继续下去。我们可以从球场上，看出很多基本的人与人的合作关系，这是学习社会学的一个很好的课堂。就拿足球赛这件事来说，现在还没有人认真地说明白，为什么不同国家的球队，能在同一个球场上找出一个 championship（冠军），使比赛成为可能。我希望将来的世界变成一个国际的大赛场，如果真能这样，这个世界就和平了。

我们学习社会学、人类学不能离开现实。从中美高级会谈到世界杯足球赛，再到东南亚金融风暴，我们看到一个 global society（国际社会）已经很明显地出现了。所以泰国发生的经济动荡很快引发了一场金融风暴，到现在还没有完结。这场风暴究竟会怎样结束？日元汇率是不是还会下跌……这些天天在发生的事情提醒我们，全球一体化已经摆在我们的面前，就看我们能不能跟上。像我这样的老人，如果听不懂别人的话，可以说我耳朵不灵了，听不清别人说的话，用这个托词来掩饰我的语言能力不行、知识不够，大家还可以谅解。但这不是个好的托词。

如何求得一个和平共处的未来世界，这是下一代的事情。做一个当代人是不容易的，社会留给我们的条件不是很好，但交给我们的任务却是个艰巨的任务。

1998 年 6 月 29 日

文化的传统与创造^[1]

费：你的书稿《传统与变迁》，我已经看过了，写得很好，就这样继续研究下去，一定会有所成就的。你这本书稿也引起我的许多回忆和思考，简单地说一下：中国是世界上做瓷器最早的国家，所以被外国人称为"China"，记得1981年我到英国去接受皇家人类学会赫胥黎奖时，参观了英国历史最悠久的也是英国最大的一家陶瓷公司，叫埃奇伍德。该公司的董事长知道我是从中国来的，非常激动，当时就让公司升起五星红旗来对我表示欢迎，因为他们最早生产瓷器的方式就是18世纪从中国学来的，在瓷器生产方面中国是他们的老师。他们的董事长还亲笔签名，送给我一本记载了他们公司历史和英国陶瓷历史的书，我现在将这本书转送给你，希望你能从这里面了解到瓷器是怎样在英国发展的，中国的陶瓷文化又是怎样和世界的陶瓷文化联系在一起的，18世纪中国陶瓷对世界的陶瓷发展起了个什么样的推动作用。

方：谢谢费先生，回去后我一定会好好的读一读。其实我在研究景德镇民窑的时候，就对这一段历史非常感兴趣。中国从唐、宋开始向国外输出瓷器，到明末清初达到高潮，那时的欧洲贵族们无不以能得到一件景德镇的瓷器而感到荣耀。其实这时候中国向世界大量输出的不仅仅是一种生活用的器皿，而且，还是一种中国的文化。它对世

---

[1] 本文是作者对博士后学生方李莉进行学术指导时的谈话。

界的文化艺术的发展产生过很大的影响，如18世纪风靡欧洲的"罗可可"艺术风格，就是在中国瓷器装饰的影响下而产生的，这种影响是巨大的，从建筑到家具、室内装饰、绘画等方面都无不受到其影响。

费：我看了你在书稿中曾对这段历史有一个较详尽的叙述，这很重要。我认为中国的陶瓷生产既然有一个很长的历史，从彩陶算起有7000年左右，那么发展到今天，应该有新的东西，新的艺术、新的美学观点、新的陶瓷文化，这就要看你们这辈人的推动了。我认为陶瓷的生产有两个方面，一个方面是艺术陶瓷，另一个方面是日用陶瓷。日用瓷是实用品，可以大有发展。记得小的时候我们用碗吃饭，不小心打破了，因为是便宜东西，本身又容易破，所以大人是不骂的，只是说一句"岁岁平安"就行了。碗这个东西很普遍，从小就出现在我们的生活里面，可以说是要伴随我们一生的，是谁也离不开的生活器物。尽管科学发达了，出现了许多的新材料，但人们在生活中的食具还是以陶瓷器为主，就连外国也一样。"民以食为天"，所以作为人人每天要用的陶瓷器，就和人类的生活及文化有了许多说不清道不白的联系。

说到这事我就想起，当年我在干校劳动的时候，要做东西吃，没有炉子，就用泥巴做了一个土炉，土炉我是很会做的。当人能用土为自己做一个用具的时候，我想，这就是人类文化起源的开始。我认为中国的文化就像陶器一样，是从土里面出来的。我写过一本书叫《乡土中国》，后来这本书翻译成了英文，当时问我这个书名怎么翻译才好，我就说翻成"From the Soil"，意思是从土里面长出来的东西。什么叫作文化呢？用人工把自然的土变成用具，变成能服务于人的生活的东西，这就是文化。人类第一次改变物质的化学成分，并将其制作成用具的就是陶器。我的意思是我们不要丢掉对这方面的研究，这种研究不仅是器物上的，还有文化上的。这种文化在我们中国一直延续了近万年（从最早的陶器开始）。后来又出现了瓷器，而且，发展到后来，不仅有提供人们生活用的日用陶瓷，还出现了供人们欣赏的工艺陶瓷、艺术陶瓷。你在书中也写得很清楚，近年来在景德镇新出现了许多的制作工艺瓷的手工艺作坊，这是中国传统陶瓷文化艺术的延续，应该发展、应该研究。你把这种发展的过程记录了下来，并从这种发展看到了一种文化和技术的变迁过程，这很好。陶瓷艺术是科学技术和艺术的结合，所以，我认为你在书中谈了两个问题，一个就是如何用制瓷用的泥、釉和燃料，通过人工的技术来进行制作的问题；还有一个就是，在这制作过程中如何注入作者的艺术思想的问题。前一个制作过程就是科学技术实施的过程，在这一方面我们可以吸收西方先进的科学技术。你在书中也说到了，景德镇的窑已经从传统的柴窑改成了瓦斯窑，对温度的把握也不再是凭经验和肉眼，而是用了先进的科学仪器来加以测试。后一个问题是，这里边不仅是要把西方的先进技术放进去，还要把作者的新的艺术思想放进去。

方：也就是把一种新的文化和观念放进去。

费：对，是一种代表新的思想、新的时代的艺术观念。你在书中把这些都记录了下来，并把前因后果都分析了出来，这很有意义，也很有价值。这不仅是一个科学技术发展过程的记录，也是一个文化艺术发展过程的记录。要把中国陶瓷的历史和现状的发展过程记录清楚，透过这个过程我们还会了解到中国其他文化的发展状况，因为文化像一张网，它们的发展是相互渗透和相互影响的，要把它们相互联系起来考虑。

你的研究不是从书本上来到书本上去，而是到生活实践中去，亲眼看人的事情，亲身体验社会的发展，这是很好的。在书中，你通过对几个从乡下来到景德镇打工和开作坊的青年艺人的生活经历及遭遇的描述，比如他们怎么来到景德镇？怎么从打工到开店？从这样一个个人的历史和发展的经历中，去发现整个社区和行业的发展趋向，还有国家政策的改变、新技术的引进等所引起的一个传统手工业城镇的文化变迁的过程，也就是从各个案的具体研究中发现整体，这很好。

你在书中所记载的基本上是一些手工艺人们的活动，他们所制作的都是一些工艺瓷，也就是艺术瓷，这些瓷器不是日用品而是用来装点生活的陈设品。这些陈设品只有在人们的生活达到一定水平以后，才会有需求，才会有市场，人们才可以买得起和收藏得起。我觉得，景德镇不光要发展这些艺术陶瓷，还要发展日用陶瓷和建筑陶瓷，这些陶瓷需要量大，市场宽阔，当然，这是一种大规模化的机械生产，和你在书中记录的小手工业作坊的手工生产是不一样的。

不过我认为景德镇的这些手工艺术陶瓷还是会很有发展前途的，刚才我已经讲了，艺术陶瓷是社会生活和经济发展到一定程度的需要品，现在国内的经济发展很快，人们的生活水平也在逐步地提高。在这种情况之下，人们也希望用各种艺术品来装点自己的家庭和环境，甚至进行一些高档艺术品的收藏。这样也使得景德镇的一些手工艺术陶瓷从国外市场转入国内市场，从这里面也可以看到，中国的经济正在发展，人们的精神需求也在不断地增加。随着经济的发展，人们的生活也在要求艺术化，这种艺术化不仅是表现在作为装饰用的艺术瓷方面，也表现在日用瓷方面，也就是说日用瓷也可以艺术化。是不是也可以用手工来做一些成套的，少量的日用瓷，既可以欣赏也可以用。当然，这种手工做的日用瓷价格是非常昂贵的，只有少数人才能买得起，也就是经济还没有发展到这种程度。你们不是创办了一所民窑艺术研修院吗？对这些问题有没有一些考虑？

方：我当时参加民窑艺术研修院创办的目的，有两个方面，一个方面是，这几年来我一直在研究景德镇的民窑，从传统的民窑到新兴的民窑，共写了两本专著。在这个过程中，我就萌发了要有一个社会实践的基地的想法，希望通过这个地方，来不断观察景德镇新兴民窑业的发展和变迁过程。因为我觉得中国目前正处于一个转型期，整个的社会发展可以说是日新月异的，每一年都会有所不同。比如，去年东南亚经济风波以后，我又去了一趟我在前年考察过的景德镇仿古瓷、工艺瓷集散地——樊家井村，发现虽然只相差一年，但却发生了许多的变化。由于国外市场的萎缩，艺人们便把眼光转向了国内市场，由于市场的改变，产品的种类和艺术风格也开始跟着改变了不少，当然，这只是一种表面的现象，如果深入下去还会发现许多新的问题。我希望通过对一个社区的追踪考察，来发现中国文化和社会在变迁中所遇到的一些问题。我希望我对社区的研究是一个动态的、过程的研究。另一方面，我们还希望通过研修院来进行一些学术探讨活动，为一些对民窑文化历史和艺术感兴趣的国内外学者们提供一个相互交流的场所。同时也希望通过这个地方，来表达自己的一些新的艺术观念和设计思想。当然，刚才费老所提到的那个问题正是我们下一步所要研究的内容。

费：我是一个实用主义者，总在想你们的研究怎样才能和"富民"联系在一起。怎样才能为景德镇的艺人们，提供一种新的艺术观点，新的思想方法，让他们的产品有人欣赏，有市场、有出路。

方：我没有费先生那样的高瞻远瞩，所以，在这方面考虑得较少，但我和研修院的研究人员们，也一直在考虑着费老在前面所提到的一个问题，那就是怎么样让日用瓷艺术化，艺术瓷生活化的问题。我们取了一个名字叫"生活陶艺"，主要是希望艺术家们也能参与生活，关心生活，为生活服务。

费：这是第二步，等到人们的生活水平都提高了，年人均水平达到1万元时，大家就会考虑日用品的艺术化的问题。现在中国农民每年的生活水平一年是3800元，还差得远呢。但发展起来也快，到那时景德镇的陶瓷手艺人们也许还会有一个更好的发展前景。到那时候不仅仅是要在生活日用品中加上一点艺术了，可能还有一些更高的精神要求，这就是要产生一些艺术上的质的变化，你们这批人要跟得上时代，要不断满足人们在艺术上的要求。不同时代的人对艺术有不同的要求，在这些不同的要求里隐藏了一种文化，是一种经济水平和技术水平的具体体现。这里面的研究是很有意思的。在这地球村的时代，任何现象都不会是孤立的，都是和世界接轨的，所以你们还要密切注视世界文化和艺术发展的总动向。

方：对，我觉得费先生说得非常正确。其实纵观景德镇的陶瓷艺术，就会发现，景德镇的陶瓷艺术很早就和世界联系在一起了。据考察，世界上有100多个国家都发现过景德镇的陶瓷，这都是在古代的不同时期内从景德镇输出的。即使在现在，我所考察的这些工艺瓷也主要还是出口国外市场。所以在研究景德镇时，就必须把它放在一个国际性的坐标上来研究。这也是和世界的文化发展联系在一起的，它是一种世界文化的需要，只有有需要才会有市场，只有有市场才会发展得起来。

费：对的，这是问题的关键。18世纪的景德镇瓷器，那么繁荣，就是因为有世界市场，欧洲的许多皇室都到中国来购买景德镇瓷器。当时英国皇室还订了一批景德镇瓷器作为礼品送给俄国，现在还被陈列在博物馆里。在英国的一些博物馆里，有不少明、清时期的景德镇的瓷器，在我到过的一些英国上层家庭，也陈设有不少从祖上留下来的景德镇瓷器，可见当时景德镇的瓷器在欧洲是广为流传的。它之所以流传得这么广，是因为它是和生活结合的实用品。

方：明、清时期景德镇瓷器大量的出口到国外，而这些瓷器的制造者是谁呢？我认为是当时的民窑，因为官窑是专门为宫廷做御用瓷的，而大量输出到国外市场的是民窑生产的商品瓷。这种高峰是从明末开始的，那时刚好是一段官窑停烧，民窑兴旺发达的时期，也就是市场经济得到充分发展的时期。我觉得这一段历史和90年代1000多家私营手工业作坊，在景德镇的兴起有很多的相似之处，所以我比较重视对这段历史的研究。我觉得了解历史的目的是为了更好地认识现在，同样只有对现实问题有一个深刻的了解以后，才会对历史的问题有一个更进一步的认识，它们是互为应答和互为参照的。因此，在考察景德镇这些新兴的手工业作坊的同时，我还写了一本反映景德镇民窑文化历史的书，题目叫《景德镇民窑》。里面的内容，一方面是从古今中外的文献中得来的，记载的主要是民窑发展的历史。另一方面，也是从一些还健在的，曾生活在清末民初的老艺人们的回忆中得来的，这里面主要回忆的是民窑的风俗文化和传统的手工艺技术。

费：这很好哇。任何文化它都是有根的，因此要了解一种文化就是要从了解它的历史开始，这是对的。这种文化的根是不会走的，它是一段一段的发展过来的，能把这个道理讲出来也是很有意思的。

方：我用这样的方法来进行研究，其实费老的思想对我的影响是很大的。您看，我在《景德镇民窑》一书的导言中，曾引用了您的一段话："凡是昔日曾满足过昔日人们的需要的器物和行为方式，而不能满足当前人们的需要，也就会被人们所抛弃，成为死的历史了。当然说'死的历史'并不正确，因为文化中的死和活并不同于生物的生和死。文化中的要素，不论是物质的还是精神的，在对人们发生'功能'时是活的，不再发生功能时还不能说是死。因为在物质是死不能复生的，而在文化界或在人文世界里，一件文物或一种制度的功能可以变化，从满足这种需要转去满足另一种需要，而且一时失去功能的文物、制度也可以在另一时期又起作用，重又复活。"我觉得这段话讲得很精辟，受了费先生的这些话的启发，所以我在考察传统民窑业时，就非常注意它的哪些传统被 90 年代新兴的民窑业继承下来了，哪些传统又消失了，其被继承和被消失的内在原因是什么？从这里我们就可以了解到，它们之间所发生的文化变迁的真正动力和意义是什么？而且，我记录和研究这些历史和现实的目的是什么？我也在费老的书中找到了我所想说的话，那就是，不仅仅是为了"为将来留下一点历史资料，而是希望从中找到有前因后果串联起来的一条充满动态和生命的'活历史'的巨流"。

费：有关文化的死活我一直想写成一篇专门的文章，但现在精力不行了，你今后把它发挥发挥写出来。文化的生和死不同于生物的生和死，它有它自己的规律。它有它自己的基因，也就是它的种子，这种种子保留在里面。就像生物学里面要研究种子，要研究遗传因子，那么，文化里面也要研究这个种子，怎么才能让这个种子一直留存下去，并且要保持里面的健康基因。也就是文化既要在新的条件下发展，又要适合新的需要，这样，生命才会有意义。脱离了这些就不行，种子就是生命的基础，没有了这种能延续下去的种子，生命也就不存在了。文化也是一样，如果要是脱离了基础，脱离了历史和传统，也就发展不起来了。因此，历史和传统就是我们文化延续下来的根和种子。

我们的学问是要从历史里面出来的，也就是要从旧的里面长出新的东西来，这就是传统与创造的结合的问题。怎么结合法呢？创造不能没有传统，没有传统就没有了生命的基础，同样，传统也不能没有创造，因为传统失去了创造是要死的，只有不断的创造才能赋予传统的生命。中国的人类学研究离不开传统和历史，因为它的历史长，很多东西都是从这里边出来的，因此，许多的问题都要回到这里边去讲起。如果我们将这个问题深入研究下去，真是有意思极了。

方：记得您在一篇文章中曾引用过马林诺（夫）斯基的一段话："研究历史可以把过去的考古遗迹和最早的记载作为起点，推向后世，同样也可以把现状作为活的历史，来追溯过去。两种方法互为补充，且需同时使用。"看了这段话后我就想，我在书中所记叙的由一些老人们所回忆的传统习俗和制瓷技艺，实际上就是一部活的历史。通过这部活的历史，可以使我们追溯到景德镇民窑业过去千余年的一些历史发展的概况。而这部活的历史中的一些传统有时也是可以中断后再出现的，也就是说，传统不仅连接着过去和历史，也连接着现在和未来。

费：你的想法是对的。我觉得你的研究是很有意思的，有历史、有文化、有技术、有艺术，还有创造，可以说是一个综合性的、学术交叉型的研究。现在还有了一个社会实践的基地，一定要把它好好地进行下去。

　　方：谢谢费先生的鼓励和指导。实际上我的研究许多都是学了费先生您的研究方式，您的《江村经济》《云南三村》都是我在研究过程中的学习指南。

　　费：你就这么做下去，了解人、了解社会、了解生活实践中活生生的东西。今天我要告诉你的有两个事情：一个是面向外面的世界；一个是面向传统历史的根本。对历史要拉得长一点，要拉到六七千年以前，中国的彩陶时期，也就是仰韶文化时期，那正是中国文化形成和萌芽的时期。那时最重要的物质文化设备就是陶器，所以，陶器是中国文化的起源和根本。我向你推荐一本书，是我的朋友苏秉琦写的，名叫《中国文明起源新探》。这本书写得很好，你可以好好地看一看。在这本书里作者就是从考古学出发，用原始时期各种不同形制、不同装饰纹样、不同成型方式、不同用途的陶器来判断当时活动在中华大地上的，各个不同文化区系的发展和起源及相互交融和相互衔接的过程。这些陶器不仅是文化的起源，也是艺术的起源，最早的艺术也是从这里开始的。这些陶器不仅是很好的生活用品，也是很好的艺术品。从这些陶器里面我们可以了解到当时的生活方式、技术水平和艺术思想等原始人的各个方面，所以陶瓷器不仅是一种生活的日用品，也是一种文化和历史的载体。我还希望你在研究中，要找到艺术文化的发展的源头，然后再从这源头中找到中国文化的内在本质。我在这里讲的就是文化有它的深度、有它的广度；有它的过去、有它的未来，我们要在创造中继承这一关系。刚才我们讲的是一个历史、一个传统和创造怎么结合的问题，这是一个很重要的问题，希望你在这方面要多思考、多下点功大。

　　我们今天讲话的主题就是，从传统和创造的结合中去看待未来，创造一个新的文化的发展，也就是，以发展的观点结合过去同现在的条件和要求，向未来的文化展开一个新的起点。你写的书就是表达这样一种思想的一个例子。我们文化的发展不能离开它的历史，也就是它的传统，传统不能让它死，你在书中用的那段话很好。不能把文化埋起来，不提供它新的血液，那样它就会没有生命，就会死掉，这新的血液就是创造。还有一点我想要讲的，就是要吃饱、要穿暖，也就是小康经济，是中国人的生存问题。只有这种生存问题解决了，就会去进一步追求美好的生活，这样生活艺术化才会有基础。现在有些地方已经发展到了这种程度，我们不能完全靠西方人来给我们提供这种精神上的、艺术上的享受，我们中国自己的艺术家要看到这种前途和需要，要创造一些群众所欢迎的、喜闻乐见的艺术品和生活用具。艺术家要深入到生活中去，了解时代需要什么，人民需要什么。也可以用各种方式把自己新的艺术思想传播给大家，引导大家追求一种艺术化的生活。

其实艺术也可以分大众艺术和精英艺术两种，精英艺术只能面对少数的收藏家和博物馆，因为它价格太贵，一般的民众是买不起的。但大众艺术这一块怎么办呢？艺术家要不要关心这一块？我认为我们要考虑这个问题。

方：我认为艺术的发展正如费先生所说的，有两个方面，一个就是艺术家们的个人创作，这种创作是单件的，充满个性化的，只为少数收藏家和博物馆服务。还有一个方面就是，参与生活用品的设计，这是一种既有艺术性又有实用性的、可以批量化进入市场的产品。生活是多层次的，作为艺术家要为不同层次的人服务。当然，这里面大众是很重要的。

费：因为从文化来讲，其本身就应该属于大众的，是从大众中长出来的。当然，从大众文化中还会长出一种文化叫精英文化，也就是一种大传统和小传统，我们要弄清它们之间的关系。

方：我在书中所描述的基本上是陶瓷手艺人，也就是工匠们，他们是大众文化，也就是下层文化的创造者。也许很多人瞧不起他们，认为他们没有文化，不懂艺术，但曾经风靡世界，甚至影响了18世纪欧洲艺术风格的景德镇陶瓷艺术，却是他们所创造的。他们的智慧和他们那自由奔放的民窑陶瓷艺术，也曾使一些世界级的大师如毕加索、高更、马蒂斯等所为之倾倒。

费：对呀，工匠们往往是艺术的真正创造者，但历史却常常不承认这些工匠，也不承认他们所创造的文化。这就是大传统和小传统、群众和精英的关系的问题，你要把这些道理讲出来，就是一篇很好的带有指导性的文化定义方面的论文。文化的定义有两层，我们不能只管一层，经济不发展，不发展大众艺术，精英艺术就出不来。因为艺术是从生活里出来的，精英艺术又是从大众艺术里出来的。这里有一篇我和李亦园先生的对话录，叫《中国文化与新世纪的社会学人类学》，里面就讲到了有关大传统和小传统、大众文化和精英文化的问题，你拿回去好好地看一看。

今天我们所讲的，实际上有两个内容，一个是传统和创造的关系，一个是生活和艺术的关系。生活就是生存，当生存问题解决以后，就是追求生活的美好。我很高兴地看到，我们中国人的生活现在有了很大的提高，有一部分人已达到小康水平。但也因此而出现了一些令人担忧的现象，就是有了钱不知道怎么消费，吃喝嫖赌、挥霍浪费，这样问题就来了。因此这个时候艺术就要发挥作用了，艺术家要跟得上，不要脱离群众的生活，要进入到群众的生活里面去，了解他们生活需要的是什么。帮助他们创造一种高层次的精神化的，也就是艺术化的生活。中国人的生活现在出现了两极分化，一部分人先富起来了，但还有相当一部分人的生活是在发展之中，这一部分服务对象你们也别忘记了。

艺术家不要忘记了大众，艺术始终是属于大众的，你要把这些话写到你的文章中去，让艺术家们注意这个问题。当然，这里面有一个层次的问题，对于那些先富起来的人们，艺术家们也可以为他们服务，用艺术来提高他们的文化修养，丰富他们的精神世界。我现在提出一个问题，就是富了以后怎么办？如果这些富了的人能向艺术发展，向美好的生活发展，把一部分钱投资到艺术的收藏和参与一些艺术活动中去，那么，中国人的文化素质就会很快得到提高，也能推动民族艺术的蓬勃发展。也就是说，艺术家要给这些先富起来了的人提供一个新的生活的方向，要让他们用挣来的钱创建一个美好的生活，我在这里说的美好生活，就是艺术化的生活。

今天我们的谈话就到这里，我送给了你两本书和一篇文章，希望你回去后能好好地看一看。一本有关英国陶瓷历史的书是希望你能在立足本土文化的同时，能面向世界面向未来；还有一本《中国文明起源新探》，是希望你能够仔细研究中国文化的传统和历史，掌握中国文化的根本。也就是一手伸向传统，一手伸向未来，并把它们融会贯通起来进行自己的研究。

方：谢谢费先生送的书和费先生的指导，回去后我一定会按照您的要求去继续努力。我在来北大以前就已经看过许多您的书，也开始了对景德镇民窑的田野考察，但我始终有一个愿望，就是希望能得到费先生的亲自指导，所以当我从中央工艺美术学院取得博士学位以后，就来到了您所创建的北大社会学人类学所做博士后，到了北大以后我终于如愿以偿，得到了费先生的亲自指导。我的这两本书稿的素材虽然是在来北大之前就开始收集了，但真正的完成却是在做博士后的两年时间里。所以我的这两本书稿，实际上是在费先生学术思想的影响下和亲自指导下所完成的。特别是后一本《传统与变迁》，也就是我的博士后出站报告，去年费先生已仔细地看过一遍，给我提了不少宝贵的意见。现在又为我重新看了一遍，并在百忙中抽出宝贵的时间，来指导我，来和我一起讨论，我在这里真的是非常的荣幸和非常的感谢，希望今后还能有更多这样的机会。

1999 年 1 月 15 日

经济中的道德力量

厉以宁先生著的《超越市场与超越政府——论道德力量在经济中的作用》一书，我还没来得及细看，但粗略一读已引起我的兴趣，因为它已跨进社会学的范畴，研究的是人文世界中的"社会人"。我很高兴厉先生不止研究经济学里的商品供求问题，也关心人的道德力量在经济里的作用。事实上人文世界是一个总体，它不会因学科分类而割裂，反倒需要跨学科的交叉研究。因此我对这个座谈很感兴趣，它开辟了学术交流的新领域。

在相当长的一段时期里，我一直在关心和思考这样一个问题：西方有个亨廷顿，一直在鼓吹他的"文化冲突论"，大讲思想上的、宗教上的冲突。他的这套理论，可以与以美国为首的北约狂轰滥炸南联盟联系起来。我们东方文化的传统立场与观念和他的不同，我们的看法和取向是进入"道德"层面，讲求中和位育，而不是讲冲突和霸权。道德是最高一层的自觉意识，代表了世界观、人生观和宇宙观等价值观念。而西方讲的是"斗争"，提倡冲突。战争就是一种斗争的手段。他们把高新技术应用到武器上，用强权来压人，推行霸权主义。科索沃问题又给人们上了一课，敲了一次警钟，引起了更多人的觉醒。试想一下，如果按这一逻辑发展下去，人类被残酷的战争毁灭并不是不可能的。因此，人类的人文世界要持续发展，历史要延续，就必须提倡一个新的道德力量。

书中引起我兴趣的第二点是，厉先生提到了道德重整和第二次创业问题。中国人要有个精神，要有"正气"。近来中共中央提倡的"三讲"教育中的讲正气，就是这种东西。这种精神不光来自物质力量，还要有道德力量，要自觉为什么做人和做怎样的人。在中国的老传统中，道德力量一直是摆在很重要的地位上的。现在讲正气，也是要把这个支持做人的道德力量强调出来。我非常高兴，在年轻于我的朋友中，有人提出了这个看法。

　　厉先生的书里，提到韦伯关于新教信仰促进和启动资本主义的问题。韦伯指出建立一种新的制度，规范一个做人的新规则，必须要有一种推动它的精神力量，我觉得它相当于我们所说的"气"。这个气，从个人讲是有"志气"的气，从民族和国家讲是有"正气"，有如孟子所说的"浩然之气"。欧洲资本主义产生之后，与封建时期相比，出现了一个新的人与人的关系，从而推动了经济的发展。现在我们提倡讲正气，也就是要切实地调动起人们的积极性，才会有第二次创业的精神。当然，时代不同了，社会发展了，我们提倡的精神内容也就不一样了。

　　怎样才能发扬正气，做到第二次创业？那就要大家讲真话，讲真话是解放思想和实事求是的体现，有了这种环境才谈得到树正气。这种正气有没有呢？有的。我在 1949 年北京解放时，看到和体验过这种充满正气的氛围。从抗日时期，经过解放战争到新中国成立，我国的绝大多数知识分子是有那么一股劲、一股正气的。他们准备创造新东西的力量已经显现出来，知识分子在等待一个新时代的到来。但是，正如厉先生书中所讲，由于反右、反"右倾"和"文化大革命"等一系列运动，把人们的积极性挫伤了，精神搞垮了，进取、创业的热情消失了。良好的社会风尚的褪色是从虚伪开始的，假话充斥，真话绝迹；人以虚伪的面貌待人，没有了共同语言；道德被扭曲、正气泄了。现在有不少事情，看起来好看，但缺少一点真情实意，缺乏有创造力的精神。我年近九十，可能容易看到晚秋的暮景，不一定和事实相符。

前不久我到湖南株洲访问。株洲是在清朝末年维新派想建立的汉冶萍工业区里，至今已快一个世纪了。没想到小平同志的南方讲话，把这个古老的工业化苗头给催活了。株洲有如从梦中醒来，在过去的20年里发生了惊人的变化。从一个20万人的城镇，一跃成为拥有百万人口的城市。这种发展是有一种"气"支持着的，物质的发展也要有气。只讲生态不讲心态是不行的。每个人做事，自己心里都有明确的"定位"。例如汤佩松先生、曾昭抡先生，他们都有一个明确的志向，把心用到了事业上、学科上。汤先生一心一意探索生命之源；曾先生一心一意建设中国化学这门学科。他们真的是专心至极忘了自己，这种精神和志气，在他们一代知识分子里是有代表性的。这种精神和志气，如果能代代相传，是可以在知识分子群里形成一股正气的。

现在这种精神有没有，这个气够不够呢？我在知识分子群里似乎感觉这个气不浓。然而，在这些年的"行行重行行"中，我却感到在新一代的年轻企业家们身上充满了这股劲，一股拼命要打开新局面的劲。

我们的知识分子在1957年以后受了伤，精神垮了，灵魂被扭曲了，伤到了骨子里，一般的治疗不会奏效，必须下大力气才行。知识分子要真正做到讲正气，就要在知识界反对假冒伪劣，知识分子自己，也要自觉地纠正过去为社会风气所迫而滋生的虚伪、冷漠。现在一定要改变这种状况，这是深化改革的任务之一。

我相信中国的知识分子一定会迎来灿烂的春天，参与到第二次创业的热潮中去。我们要为中华民族培养一种精神，争一口气。这个精神来自一种素养、一个高的道德境界。这是中国知识分子最可宝贵的东西，我们一定要继承和发扬光大。

1999 年 7 月 3 日

更高层次的文化走向

我多年来一直在研究中国的农村，现在回过头看，一生做过的事，仅仅就是要为老百姓增加点财富。改革开放以来，通过到各地考察，我看到我国的东部地区经济比较发达，到中部出现了一个台阶，经济下来了。东部沿海地区的农民人均年收入是大约 5000 元，而在江西这样的中部地区，农民人均年收入只有 2000 元左右，两地相差一半。怎样能把中部地区发展起来呢？我认为京九铁路通车，为中部地区的发展提供了一个好机会。大家常说：要想富，先修路。但是有很多例子告诉我们，修了路不一定能富，就像电影《少林寺》里的和尚说的"酒肉穿肠过"那样。意思是说，京九路虽然通车了，如何能不仅仅是酒肉穿肠过，而把"营养"留下来？我想应该沿京九线加快发展起一批中等城市，由这些中等城市带动周边农村的发展。所以从去年开始，像穿糖葫芦那样，我访问了京九沿线的一串城市，有河北的衡水，山东的菏泽，江西的南昌、九江等。今年到了赣州，从赣州转到京广线上的株洲。20 年前，株洲还是个只有 20 万人口的地方，但现在已经发展成拥有 100 万人口的中等城市了，发展得真快啊！在那里我想起了景德镇，因为株洲在湖南相当于景德镇在江西的地位。株洲的发展是得益于引进高科技。景德镇是一个历史悠久的文化名城，要发展也得靠走传统＋科技的道路。

说到传统，大家就会想到景德镇这个有名的瓷都。过去我总认为中华文化的起源主要是在黄河以北，但是通过多年的考察后才知道，我国的南方也是一个古代文化发展的中心。最近我参观了长沙的马王堆，看到了大批出土的竹简，内容虽然还没有全部翻译出来，但是已经能看出当时的吴文化已经很发达了。吴文化在中国文化中的地位，我们一直没有讲透。黄河流域是中华文化的一个重要发源地，这不成问题，但是长江流域是中华文化的另一个重要发源地，却还没有得到更好的证明。我相信当这批竹简上的内容被研究清楚后，人们对中国历史的认识，会有一个新的发展。这些年来，从发掘出的 7000 年前的河姆渡文化遗址和太湖地区良渚文化遗址中，可以看出长江流域很早就已经发展起来了。甚至还有人说吴越的水稻文化，不仅影响了几千年中国文化历史的发展，而且通过海上的传播，促进了早期的日本文化。

江西在历史上曾经是吴国统治的地盘，受吴文化的影响，这种文化渊源，可以延续到今天。比如江浙一带受吴文化的影响，形成了传统的丝绸文化，浙江还成为瓷器的故乡，越窑的瓷器在当时就很出名，后来衰落了，瓷器的中心转移到了江西。丝绸和瓷器都是中国最有名的手工艺产品，不仅在历史上，而且直到今天还在继续发展着，和当地的经济紧密相联。我认为中国的传统文化应该有两个来源，一个来自北方，一个来自南方，它们互相补充、互相影响。这也是我的中华文化发展多元一体理论的根据。

今天会议的主题是传统手工艺百年回顾。我对手工艺的发展历史没有专门研究过，所以只能讲讲手工艺的"今天"和"明天"。缩小一点，就只讲瓷都景德镇的今天和明天。

我对手工艺和瓷器一直有所偏爱。解放初期，我在清华大学当副教务长时，对北京的手工艺品很感兴趣，曾经想搞一个有关北京景泰蓝的研究课题。后来因为我调到民族事务委员会去搞少数民族工作，这个课题就搁下了。但是，在对少数民族地区做调查时，我们收集了一批少数民族文物，也就是少数民族的工艺品。今天景德镇的瓷器又把我吸引来了。

据我了解，现在景德镇的陶瓷，有一部分又由家庭，也就是由个体户生产了。对个体经济可不能小看它，因为从理论上讲，中国社会中最基本的组织，最活跃的细胞就是家庭。在我们东方文化里，"家""家族"是可以发挥很大作用的。其实手工艺品的生产就是家庭经济的一部分，家庭生产是很重要的方式。如果我们善于利用家庭这个因素，把它的积极性调动起来，那么我们的生产就可能会有一个大的发展。

我在山东认识了一位企业家朋友，他是由挑着货郎担，到农村挨家挨户卖碗卖杯起的家，后来生意越做越大，全村都做这个买卖，现在已经发展成了一个大企业，带动了当地经济的发展。当然他卖的是老百姓日常用的瓷器，这说明我们搞瓷器的人，不仅要搞艺术陶瓷，也要注意搞日用陶瓷，要生产农民需要的东西。因为农村是一个最大的市场，要看准这个市场，占领这个市场。虽然目前农民的收入还比较低，但是等他们的收入提高以后，也会需要艺术水平高的艺术陶瓷。

我们回顾近百年来的手工艺历史，要把眼光看得开一点、远一点，要超越百年以来的框框，才能有新的想法、新的认识，进入新的时代。回顾是为了超越、为了创新。但是创新不根据旧的东西是很难做到的，这就又回到刚才我讲的传统＋科技的问题上。怎样在传统的基础上结合新的技术、新的科学思想，把手工艺提高一步。听说景德镇的陶瓷业，已经应用了不少新的科学技术，希望能再接再厉，更进一步。

最后讲讲我对中国手工艺未来的看法。苏州有个刺绣研究所，他们发明了一种新技术，叫"乱针绣"，是把一根丝线拆成更细的丝，用这种细丝来绣东西。绣出来的作品，有一种模模糊糊，像中国水墨画的效果。它不是线条，也不是色彩，而是一种感觉，这种感觉是很高的艺术感受。我认为，人类的文化不能仅仅囿于实用，人的需求是要超越它、要出点格。打个比方：人们吃饭，不能只讲求营养、讲求对身体有没有好处，还要追求味道。就是我们中国人说的"鲜不鲜"。这个味道是烹饪里高层次的追求，就像艺术是生活里更高层次的追求一样。

我们说吃饱穿暖，这是人们生活中最基本的要求。下一步就不仅要吃饱，而且要吃得有味道，菜肴要鲜。这个"味""鲜"不仅是舌头上的一个刺激，一个物质上的刺激，还是一种感觉，这种感觉有时是难以用语言表达出来的。也就是说吃饱不吃饱和鲜不鲜是两个层次的问题。高层次的文化要讲究味道，像人们欣赏一幅画，不光看它画得像不像，还要看它画得有没有神韵。这种感觉是在"有无"之间、"虚实"之间，在这种"有无""虚实"的感觉中，文化达到了一个新的高度，也就是艺术的一个高度。中国人讲艺，是孔子讲的六艺，不是技术，艺同技是不同的。游于艺是孔子追求的最高境界。

我对艺的理解，是从梁思成先生那里学来的。梁先生常讲，建筑师不仅仅是一个匠人，不能光讲技术，还要讲究美的感受，讲艺术。技指的是做得准确不准确、合适不合适，艺就不仅如此，还要讲神韵。神韵是一种风度、一种神气。这些都不是具体的、物质的东西。平时我们讲精神文明，精神文明里还可以分成两层，一层是人的基本感觉，比如痛、痒；再高一层是人的气质，这里浓缩了人的思想、感受。这种思想、感受在一个美的状态里释放出来。接受这种释放是不容易的，往往只有艺术家才能做到。如果我们每个人都朝着这个方向去努力，朝艺术的境界靠近，这个世界就不同了。也许若干年后，会迎来一个文艺复兴的高潮，到那个时候也许人们要提出文艺兴国了。

最近我提出这样一个问题：人们富裕了以后会怎样？人是不会仅仅满足于吃饱穿暖的，他还要求安居乐业。这个"安乐"就是一个更高层次的追求，这个追求是要有物质基础的，没有物质基础是接触不到这个层次的。最高层次的文化就是艺术家所要探索的艺术。艺术的需要有时是很难用普通的语言来表达，因为一般人还没有那个体会，只有艺术家能够表达出来。如同从语言到诗歌再到歌唱，话谁都会说，但不是人人会写诗、唱歌。也像听音乐，不只是接受一种声音的刺激，还应该有一种对声音的感受。我认为文化的高层次应该是艺术的层次，当然，这是美好的、是更高层次的追求，是超过了一般的物质要求，是人类今后前进的方向。这种追求我已经体会到也感觉到了，而且想把它抓住，尽力推动人类文化向更高的层次发展。

讲一个我亲身体验过的例子。解放前，有一次我到扬州。那时扬州是个经济、文化繁荣发达的地方。一天夜里，我们几个人在一条深巷里听艺人唱曲子。夜半月下，听着悠扬、婉转的笛声，我产生一种飘飘忽忽、朦朦胧胧的感觉，真是进入到一种用语言表达不出的艺术境界里。我想人类最终就是要追求进入这种艺术的、美好的精神世界，一种超脱人世的感受。这里包含着我们艺术家所承担的任务。

当前我们的文化面临着挑战，也就是两种不同性质的文化走向。一种是重视自然世界，追求物质性；另一种是重视人文世界，追求精神性。今天我们讲文化的艺术导向，就是在追求人们的生活达到一个艺术的境界，这个工作就要艺术家来完成。艺术家的工作是不能用机器来完成的，不能讲规模生产、降低成本，相反，他要不断增加成本，要把人类精神文明的资源加进去。有的艺术家为了一个信仰、一种追求，耗尽一生精力，死而无憾。这是两种不同的世界观，不同的文化导向。有人认为，中国文化是最接近这种精神的文化。当然，我们追求的这种境界，必须先要有雄厚的物质基础才能够实现。

我希望能有这么一天，人们把对物质高度发展的追求，改变成对艺术高度发展的追求。当然，我们不能把这两个方面对立起来，因为艺术的发展是要有科学技术做基础的，两者要结合好。如何结合就是我们要下功夫探讨的课题。

我讲的话有的是超前了，出了格，但的确是我从实践中，从看到的事实里感受到的。讲出来，希望能对大家的讨论有所帮助。

1999 年 8 月

必须端正对异文化的态度

在这世纪交替之际,世界风云激荡,变幻莫测,需要我们审慎察看,谁也不好断言下个世纪会是个什么样子。当前,俄罗斯在起变化、欧洲在起变化,我们国家不是也在发生着变化吗。台湾和大陆之间的关系出现了一些问题,看来还要拖一段时间。在这样的局面下来讨论中华文化未来的发展,我们应该是个什么样的心态呢?世界不会完结,更不会毁灭,相信人类要继续发展下去,而且一代会比一代强,这是我们的信念。人类要继续发展,世界文化也要继续发展下去,但是,人类应当怎样才能持续发展呢?回顾一下历史,再看看当前的现实,人们会得到许多教训。20世纪的两次世界大战给我们留下了惨痛的记忆;然而科技的迅猛发展又令人鼓舞。全球经济一体化、世界文化多元共处是历史留给我们的现实。总之,世界发生了剧烈的变化。在这个变化里,人类的文化、人与人的关系也同过去不一样了。

我们说,文化是历史养育出来的。人类在漫长的历史进程中,为了求生存、为了延续下去,代代相传,创造了一套物质和精神两个方面的文化。因为文化是由有着不同历史的人群创造出来的,所以经过一代一代积累,继承、发展卜来以后,出现了世界上人类文化的多元性。然而,由于交通、通信、信息高度发达,当今世界经济一体化已经成为现实,地球上的人类被捆绑在一起了。那种画地自处、不相往来的时代已经一去不返,不同文化的人们不得不频繁发生接触。这样就发生了一个多元的文化，在一体化的经济里怎样能各自求得持续发展的问题。中华文化是历史最长、内容最丰富、影响面最广的文化之一，今天也同样处在文化多元性而经济又是一体化的世界中。总之，人们必须解决这个"一"和"多"的矛盾。

所以我提出这样一个题目请大家想一想：在全球经济一体化的形势下，多元的世界文化怎样才能持续发展。换句话说，就是怎样实现全球文化的一体化。这是个大题目。解决这个问题是要相当长的时间，需要今后几代人的努力。在这段相当长的时期里，不同国家的文化，都要各自创造条件继续发展下去。这些不同的文化怎样能互相尊重、互相理解；相互补充、相互促进、共同发展，做到我多年前提出的"各美其美、美人之美、美美与共"呢？看来当今的世界距离这个境界还相差很远。因为刚刚结束的波黑战争表明，世界上还有人企图用一种文化去消灭另一种文化！这个严峻的现实，提醒一切爱好和平的人们必须认真地想一想，为了人类的未来，我们要做些什么？要创造些什么条件，才能使世界上多元的文化能和平共处，共同繁荣。

我想首要的条件，是使世界上的人对异文化有一个正确的认识和态度。翻开历史看，就在400多年前，美洲的印第安人和澳大利亚的土著人遭到欧洲殖民者大规模屠杀。我曾经在美国参观过印第安人保留地，失去了土地的印第安人被强迫迁入那里，他们生活艰难，本民族的文化已经失去了继续发展的条件。澳大利亚土著民族也遭到了同样的命运。就在本世纪爆发的第二次世界大战里，德国法西斯用毒气杀害了多少犹太人！

在《跨文化对话》这本杂志里有文章认为，历史上对待异文化的态度有两种，一种是把不同的文化消灭掉。就像发生在美洲和澳大利亚的屠杀印第安人和土著人的事情那样，要把异族人杀光。他们不将别民族的人当人看。这种心理在旧中国也不能说没有。记得小的时候，大人们把外国人叫作"洋鬼子"，把他们形容得很可怕。这是一种"非我族类，其心必异"的心理反应，凡不是我一类的人，就不是人。另外一种情形是把别一族的人掳掠来当奴隶。如早期殖民者从非洲掠来大批黑人，运到美洲作为庄园里的牛马。殖民者更多的是把别民族、别地区的人当作奴役的对象，剥削、掠夺他们的劳力和财富。第二次世界大战后，殖民地国家纷纷独立，这种情形基本告一段落。这是人类历史上一件重大的事情。

香港的回归和澳门的即将回归，使我想起近两个世纪来的历史，西班牙、葡萄牙的扩张，屠杀了大批美洲和澳洲的土人；19世纪，大量华工被掠往美国西部修铁路、开金矿。一直到21世纪，人们才有力量结束这个人奴役人的时代。我的一生几乎有一半的日子，是在中国处在半殖民地的时代里度过的，那时人与人之间的关系是不平等的，对异文化怀有一种排斥的心理。除此，在旧中国还可以看到一种对待异文化的现象，那就是基督教传教的模式。传教士不一定怀有恶意，但他认为他的文化比你的好、高一等。他要把好的传给差的，高的传给低的。他们把文化分成高低、优劣，并且要"劣"的跟着"优"的走。时至今日，美国的一些人还抱着这一套思维模式不放，以为自己的科学技术比别人高，就可以为所欲为。这是西方中心主义、霸权主义的思想基础。美国发动的科索沃战争就是一个最明显的例子。我们应该揭穿它，告诉全世界的人们这种行为的危险性。

我想可以把人们在各种不同的社会状态下，人与人之间的关系和对异民族文化的态度，作为一个课题好好地研究一番，分析出其中的原因，找出变化的规律。为此，就需要认识清楚我们自己的文化，所以要提倡文化自觉，用科学的方法对自己的文化进行研究。我今年90岁，几乎经历了这个世纪，我愿意把这几十年里所体会、所思考的一些问题，老老实实地讲出来，把我在文化上的反省、反思，提供给后一辈的年轻人参考。

像我这一辈人，写文章时多是用钢笔或毛笔，自己感觉还很有意思。但现在人们却普遍使用电脑写作，我至今没有学会。那么，用笔同用电脑写文章，哪个好，哪个坏？我想应该客观、全面地考虑、分析，讲清楚，不要随便下结论说某种好或某种坏。不应当把不同文化的人分开，互相对立起来。

第一次世界大战结束后世界上出现了一个国际联盟；第二次世界大战后又有个联合国组织。这两个组织都是世界各国希望能够实现和平共处而建立的全球性机构。但是，国际联盟没有能阻止"二战"的发生；今天的联合国也没有能制止波黑战争的爆发。更令人担心的是，今天由于科技高度发达，杀人武器越来越先进，战争可以毁灭人类！所以，为了人类文化能够继续发展，世界上一切有正义感的人们，要站出来制止战争，保卫和平！

有着几千年历史的中华炎黄文化，有责任也有能力，在今天经济全球化而文化多元化的世界中，做出积极的贡献。

1999 年 8 月